百年大师经典

叶浅子

叶浅予 著

天津出版传媒集团
天津人民美术出版社

图书在版编目（CIP）数据

百年大师经典. 叶浅予卷 / 叶浅予著. -- 天津：天津人民美术出版社，2021.12
ISBN 978-7-5305-9816-0

Ⅰ. ①百… Ⅱ. ①叶… Ⅲ. ①叶浅予（1907-1995）－文集 Ⅳ. ①J12-53

中国版本图书馆CIP数据核字（2021）第233915号

百年大师经典　叶浅予卷
BAINIAN DASHI JINGDIAN　YE QIANYU JUAN

出　版　人：	杨惠东
责任编辑：	袁金荣
助理编辑：	刘贵霞
技术编辑：	何国起　姚德旺
责任审校：	刘旭　吕萌　张溪
出版发行：	天津人民美术出版社
社　　　址：	天津市和平区马场道150号
邮　　　编：	300050
电　　　话：	(022)58352900
网　　　址：	http://www.tjrm.cn
经　　　销：	全国新华书店
制　　　作：	天津印艺通制版印刷股份有限公司
印　　　刷：	天津印艺通制版印刷股份有限公司
开　　　本：	710毫米×1000毫米 1/16
版　　　次：	2021年12月第1版
印　　　次：	2021年12月第1次印刷
印　　　张：	14.75
定　　　价：	68.00元

版权所有　侵权必究

目录

漫·速人生

画踪简述 / 3

漫画和速写 / 7

从生活到艺术 / 14

《浅予速写》前记 / 19

《戏曲人物》前记 / 20

《中国漫画史话》序 / 22

《寄情人间》自序 / 25

谈谈我的几幅新作 / 27

行旅绘话

《在大后方》前记 / 33

《印度风情》前记 / 36

《冀晋秦蜀》前言 / 39

《甘肃采风》前言 / 41

《两访新疆》前言 / 43

《北京漫笔》前记 / 46

《在内蒙古与广西》前言 / 48

《江南风光》前言 / 50

画理探索

中国画的艺术技巧 / 55

关于线描 / 60

中国画的色彩 / 63

中国画的构图讲述提纲 / 71

中国画的透视问题 / 77

认识对象 / 80

中国人物画的基本功 / 82

掌握全面和专攻一门 / 88

中国画的染高法 / 92

艺术教育

任教三十六年 / 95

师范学院美术专业的任务是传播审美教育 / 113

对中国画教学的设想 / 118

师古人之心 / 127

古今人物画杂谈 / 139

怎样画速写 / 148

谈舞台速写 / 155

画余谈艺

百年大计，质量第一 / 161

浅谈诗、书、画、印 / 166

手眼腰腿的诗情画意 / 169

瞬间的美 / 172

绘画与摄影——与摄影工作得的一次座谈 / 174

画戏余墨 / 187

我看川剧《张大千》 / 189

海阔天空话装帧 / 192

画家评论

钱慧安与清末人物画 / 201

齐白石艺术的人民性 / 208

《张大千临摹敦煌壁画画册》序 / 214

读《听天阁画谈随笔》/ 218

中国画闯将赵望云 / 220

冰兄其人 / 224

张仃的漫画 / 226

关于毕加索 / 228

| 漫·速人生 |

画踪简述

1985年我写给胡家大表姐的信里说：

  你也许记得，在你跟随你母亲到外婆家看芦茨戏的日子里，你用五彩手工剪纸糊成戏文里的小旦，用描画小笔给她开脸，我站在你身旁看得入了迷，心里想，有一天我也能像表姊那样心灵手巧，做个纸菩萨玩玩。不久，我也真照样做了一个，而且扩大了你的手艺，做成生、旦、净、丑几个角色，蹲在八仙桌下，给姊妹们表演自编的戏文。

  由于你的启发，喜爱造型的细胞在我身上发了芽，因而，当有人问我什么时候开始学画时，我乐于提起这件事，认为你是我的启蒙老师。

从1927年到1937年我画了十年连环画，老一辈人大概还记得王先生和小陈这两个丑角所演绎的故事。1933年起，带着小本子画速写，记录生活中所见的人和事，有时就速写原稿加点工，标上一句俏皮话，点出人物的个性和背景，成为漫画的一种新体裁，现时通用的名称叫做照相漫画。1936年我在上海印过两本这类画册，《浅予速写》和《旅行漫画》。

抗日战争的八年，我随着后撤的人流寄身于我国西南大后方，徘徊于重庆街头、贵州苗乡，远走印度，近访西康，画了不少介于漫画和速写之间的图画，《战时重庆》《苗乡采风》《印度漫笔》《打箭炉日记》，产生于这个时期。与此同时，沉湎于丰富多彩的苗家打扮和婀娜多姿的印度舞蹈，为中国人物画开创了新内容。1949年以后，用速写记录舞台形象，为报刊提供画稿，并在宣纸上加工为中国人物画，挤进了北京琉璃厂的书画市场。有人怕我陷得太深，成为商品市场的俘虏，有人鼓励我精益求精，充分满足人们的审美要求。

我写过一篇文章,谈论"商品画与商品化"的问题,认为在当今的世界里,作为职业画家,他的作品一经流传,便成商品,即使赠送朋友的应酬画,一旦转手进入市场,岂非仍然是商品。问题是,你若甘心作市场的俘虏,成为制造商品的机器,就被人骂为商品化了的市侩。

　　我画的舞蹈人物,曾经成为市场的热门货,效仿者不乏其人。我不得不提高警惕,有所节制,以"知足长乐"四个字当作座右铭,提醒自己,躲避市侩罪名。然则事物的发展,不以个人的主观愿望为转移,80年代后期,社会上刮起一股发财风,经不起倒爷们的诱导,此风在我身边旋转,把"知足长乐"四个字刮跑了,五十、一百的大票经常向我口袋里塞。某天清晨,头脑忽然清醒,问自己,这次筹备香港画展的动力是什么?名乎?利乎?俗话说,有名就有利,你早已是画坛的万元户、十万元户,怎么还想在港展捞一笔?这不是"向钱看"吗?

　　回忆1978年,舍得把"文革"十年的三万元补发工资慷慨捐献给美院国画系作为毕业创作奖金,又在会上报上呼吁压低画价,满足穷哥儿们的审美需求,想不到这几年"向钱看"的腐蚀剂竟在我的头脑里发酵了,"知足长乐"竟成了"自命清高"的假招牌,难道不值得警惕吗!

　　为了筹备港展,今年年初,用流水作业法,两个月内画了大小四十多幅画,明明是粗制滥造,却自以为发明了创作新途径,把速写稿放大到宣纸上,在日记中自我欣赏,说什么用笔简练而形象生动,按此法创作,既简单又快捷,1992年的新作展不愁没本钱了。仔细想想,我这不已经成为造画的机器了吗?把这种商品抛到市场中去,其后果不堪设想。

　　我曾在1982年的回顾展中自称:

　　　　形势的发展,使我这个从未受过正规美术训练的职业画家,于1947年闯进北平艺专,当了教师,由于不习惯当教师的职业,总想逃避。经过多年磨炼,终于体会到创作和教学二者的相互促进作用,也认识到学生的督促是推动老师上进的动力,才安下心来甘为人师。从那时起,着实下功夫在课上为学生作示范,课下穷读画史画论,写出了几篇研究中国画艺术特色的讲稿,并且在创作实践中,使传统笔墨和现实形象有机地结合起来,实现40年代为中国画创新立下的夙愿。

40年代初,处于抗日战争后期,我用中国画笔墨画抗日战士,画艰苦岁月,画少数民族,画印度舞蹈,开拓了中国人物画的新题材,是那几年闯荡江湖的成果,可不敢想象现在的画家那样以创新者自居。

1949年以后,毛主席《在延安文艺座谈会上的讲话》的革命文艺思想,对我起过很大作用,我认为我的新题材中国人物画,不一定能为工农兵服务。有人问我,能不能让王先生和小陈两个丑角为新社会表现一番,我认为这是对我的讽刺,我回答说,王先生和小陈已经完成了历史使命,我已经把他们抛进了历史的垃圾箱。

十年"文化大革命",如同一场噩梦,身心受冲击,艺事被冻结,马列主义经典著作使我告别了"左"倾教条的愚昧束缚,恢复了独立思考的活力,重新提笔作画,眼前展开了一条艺术新路。在1982年的回顾展中,创作了《长安怀古》四幅,摆脱了中国画艺术处理的常规,用漫画的思路,象征的手法,对历史现象作出个人的评价。

我问,秦始皇一统天下,究竟是谁的功绩?"霸业促,谁记马前卒。"那幅画回答了问题。

我认为半坡的原始彩陶图案,是我们祖先的光辉创造,表现了中华民族的智慧。题曰:"美善真,闪闪半坡文。"

"忆疆场,风流秦汉唐。"以秦陵的马俑,汉墓的马踏匈奴那匹石马,以唐三彩马俑,象征中国历史上三个强盛的王朝。

我读白居易的《长恨歌》,他歌颂唐明皇对杨贵妃的爱和恩,我却觉得虚伪,在"马嵬坡,忍唱长恨歌"一画中,寄同情于杨贵妃,暗示她不过是明皇的一个玩物。

1960年后,我带学生下乡或个人旅游,留下一些山水写生画稿,如敦煌石窟、怀来山寨、大兴安岭、海拉尔大桥,是水墨和水彩的夹生饭。经过"文革"十年,一旦被解放,回到故乡富春江,唤醒了对山水景色的感情,花了三年时间,三易画稿,1980年完成《富春山居新图》长卷,我在长卷后记中写道:"用长卷表现内容丰富和情节复杂的题材,可以打破时间和空间的限制,要记住'以大观小''以近观远''以体观面''以时观空'前人所表现的四个观点。把大的看成小的,近的看成远的,体积换成面积,时间换成空间。要以心眼代肉眼,假定自己像鸟在空中飞翔,船在江上行驶,不受固定视点的约束,在运动中观察和处理一切形象。若拘泥于焦点透视和如实描写,没有一点主观能动性,就无法画长卷。长卷形式是我国古代画家的伟大创造,使中国画的造型手段具备了非常灵活的机动性,我们应该继承它,发展它,用以表现社会主义时代的丰富形象。"

1991年3月20日于北京

漫画和速写
——答读者

问：你从什么时候开始学画？

答：我出生在浙江省一个小县城里，离家几十步远有一座庙，庙前有戏台，每逢节日，常演庙台戏，戏对我有极大的吸引力。有一位表姊会剪纸糊成戏文中的花旦给我玩，我也学着做，而且扩而展之，做成宽袍大袖的老生和穿战袍的武生。因住在庙前，春节期间，农民舞着龙灯马灯进城来敬神，川流不息，我同小朋友学着扎起小龙小马来玩。后来上小学读书，在石板上画这些东西，画得津津有味。这大概就是所谓喜爱造型的小种子在发芽吧？

中学里有图画课，一星期只一次，不过瘾，一有空就站在图画老师窗外看老师画；老师发现了我这个小画迷，吸收我参加他的课外图画小组，他教我用铅笔和水彩对实物写生，开始懂得用眼睛测量对象的比例透视关系。教我写生的老师姓楼，每逢星期天，带我们几个爱画画的学生到西湖去画水彩风景。我们在教室里只画花瓶或几只苹果，似乎有点把握，现在站在大自然面前，吓得不知所措，所以只好站在老师画架后面看他画。要说学画，我就是在这种情况下开始的。当时我十六岁。

十八岁，父亲经商破产，休学了，不得不自谋生活。因偶然机会，考进上海南京路上一家棉织品厂门市部，站柜台当售货员。经理见我能画画，调我到广告室去画广告。在此期间，我试着画漫画向报刊投稿。画的是社会小讽刺，有采用的，也有落选的。一年后，离开了这家商店，给一家书店画过一阵教科书插图，给一家印染厂画过一阵花布图案，给一家剧场画过一堂布景，最后的职业是给报刊画社会讽刺长篇漫画《王先生》，一直延续了七年。

从我这段历史看，我没有经过正规的造型基础训练，我的造型技能是从美术职业实践中逐渐积累起来的。由于接触职业面广，我的画和社会的实际需要紧密相连，没有飞进为艺术而艺术的仙境里去。

问：你什么时候开始画速写？

答：在十年职业实践中，从来都是凭记忆和想象起稿造型。1933年秋天在上海和墨西哥漫画家珂佛罗皮斯相识，我见他身上经常带着小本本，记录他在旅行中所见的各种形象，作为创作素材，从此我也拿起了速写本。我是画漫画的，塑造形象必须用夸张手法，因此，我画速写时有意发挥这一手法，记录对象的特征，以此运用到我所创造的丑角形象《王先生》和《小陈留京外史》中去。自从我开始在生活中记录速写形象后，比之以前那种只凭臆想编造出来的脸谱和人物要丰富真实得多。

由于长期在生活中画速写，促成了我对形象思维的敏感。1935年我在北平见到填鸭店用高粱团填瘦鸭的景象，编造了一段瘦老头儿王先生雇用填鸭师傅帮他填成胖子的笑话。又如，我在南京坐茶馆，观察进进出出的三教九流人物，捉摸他们在想些什么，将要干什么，把他们画下来，写上个标题或题上几句词儿，点出他们的身份，借以反映蒋家京城某些社会面貌。有一幅速写，画着一个提鸟笼的茶客，聚精会神在看报，题词说："他有一块小小地皮，坐落在国民政府后面，所以很注意时局，是否将有变化。"另一幅画一个看相先生，标题："他知道别人的命运，但是不知道自己的夜饭米在哪位茶客的口袋里。"上面的例子，说明这个时期我所画的速写，除了为我所从事的长篇漫画搜集形象素材，已逐渐过渡到通过某些独立形象直接反映社会矛盾的尝试。

说到这里，你也许要问："速写到底能不能成为一种独立的创作形式？"我可以用下面的事实来回答你的问题。1940年初次到重庆，重庆正处在日本飞机昼夜不停的大轰炸之下。我在钻防空洞之余，画了一百多幅速写式的漫画或漫画形式的速写，题名为《战时重庆》。这些画每一幅都有主题，都有构思，虽然它们都是采用速写的形式，却都是我生活经历的记录。现在举两个例子：

一、日本炸弹落在嘉陵江里，江面浮起大条大条的鱼，几条渔船在捞取意外的猎获物。标题是：《日本的炸弹，渔民的丰收》。

二、一幢三层楼房，炸塌了临街的墙，几家住户照常生活：做生意的、做饭的、读书的、睡觉的、吃饭的、刷牙的。标题是：《舞台面》。

这些画寓意不深，但反映了我对战争的幽默感。这些战时重庆的生活写实，如果采用别的表现体裁如国画或油画，恐怕不容易唤起人们对战争的乐观情绪。有人说我那批画的创作方法是浪漫主义的，我说也是现实主义，战争就是现实嘛！

问：照你说，你的速写已经走向创作，那么，速写和创作之间到底有什么界限呢？

答：从我个人的实践来看，速写有两种：一种为创作准备形象素材，为创作服务；一种它本身具备创作因素，成为一种独立的创作体裁。这二者之间是有区别的，但也是相互贯通的。"速写"这个词，是从英语Sketch翻译过来的，在绘画术语里，常常和"素描"即Drawing相对而称。它们之间的区别，前者指简笔绘画，后者指复笔描绘，都是基础训练中的造型习作，也就是照葫芦画瓢那样写生，都不是创作。现在速写这个词的含义扩大了，它已从单纯的写生习作发展为在写生活中记录形象的普遍手段，而且有更为扩大的趋势，冲进了"创作"的大门，成为一种新的创作体裁。现在报刊上发表的《生活速写》，反映了一定的生活内容，能不承认它是创作吗？这是绘画艺术发展到一定阶段的成果，不承认也不行。至于这些《生活速写》用笔繁密一点，构图规模庞大一点，叫它《生活素描》也未尝不可，这中间的界限就很难分得清楚了。

宋朝有位人物画家梁楷，专画减笔人物，笔简意赅，神态生动，比我们现代人物画家的某些速写，简练得多，生动得多，应该算是我们最出色的速写祖师爷。

上面谈的，只是为速写作了一点注解，没有触及创作的性质。现在你一定要问："什么叫创作？"我不是搞理论的，用不着在概念上兜圈子，还是谈实践。1942年我在贵州苗族地区住了一段时间，发现苗族妇女打扮得非常漂亮，每逢赶集，人人都把漂亮的衣裙首饰穿戴上，集场上五彩缤纷，正如百花争艳，任何画家见了都会心动，可是我那支惯于夸张的刻薄之笔，对着真正美妙的形象，只能瞠目，而不知所措。心想，如果不改变手法，岂不是颠倒美丑，唐突西施吗？从那时起，我决心从漫画式的夸张手法中解脱出来，另找塑造人物形象的新手法，找来找去，觉得应该下苦功向国画传统中的人物画先辈们学习，于是我从漫画创作转到国画创作方面来了。"速写"是这二者之间的桥梁。以前，我的速写为漫画服务，以后开始为国画服务。这个转变的动力是我的审美观发生了变化。为了标志这个转变，我对自己画了一幅讽刺画：我躲在树干后面偷画一位苗族姑娘，姑娘用手遮住脸不让我画。

十年漫画创作生活，在我的人生观中孕育了一种"玩世不恭"的思想，在艺术观中则形成了一种"丑极则美、美极则丑"的糊涂观念。自从抗日战争爆发以后，挽救民族的爱国思想冲垮了我这种小市民低级趣味，毅然走上抗日斗争的大道，促使我的思想境界豁然开阔起来，认识到对丑恶的东西固然应该作坚决的揭露，而对美好的东西尤其应该大力去歌颂。揭露丑恶的笔和歌颂美好的笔应有区别，但也不是截然相反，可以互相沟通、互相渗透。这种沟通和渗透，反映在我的苗区速写中就是美丑杂陈，真伪交错，待到加工为国画创作，便是一锅夹生饭。

1943年我去印度生活了几个月，为印度妇女的优美舞姿所吸引，从此我的人物画中出现了《婆罗多》《献花舞》等印度舞蹈形象，这些形象也都从大量速写稿中整理出来的。

1953年我画过一幅《中华民族大团结》，1959年画过《北平和平解放》，是和上述体裁不同的另一类创作体裁。《大团结》是事先有一个思想，想用具体形象来表现中国革命的胜利，构思结果，采用各族人民簇拥在革命领袖周围，举杯庆祝团结。《北平解放》，是为了纪念开国十周年而作。当年人民解放军浩浩荡荡开进北京城，我站在前门附近的群众队伍里，庆祝这个伟大的节日，采用民间年画形式，表现这一伟大场景。

绘画创作不外两种类型，一类是画家把个人生活经历中所熟悉所喜爱的形象画出来；一类是画家由于政治激情，把所感所想酝成主题，经过构思经营，使之形象化。这两类创作，以我的实践看来，前者是正常的、普遍的；后者是特定的、个别的。前者基本上依靠生活素材的积累，后者则在构思确定后，有目的地到生活中去搜集形象素材。其出发和归结都是通过视觉形象的塑造，反映画家对生活的感受。

问：速写在造型基础训练中的地位如何？

答：1954年我写过一本《怎样画速写》的小册子，比较全面地阐述了有关速写的各种问题。其中谈到画速写之前要有写生、素描、慢写等练习，即要懂得对实物写生的基本知识和方法。谈到画速写的方法时，要特别重视观察分析对象的功夫，做到"成竹在胸""意在笔先"，然后下笔。切忌看一眼画一笔，打乱仗。我之所以强调"意在笔先"，在于说明画速写和画素描的不同之处。画素描可以仔细端详、边看边画、反复修改、从容不迫；画速写则必须全神贯注，下笔果断、毫不犹豫、速战速决。要做到这一点，必须在下笔之前，完成去粗取精、去伪存真的分析提炼工作。

一般美术学校的造型基础训练，主要是画素描，有的老师也教学生画速写，作为素描的补充。素描造型的方法是从国外移植来的，这种方法对于分析研究空间物象的造型要素比较科学，比之我们祖先传下来的白描勾勒造型要全面一些。我们应当吸取它的科学性，用以补充我们的不足。但要注意长期对明暗、体面的尽精刻微，容易养成视觉反应的惰性，对生动活泼的生活形象丧失敏锐的反映能力。若迷信此道，会养成只凭理智而不凭感觉作画的习惯，这是违反"以形写神"的目的的。中国民族绘画的造型最高要求是"传神"，这个"神"从何得来？坐在教室里死盯着模特儿精雕细刻是无法获得的。补救的办法是把"速写"也作为造型训练的一门基础课程，和素描课交错进行，保护和提高学生认识空间物象的敏锐反映能力，使他们走出教室到生活中去时，不至于临阵张皇失措，捕捉不到所需要的形象。

问：你画戏画舞的功夫怎样练出来的？

答：第一目识，第二心记，第三意测。目识的作用是熟悉它，理解它。《实践论》说，只有理解了东西，才能更深刻地感觉它。要把速写画得又稳又准，就得把对象认识熟透。闭起眼睛也能把它画得八九不离十。所谓"心记"就是发挥记忆力。画速写当然靠眼准手准，但单靠眼准，不一定能做到十拿九稳。要稳就得"胸有成竹"，看你的脑子能否把迅速变动的形象记下来，说实话，任你眼快手快，绝对赶不上演员的动作快。怎么办？就是靠脑子里装满了各种各样的生活形象，如同文人脑子里装满了典故，可以随时取用。有些画家虽然也用稿子或粉本，但主要靠记忆作画。画速写不是光练快速作业，一定要练记忆。记忆不是把形象的细节一丝不漏，而是记规律，记特征，记关键性的东西。

记住了运动的规律和特征，就可能进行"由此及彼""由表及里""举一反三"的"意测"。舞台上的演员处在不断运动之中，画家如果不能抓住其规律，即动作的必然连贯和必然趋向，那就只好瞪着眼干着急。我画新节目常常看两次，第一次光看不画，找规律，第二次才动手画。我在《怎样画速写》一书中，有一段专谈"发挥记忆和想象的能力"，所谓想象就是这里所说的"意测"。"想象"对绘画创作是十分重要的，因此在速写练习中必须锻炼记忆和想象的能力。一个画家如果只能对物实写，不能离物默写，表明他不具备记忆和想象的能力，也就是缺少形象思维的能力。

默写是练记忆和想象的有效方法。有时也可以不用本子，不用手，单用眼来画，因为有些场合不容许你画速写，就得单用眼睛画，我把这叫做目画，用目画强记形象。比如，我们在街头和村头拿着本子画速写，很容易引人注意，把你围起来，看你画，这时最好用"目画"的方法装得没事的样子，排除干扰。目画是我国古代画家锻炼造型能力的常用方法，他们强调目识，坚持心记，进而发挥意测。他们观察物象的方法，不像我们现在这样固定在一个视点上，他们的视点是运动着的，是假设的，可以把近的东西推远，可以把远的东西拉近，可以高瞻，可以远瞩，可以横扫，可以直泄，有时甚至可以冲破时间空间的限制，发挥高度的"意测"作用。

1963年我印了一本《舞台人物》速写集，我在前言中写道："我的经验是，一切动作只能凭脑力记，才能画得下来。如果不靠记忆，演员的一举一动是难以对付的。严格来说，我的舞台速写大部分是凭记忆画下来的。"

1979年4月6日于北京

从生活到艺术

(1982年3月9日在中国画研究院人物画研究班上的讲话)

那天马西光同志提出了几个问题，我只记得一个问题，"生活到艺术的过程"，是指中国画，不是指所有的画。中国画家在生活里边，发现题材以后怎么把它变成艺术形象，我不讲理论，讲自己的实际。我今天带了几张画来，是不同类型的。

怎么从生活形象到艺术形象，我看没有一定的方式，恐怕是因人而异，按照自己一贯所使用的方法，可能每个人是不一样的，或者是有点不同，或者有很多不同的地方。从我这个人的特点来讲，还得从我画漫画开始。

我曾经写过一篇文章，讲我自己学画的过程，这里边提到我怎么画漫画这样一个小标题，我说，我画了十年漫画，这是非常紧张的十年。怎么说是非常紧张呢？就是几乎每一个星期要交一套画。我这个脑子整天在活动，整天在思考问题。怎么样找题材？没有别的路子，就是到生活中间去找，而且不是看一看表面现象，还要想一想，这个生活方式，它为什么这个样子。一个事情，一个矛盾，还要想一想为什么会产生这个矛盾，要从此联系到生活的其他方面。经过这样的思索之后，再来确定这个题行不行，是不是符合我所要表现的内容，这样有时候常常反复，有很多的反复。现在回过头来看看那个十年，那是20年代到30年代那个阶段，是我二十多岁到三十多岁这个阶段。那个时候，你不想画，或者画不出来，不行，报社老板就不答应，就要耽误他出版，就这样逼着我非画出来不可。所以，几十年来搞创作，形成了一种习惯，就是一天到晚脑子在运动。

这个十年过去以后，正好抗日战争开始。抗战开始以后，上海、南京沿海一带的城市都沦陷了。我们跑到了四川。那时四川后方出版很困难，印刷也是很粗糙的，是土纸印的报纸，无法印画。抗日战争开始，我停止了漫画创作，改用中国画形式来表现生活，我的思维活动就不是那么紧张了，但是在生活中间还是要思考问题。我已经养成了这个习惯，看见什么东西，或者看见了什么人、什么事，都得想一想，联系到事物的其他方面来考虑问题。这就是我在创作中的形象思维活动。

　　现在不谈漫画了，看中国画怎么画出来的。我把自己的创作分成两类，第一类是生活形象直接的启示，或者说是对生活现象的直接启示。觉得有一点意义，觉得它很美，可以入画，我把它画出来，引起看画人的美感。这类画，是指我画的舞蹈和戏剧，都是直接从生活中间取材的，没有经过大的、很多的思索，只觉得它很美，很吸引我。这里有几张画，是画舞蹈的、画戏的，也还有其他的，我在生活中间看到的觉得入画的东西。我们都知道，生活，真是五花八门，形象众多，但是我们作为画家，使它成为艺术形象，总要有所选择，不是什么都可以画的。有一个时期有一种指导思想：你只要到生活里边去，到处都是生活，你画吧，没有可选择的。我觉得这不符合艺术创作的规律。第一，首先要自己感兴趣；第二，要想一想别人是不是感兴趣。那么。这个生活选择的范围，就不那么大了。我画舞蹈，首先舞蹈本身吸引了我，但是我并没有打算今后创作的题材就限于这个。到后来，这类题材比较多了，一个原因，我接触这一方面的生活面扩大了，另外一点，爱看这种舞蹈画的兴趣培养起来了，反过来，欣赏的人督促我，使我在这方面多下功夫，多满足别人的需要，大概就这两个原因，促成我较多地从事舞蹈形象的创作。有些读者写信给我，问我什么时候定下了画舞蹈的志愿，我说，我很难说，我并没有立下什么志愿一生就画这一题材，就是刚才所说的两个因素促成的。我为什么这样说呢？如徐悲鸿画马、黄胄画驴，当然有他们的主观原因，但是客观要求的促成，这也是很重要的。现在要找徐悲鸿的马，比较好找，他画马比较多。这样一来造成一种错觉，好像徐悲鸿只能画马。于是有些拼命只在某些题材上下功夫，或者立下一种志愿，这一生就确定以这个题材做自己看家本领。我想，这只能说是符合事实的一半，而不是全部。这是讲第一类创作情况。

还有第二类，我处理生活形象，有一点我画漫画的习惯。我在生活里找漫画题材的时候，到处看，到处找，想一想，联系生活的其他方面，第二类生活形象就是这样一种，是间接的启示，不是直接去表现所看到的生活。我最近画的四张画，是《长安怀古》。去年一月份，我到西安住了一些时候，看了一些古代文化遗迹，想表现它，但是直接去画它没有什么意义，我总觉得这样表现历史现象，不能表达我对这些历史的看法。这四个题材，一个是半坡的彩陶；一个是秦陵挖出来的兵马俑；一个是汉唐石雕；再一个是杨贵妃。在马嵬坡，想起杨贵妃死在那里，有很多的感触，想表现一下杨贵妃，但不是表现那个漂亮、美丽，把唐明皇迷得神魂颠倒的杨贵妃。是画杨贵妃之死。她为什么会死？《长恨歌》讲得很清楚，安禄山造反，兵到长安，唐明皇带兵出走，几万人的部队到了马嵬坡不走了，向唐明皇质问，说是你把长安丢了，是那个杨贵妃害的，你把她杀了，我们才走。我说这个历史对妇女是不公平的。唐明皇在政治上的腐败怎么能归罪于杨贵妃呢？中国的封建历史看女人就这么看。要是这个朝代把江山丢了，多半是女人害的，最早就是纣王的妲己。这种历史的写法太不公平了。当然我们不能过分怪罪古代写历史的人，封建统治的时候看问题只能这么看，他只能这么写。但是现在我们看杨贵妃就应有另一个看法。当时我第一个想画的就是这个马嵬坡，想给杨贵妃翻案。她死得冤，我同情她，我甚至对白居易也有点意见，认为他同情唐明皇是不对的。下面我还要讲如何画这个杨贵妃。

现在讲其他几个题材，一个是半坡的彩陶。半坡，这个新石器时代的遗迹，要是如实画几个彩陶，来表现我们的老祖宗、原始社会的文化，未免太直接了点。我们现在从事造型艺术，觉得半坡的祖先的遗物十分珍贵、亲切，我想歌颂我们的祖先，但是想不出来其他的表现方法来歌颂它。我只摆了几个典型的鱼纹陶器形象，题了"美善真，闪闪半坡文"八个字，表示我对原始艺术形象的崇敬。因为是原始艺术，所以是朴素的，又是神秘的。两条鱼咬着一个人面的耳朵，周围都是鱼，是否反映人生活在鱼的中间，靠鱼来生活，很难捉摸。

另一幅画的三匹马，上面那匹灰的，是秦代的马，中间的"马踏匈奴"，是霍去病墓最有名的石雕，下面那匹马是常见的唐三彩。我们知道，秦、汉、唐三个最辉煌的历史时代，不论是政治、军事、文化都是最灿烂的时代，究竟怎样表现这个时代？你如果站在"马踏匈奴"那座石雕前面，假使有点历史感情，一定会联想到我们祖先奔驰疆场的宏伟气派。就是这匹马，最先触发我用象征的手法，来表现历史。从这一点出发，想到刚出土的秦马和到处可见的三彩马。

我在参观秦陵兵马坑的时候，很惊讶，我们那么早就有那么高度的艺术造诣，是我们想象不到的，因为我们看到的造型艺术，汉代的比较多一些，三代的东西也有，但比较原始。秦俑的造型已经进入到新时代，我很惊讶，惊讶中间考虑到另外一些问题，考虑到秦始皇这个人的问题。秦统一天下，这个朝代时间很短，秦始皇死了以后，秦很快就消失了。当时有些怀疑，为什么秦始皇有可能用那么多时间经营他的坟墓呢？能征用那么多工人制造这么多塑像？觉得不可想象，甚至于还怀疑是不是后来修的。由于我的历史知识有限，不可能得出结论，但是不管怎么样，这些艺术形象在我们的考古史上是了不起的，它填补了三代到汉的空缺。这批兵马俑本来在地上，由于时间的推移，它埋到地下去了。我想，秦始皇完成霸业统一天下，是谁替他打的？还不是这些人给他打的吗？所以，在欣赏艺术的时候，应当想到历史。历史唯物论认为，创造历史的是劳动人民，我给这幅画题了"霸业促，谁记马前卒"？有人认为"促"字用得不妥，我说这个"促"字，有两层意义，一个是仓促的促，一个是督促的促，可以理解为秦王朝霸业短促，也可以理解为秦始皇督促和推动霸业，统一天下。不管怎么样，秦王朝的天下是这些马前卒打出来的。

总而言之，最近我主要是在这方面的思维活动比较多，想考验考验自己对历史到底认识了多少，于是利用一些眼见的历史文物，来反映历史、象征历史，我觉得这样来表现生活，可以使人多一些想象的余地。这是个题材，最初的构思都想画活人，例如半坡，就画半坡人在制造陶器，背景有制成的陶器和半坡人在河里网鱼；秦汉唐二匹马后面的背景是西安一带的帝王坟墓，有秦陵、茂陵、乾陵；马嵬坡画杨贵妃"宛转蛾眉马前死"的情景，背景则画唐明皇掉转马头带兵走了；马前卒这幅画的是活着的秦兵，背景是秦始皇的指挥战车。这样的构思，在起稿过程中，发觉仍然没有离开直接表现生活的第一类创作方法，形象本身仍然属于叙述或图解历史，不可能引起读者更多的联想，于是决定改变处理方法，比较重要的变动是把背景去掉了。去掉背景可以给读者留下想象的余地。

进一步要解决的问题是只画文物，不画活人。三匹马、秦俑、彩陶本来就是文物，画他们的本来面目就行，伤脑筋的是杨贵妃，开动形象思维这根弦，干脆把杨贵妃画成一个美丽的唐俑，象征是唐明皇的一个玩物，玩腻了，把她摔了。为了说明贵妃的身份，加画了六个乐舞俑。

这是我最近的几幅画，不管是好是坏，是想跳出自己原有的创作路子，即直接从生活里边来的路子。想通过这些题材，用另一种处理方法给人一点启示和思考。我过去画漫画的时候经常用这种方法，现在用到中国画上来，比之用叙述或图解的方法要深刻一些。我觉得艺术形象不能一览无余，总要使欣赏的人有一点想象余地，就是说，应使艺术形象具有思想深度。表现生活要有一定的深度，让形象在欣赏者的脑子里转一转，想一想，使它起一点认识生活的作用。我在创作中的思维活动大概就是这样。画了《长安怀古》的四题之后，发现我的形象思维活动又慢慢回到漫画这条路上来了，我的国画形象开始赋予一点漫画的意义，即带一点讽刺的意义，《忍唱长恨歌》这幅画，实际是一幅历史讽刺画。

我画了这几张反映我对历史的一点看法。我的主观愿望是如此，客观反映如何，就不得而知了。

（刊载于1982年《迎春花》）

《浅予速写》前记

我从1935年起开始画速写。从那时以来，速写本一直没有离过身。在我的速写本中，大部分记录了我所感兴趣的形象，也有些形象并不一定感兴趣，而是特定环境中有特定意义的东西，有记录下来的必要。比如，过去不爱画建筑物，可是人的活动离不开房屋，记录生活就不能缺少建筑物。因为这样，山水、动物、机器、花草之类也逐渐在我的速写本中占有一定的地位。

因为练习画动态，我常去动物园。猴子和松鼠最机灵，费去我不少时间来研究它们的运动规律。有些读者写信问我，怎么才能把一瞬间的舞蹈动态画下来？我认为这取决于是否能掌握舞蹈运动的规律。但要掌握这规律，首先要懂得舞蹈，最好自己也能舞几下。舞蹈动作比动物的动作不知要复杂多少倍，对于舞蹈的速写，我自己认为还能得心应手，胜任愉快，而对于画动物，有时却相当吃力。问题在于我对动物的研究远不如舞蹈那么熟悉。

我爱看戏看舞蹈，在我的速写本中包括了很多舞台形象，这类形象是生活中提炼出来的精华，是舞台艺术家塑造出来的美的典型，对造型艺术有启发借鉴的作用。因此，到剧场去的时候，我总带着速写本。

二十多年的速写实践，使我领会到积累形象对于创作的重要性。然而我画速写，也并不单纯为了这一个目的。在很多场合，生活本身就是许多激动人心的美丽图画，可以通过速写，直接记录下来，起到创作的作用。我在十三陵水库、徐水、怀来、涿鹿、束鹿等地所画的速写，就是在这种要求下产生的。这类速写平均每天可画二三十页，最高的纪录在十三陵水库，一天画过五十多页。

1960年3月30日于北京

《戏曲人物》前记

懂戏的人,对任何演员,一看一听,就能辨别是梅是程,是马是周,因为对这些演员的唱腔做派太熟悉了。我虽不太懂行,但看得多,听得多,对梅兰芳、程砚秋、马连良、周信芳的扮相台风,印象很深,画起来不至于张冠李戴。

戏曲人物在我的速写本中出现,比舞蹈人物早。1935年第一次访问北平时,在长安戏院画过杨小楼和郝寿臣,1937年在哈尔飞戏院画过荀慧生。画梅兰芳、程砚秋已是1950年以后的事了:梅在音乐堂演《穆桂英挂帅》,程在长安戏院演《荒山泪》,荀慧生演《花田错》,赵燕侠演《辛安驿》,李少春和袁世海演《野猪林》,我都画过。1964年的现代戏,李少春、袁世海、刘长瑜演《红灯记》,裘盛戎、马连良、赵燕侠演《杜鹃山》,关肃霜演《黛诺》,我适逢其会。

在京戏里,老生的台步,旦角的身段,每个演员各有特点,武生的云手、踢腿、折腰、亮相,各有分寸,都不易掌握,所以画戏必须懂戏。可是京戏与昆曲,梆子与秦腔,其间的差别,更难捉摸。它们之间主要差别在唱腔,不在身段和台步,这对画家来说,要在造型上找特征,是个难题。

画戏,在中国的绘画传统中很早就有,"宋人画册"里有两幅画杂剧的小品,山西赵城广胜寺元代壁画中有一幅戏曲演出场面,明清两代的年画,戏剧题材相当多,说明画戏的传统由来已久。我们现在画戏,可以说是这个传统的继续。但是我之画戏,主要是因为发现戏剧和绘画之间有共同的造型关系,画戏,是戏剧造型的再创造,是三度空间的美凝结为二度空间的美。

有人问我画戏有什么窍门?1980年在我的速写画展前言中回答了这个问题:

要画好运动中的形象,必须发挥记忆形象的能力,说实在,任你眼快手快,绝对赶不上演员的动作快,所以靠脑子记。要记住运动中的规律和特征,以便进行'由表及里''由此及彼''举一反三'的想象和推测,想象和推测是记忆的发展,是造型创作的重要思维活动,画速写是锻炼这种思维活动的好方法。

1986 年 4 月 12 日

《中国漫画史话》序

在使用"漫画"这个通用名称之前，凡在报刊上发表的带有政治或社会寓意的画，曾经用过"讽刺画""滑稽画""笑画""寓意画"之类名称。大约二十年代后期，从日本输入"漫画"这个总称，才概括了这类具有特殊性能的画种。毕克官同志在他的《中国漫画史话》提到，这种画古已有之，举了好多例子，其中有的只有文字记载，原画已见不到，而清代罗两峰的《鬼趣图》尚存于世，可以作为实例供我们研究。

《鬼趣图》画的是鬼，实际是象征现实社会各色各样的人。把人画成鬼，可见画家对于他所生活的鬼蜮世界深有所感，才以曲折之笔抒发他的憎恶之情。这样的讽刺画，可以说是针砭了社会某种普遍形相，并非针对特定的某一事件或某一人物。中国之有针对性的政治或社会讽刺画，是受现代西方报刊的影响发展起来的。

据我所知，一十年代，上海出现了一位杰出的讽刺画家沈泊尘，他除了给报刊供画，还创办了一个专门发表讽刺画的期刊，名叫《上海泼克》。为什么叫"泼克"？因为当时英国有一本风行于世界的幽默期刊《Punch》译成中文便是"泼克"，估计沈泊尘是想把自己的期刊也办成《Punch》那样幽默泼辣。《上海泼克》似乎只出了四期便夭折了，同样，沈泊尘自己因为有肺病，也只活到三十二岁。《上海泼克》有一幅画题为《诸葛亮挥泪斩马谡》，诸葛亮是禁烟官，马谡是鸦片烟土，借京剧《空城计》故事，讽刺北洋军阀政府虚伪的禁烟政策。

继沈泊尘之后，二十年代出了另一位杰出的讽刺画家黄文农。文农所处的时代，正是中国革命运动风起云涌，趋向高潮，政治舞台的变幻多端，社会形相的五光十色，是讽刺画家发挥才能的大好时机。《史话》特别着重叙述了黄文农在这个大动荡的年代中所表现的才能和业绩。无独有偶，和沈泊尘一样，文农也只活到三十多岁，过早地结束了他的艺术生命。幸而他留下了一本《文农讽刺画集》,记录了这一时期的中国政治和社会的动态。画家在其活跃于画坛的岁月中,不仅在艺术创作上深刻地反映了军阀混战、国内革命等重大主题,而且热情洋溢地直接参加了反帝反封建的伟大革命行列,为革命作出了贡献。这个行为,对于大多数漫画家后来在抗日斗争中的爱国活动,具有先锋模范的意义。

漫画艺术有生以来便具有批判的锋芒,讽刺就是批判。英国人提倡的"幽默",是笑中带刺的批判。漫画家的作品需要鲜明地表达他对政治和社会形态的态度和立场,想隐瞒和模棱两可是不可能的。对任何政治形态或社会现象,赞成还是反对,美化还是丑化,总得反映你的态度。既不爱又不憎,态度暧昧,那就用不着你去画漫画。

各国流行的一种"无意义"漫画,我们现在称之为幽默画,画家编造情节,想入非非,逗人一笑,其实仍然反映了一定的社会或生活矛盾,否则就不可笑了。画家在生活中发掘这类矛盾,制造笑料,不可能不反映他对生活的态度。嘲笑,就是讽刺,就是否定,读者在一笑一乐之中,会得出自己的结论。画家有时把自己扮成丑角,借自我嘲弄来讽刺社会。可见所谓无意义或幽默之类漫画,并非真无意义,相反,可能含意相当深刻。幽默大师卓别林的电影,你在笑痛肚子之后,可能落下心酸的眼泪。

"诙谐"是我们老祖宗表达思想或阐明态度的巧妙方法。东方朔、阿凡提、相声演员,都是杰出的诙谐大师。他们用的是嘴,我们用的是笔,"寓庄于谐",殊途同归。现在用的"幽默"二字是从英国人那里借来的,和"诙谐"的含义很相近。我记得早期的漫画,曾用"谐画"二字为标志。如果我们不妄自菲薄和不数典忘祖的话,为什么不能用"诙谐"代替"幽默"呢。

三十年代流行过一阵连环漫画,既诙谐又带讽刺,是一种好形式。由于自己认识上的肤浅,以为解放了,人民政权建立了,共产主义就在眼前了,社会没有什么矛盾了,讽刺和诙谐的对象没有了,反映社会矛盾的悲剧和喜剧都应该送进历史博物馆了。我把自己在三十年代创造的王先生和小陈两个丑角,抛进了垃圾箱。后来才逐渐认识到,哪怕共产主义实现,社会仍然有矛盾,讽刺和诙谐的武器将永远有用。王先生和小陈这两个历史人物,作为一面镜子,也还有古为今用的意义。

　　漫画赖以生存的物质条件是报刊。抗日战争时期物质条件极度困难,用土纸印报,更谈不上照相制版了。延安《解放日报》曾经请木刻家动刀刻漫画,在报上发表。1942年,聚集桂林的漫画家和木刻家合作,印过一本《奎宁君奇遇记》画刊。由于出版条件困难,大后方的漫画家采取办展览的方式,发表作品,表达自己对社会现象的看法。漫画展览一个接一个,成为进步文化活动的重要组成部分,其中较突出、影响较大的展览有张光宇的《西游漫记》和廖冰兄的《猫国春秋》,两者锋芒针对国民党法西斯政权的倒行逆施。前者采取神话伪装,后者则用寓言伪装,读者看了,心里明白,解气解恨;检察官看了,心里也明白,却无可奈何。中国漫画家这种工作方式,是在中国的特殊物质条件和政治条件下创造出来的,足以自豪。

　　毕克官同志是在全国解放以后成长起来的漫画家,从事创作外,还有志于研究中国漫画艺术的发展史,这本《史话》是他的初步研究成果,希望他继续努力,进一步总结中国漫画家在不同历史条件下辛勤劳动的经验教训,作出实事求是的论断,用以推动今后的漫画创作。

1981年2月28日于北京

《寄情人间》自序

　　从1927年到1937年的十年,我画的主要是漫画,老一辈人大概还记得王先生和小陈这两个丑角的故事。1933年起,开始带着小本本画速写,记录生活中所见的人和事,这些速写,造型夸张,加上个标题或几句俏皮话,点出人物的个性和生活背景,成为漫画的一种新体裁,曾经以《浅予速写》和《旅行漫画》之名,印过两本画册,那是1936年的事了。

　　1937年到1945年的抗日战争时期,我当过漫画宣传兵,在敌人的轰炸下,创作过《战时重庆》一百余幅;太平洋战争爆发时,身陷敌后,将此经历画成《逃出香港》二十余幅。这些画介于漫画和速写之间,用笔则接近中国画的白描或水墨。

　　1945年,把访问康定的一段生活,写成《打箭炉日记》,我给自己的文章画了插图。在那以前,1942年,我在贵州苗族地区住了几个月,试用中国画笔墨画苗家人物的容姿,同时也用漫画手法画一些有趣的生活小品。画册里那个躲在树后偷画苗家姑娘的狼狈相和那个把"糯米糍粑"拉得老长的滑稽相,都是我自己。

　　1948年的《天堂记》,是我访问美洲回来以后的产物,反映我对美国生活方式的看法,全画三十多篇,采用的形式有点像连环图画,扮演主角形象的是我自己。

　　1949年以后,主要精力用于中国画教学和创作,这里选用了一部分课堂示范和生活速写,其中最多的是戏剧舞蹈形象。在这期间,仍不忘情于漫画,画过一些国际政治讽刺画,也画过一些社会动态。

　　1957年为茅盾的《子夜》画插图,对作者所描写的三十年代民族资产阶级政治上的两面性,以及大革命失败后工人、农民和剥削阶级的斗争形势,理解不深,插图仅仅着眼于故事情节的表面描绘,原著的深刻主题没有反映出来,觉得有损于原著的光彩。

插图中有《春蚕》的草稿,《铁木前传》的人物造型和《茶馆》的人物速写,自己认为比较满意。《土改对话》《小积极》和《大跃进》的形象,既是速写,又近乎漫画,也可以看作插图,很难划分界限。

在我看来,所有这些形象,漫画也好、速写也好,插图也好,无不反映一定的社会面貌和人间关系,而我处身其中,岂不也反映了我自己?老实说,王先生和小陈所扮演的故事,何尝不反映我的某些思想和行动:我对自己所创造的艺术形象所持有的态度,赞或贬,当然是我思想感情的反映。我把这本画册定名为《寄情人间》,也许能勉强概括所有作品的思想内容吧?

1982年12月于北京借瓮居

谈谈我的几幅新作

中断了十多年,重新提笔作画,年纪虽然老了,却想甩开过去的老路,探索一条新路。

艺术的创新,当然包括内容的新和形式的新。但是,就中国画来说,如果脱离内容,孤立地片面地追求形式上的新,单纯地强调笔墨技巧和形式上的变化,标新立异,就容易步入歧途。在艺术形式上精心经营,虽然也有可能创造某些艺术美感,但若内容贫乏空虚,终究经不起历史的考验。

艺术作品总是反映生活,表现生活,而如何表现则是很费思考的。艺术如果停留于叙述一桩事件,说明一个现象,不去探索生活的本质,就不能深刻地反映生活。应该提出更高的要求,创作出富有思想性的,具有艺术魅力的作品,更能够引起观众的联想与共鸣,给人深刻的感想和启迪。

1981年,我去西安看了许多古代文物,浮想联翩,回到北京,创作了《长安怀古》四幅。这是通过文物来表现历史。如何深刻地表达事物的本质,反映历史的本来面目,这涉及史学观和对历史事件及人物的评价。作画不能像史学家那样,运用文字概念去评价历史。中国古代的画家曾总结出许多宝贵的创作经验,如"迁想妙得";"外师造化,中得心源";以比兴手法,寓情于景,以物喻情,借以传达出一种意境;诗中有画,画中有诗,诗与画相互渗透,使作品富有诗情画意,这些都是国画的精髓。西安一行,深感祖国文化之悠久。怀古,不是怀思古之幽情,而在古代艺术遗迹中窥见我们民族之伟大和气魄。

我们祖先创造的半坡文化,原始彩陶图案,朴拙、纯真,是真善美的化身,十分恰当地表达了古老的中华民族的秉性,所以说"真善美,闪闪半坡文"。秦的兵马俑,规模宏伟,反映了秦始皇完成统一大业的雄才大略,但真正堪称为历史进步之主人的是劳动人民,那些马前卒才是更加值得歌颂的,故秦俑一幅题曰:"霸业促,谁记马前卒。"秦、汉、唐是我国历史上比较强盛的三个朝代,秦统一中国,汉的疆域最为辽阔,唐代无论哪方面都达到了封建社会发展高峰。秦陵兵马俑中的陶马,霍去病墓前的马踏匈奴石雕,还有唐之三彩马,集中地象征着古代中国之威力。选取了这三匹马,是寓意三个朝代。在古代,马是征战武功的象征,"忆疆场,风流秦汉唐"。最后的马嵬坡一幅,我是在为杨贵妃翻案。千秋功罪,往往在当时是不可理喻的,而后人对历史人物的评价,又未必公允。杨贵妃事实上是唐明皇的奴仆,但当时安禄山的兵变,政局对她太不公平。白居易的《长恨歌》是一首好诗,但是,把唐明皇写得那么多情,在马嵬坡那么悲伤,后来一直怀念她,还做梦,等等。其实,唐明皇在权衡利害之后,就把她作为牺牲品了。我国封建妇女受压迫最深,甚至一个君王最宠爱的妃子,最后也得不到保护。所以,我的画,没有沿袭白居易诗中所叙的唐明皇对杨贵妃的恩爱,而对唐明皇持批判态度,并对杨贵妃寄予了深刻的同情,故书"忍唱长恨歌"。创作内容确定下来,如何表现,却几经反复,数易其稿。最初的构思,几幅都有背景。原始彩陶后面有半坡遗址,秦兵马俑以始皇指挥战车,秦汉唐三尊马那幅,把西安的几个陵墓,即始皇陵、霍去病墓以及乾陵等都摆进去了,这样,又觉得太啰嗦。艺术表现上要求夸张、提炼、取舍和概括,琢磨来琢磨去,最后,索性把背景都去掉了,留给观众以充分想象的余地。几幅中最难处理的是马嵬坡的构图。古代仕女美人中,杨贵妃是常入画的。以《长恨歌》为题材作画的,最早有李毅士,别人也零零星星画过。但我摒弃了《长恨歌》的思路,决心替杨贵妃翻案。第一稿画的真人真事,杨妃躺在地上,唐明皇扭转马头走了。画完后,感到太富于情节性,不够含蓄;另外,一个美女死了,躺在那里,也失去了美感。于是回过头想用文物来表现。以俑的形式表现杨妃,似无婀娜妩媚之姿,但用审美的辩证关系来看,艺术的美应是高于生活的美,具有内在的本质的美。画俑,亦可达到审美的神似,以俑之形,传杨妃这一特定历史人物之神。同时,俑还具有双重意义,俑是殉葬品,现实生活中的杨贵妃,实际上就是一个高级玩物,俑更能代替她的本来面目,这样一来,《长安怀古》四幅就都用文物来表现,创作统一起来了。

我过去曾经零零碎碎画过一些山水但从没画过大幅,到了晚年,竟画了一幅山水长卷,即《富春山居新图》。元代大画家黄公望(字子久)画过《富春山居图》,我的图就算新图了。作此画的动因是1976年我回了一趟老家。我的故乡在富春江畔,那里的景色很美的,不仅春天,冬天也是很美的,山里的野猪很多,还可以打猎。童年的生活给我留下了深刻的印象,现在七十多岁了,记忆犹新。我下决心画一幅故乡的山水,富春的一山一水,一草一木,我是那么熟悉,觉得那么亲切,所以握笔颇有激情,很快就拟就一幅初稿,沿着江走,一边走,一边画,倾注了我对故乡深厚的感情,也表达了自己对祖国大地的热爱。第二年又回到了故乡,花了好几个星期,完成了第二稿,用的是水墨,具体细节都描出来了。可是这个稿子经不住端详,变化太少。

山水画,当然要师造化,但按照真山实水一一描绘,就不成其为艺术。艺术总是免不了夸张和装饰。所谓构图,所谓经营位置,就是形式上的装饰处理,沈括在《梦溪笔谈》中指出山水画"以大观小之法,其间折高折远,自有妙理",这就是说,画家作山水,不应把自己限制在固定的视点之内,要以大观小,居高临下,将山前山后,屋前屋后的景色尽收眼底。更要凭着画家对自然的观察与记忆,充分发挥艺术想象。晋朝陆机在《文赋》中说"观古今于须臾,抚四海于一瞬","笼天地于形内,挫万物于笔端"。刘勰《文心雕龙》中亦有"思接千载""视通万里"之句。通过艺术想象,艺术家可以把时间缩短或拉长,把空间缩小或者放大。画家可把观点置于运动之中,就像电影摄影师那样,运用推拉转摇的镜头,自由地延伸视野。我国传统山水画中,许多气象万千的巨作都成功地运用了这种"以大观小"之法。

1978年,我再次回到故乡,重新起稿,这次用了颜色,在描绘富春江的山山水水时,我试用了"以体观面"和"以时观空"之法,把江面、山区从画面引进引出,把远景拉近,把近景推远,画山的左面,又画山的右面,把眼睛看不到的一侧拉了出来,以丰富空间感。又将春夏秋冬四季,阴晴雨雪天气的变化,连贯一气,使之浑然一体。这样,历五年时间,经过反复曲折的构思,最后完成了《富春山居新图》。当年黄子久画《富春山居图》花了三年时间,我的构思还长两年,但实际着手画,前后加起来花了两个月时间,因手卷太长,要把它放大,精力不支,请中国画系山水研究班王镛和姜宝林两位同学帮忙,三人共同完成,总算了却一桩心愿。

　　最近,我正酝酿一幅新作,以天安门广场人民英雄纪念碑为中心,从北京猿人画起,一直到人民代表,可谓神游天安门,这是由"长安怀古"的构思引起的,但已远不只是怀古了,而是正面地对祖国五千年文明史的歌颂。画的是我想象中的天安门,不免有较浓厚的浪漫主义色彩。凡是与天安门有关的重要历史事件都上去,如李自成农民起义军进北京,五四运动,当然还有中华人民共和国成立的开国大典,等等。我已拟出六尺宣纸的小稿。这次住院,原以为是癌症转移,结果不是。既然上天假我以年,那么,这幅画我是决心要完成的了。

（刊载于1983年《美术研究》）

| 行旅绘话 |

《在大后方》前记

贵州 抗战八年，我大部分时间寄身于西南大后方。1942年从桂林去重庆，在贵阳换车，偶然赶了一次花溪镇的集，为满身花绣的苗家打扮所吸引。决定推迟重庆之行，就近远走惠水，深入摆金，体察苗族地区的生活，搜集形象资料，准备用中国画笔墨，描绘色彩丰富的生活风貌。1943年春季曾试写苗区人物画，在重庆展出，画已散失，而原始速写尚在手头。贵州地处云贵高原，贵阳地区住着苗家仲家两个民族，苗家近山，仲家近水，语言不同，服饰不同，生活习惯大致相似，能讲汉话的占多数，所以才和他们有接触的机会。我参加过花溪仲家姑娘出嫁前夜的一次歌会，使我想起三年前香港疍家渔民的另一次嫁前歌会，两者何其相似！难道这两个民族之间有什么血缘关系吗？所谓歌会，就是姑娘出嫁前夜，邀集她平时相好的女伴，以歌唱形式举行的一次话别会，女伴唱，新娘听，唱到天明，送新娘上婆家。据仲家朋友反映，他们和广西壮族是同一语系。苗家穿短裙，是否是远古三苗的后裔呢？要请民族学家来解答这个问题。苗族文化生活的重要标志是一年一度的芦笙歌舞大会，是男女青年互相交往的大好机会，可惜我没有赶上这个古老节日。

四川 1940年夏天，我曾初次到过重庆，遇上日寇的"疲劳轰炸"，日以继夜，整整炸了一星期。以此为题材，我画过一百多幅漫画，反映"战时重庆"的生活面貌。在这本集子里，记录了大后方生活的其他方面：成都的鸡公车，重庆的人拉车，嘉陵江的拉纤夫，成渝公路的木炭汽车，山区的背篓，市镇的茶馆，青城的道士，舞台上的川剧演员等等。又如：出现在成都街上的"盟军"和下江人开的"三六九"点心铺等等，都是战时的产物，都收入过我的速写本，有些丢失了，有些编进了集子。抗战那八年，要不是四川地肥人勤，怎能供养得起从全国各地涌来的大小官员和不愿做亡国奴的老百姓？大多数在这里熬过了艰难的岁月，而少数人发了国难财，他们乘日本投降这股风，把瘟疫带进了沦陷区，在受尽敌人压榨的奴隶身上再刮一层皮，使历史再演一次悲剧。这是后话，提一下可以得点教训。

西康 有远见又有社会关系的难民，抗日战争爆发时，可能一步就跨进西康这个大后方的后方，那儿离炮火最远，最保险。可是这地方住着的都是少数民族，主要是藏族，生活习惯和语言文化和我们不大相同，难民在那里生存并不容易。1945年夏季，在西方，希特勒帝国已经崩溃，在东方，日本帝国的命运也已奄奄一息。乘此流亡生活即将转变之际，到西康去作了一次采风旅行，写成了带插图的"打箭炉日记"，插图的原始材料就是这本速写集的西康部分。这年8月15日，我在成都度过了胜利的节日，然后束装就道，经雅安，过天全，跨二郎山，渡泸定桥，沿大渡河谷，折入康藏高原的东部边缘城市康定。全程虽已筑成公路，从未通过车，旅客全靠两条腿，步行五天走完全程四百华里。一路崇山峻岭，茂林深谷，观赏不尽；在二郎山顶遥望贡格雪山，尤为壮观。我的兴趣中心不在山水，而在人间，速写本的主要猎物在于旅途所见和康定市上的社会形象。最使我伤心的是从雅安起步，抬我上康定的滑竿夫竟是一对鸦片烟毒很深的可怜虫。我在日记上写道：

> 他们被鸦片的锁链锁在这条路上，出卖鸦片气力，养肥鸦片贩子，一旦断了瘾，唯一的命运，一个个在这条无形的锁链下丧生。

那是旧中国劳动人民的悲惨命运，我在这里写下一笔，让读者认识一下历史。在康定住了一个多月，接触的人物很多，出乎意料的是，几乎人人信喇嘛教的藏族社会，也有基督教堂和天主教堂，信徒当然很少，说明在神的世界里，也有斗争。喇嘛庙是康定社会活动中心，我遇到一次小活佛的坐床典礼，一次施主献茶献酥油的大场面；重要的汉人官员家中都布置了小佛堂，表示尊敬本地居民的宗教信仰；这里还留下一个明正土司，象征这一地区的世俗封建官制；我还见到一位被软禁在这里的甘孜女土司德钦汪姆，她的被软禁，是在一次藏汉武装冲突中失败的结果。

中原大地 1946年想走长江去上海，顺便领略一下三峡天险的景色，那时的长江轮船，只有大神通的人才能占到一个舱位，自知无份，因而舍江就陆，绕道走公路北上。穿过诸葛亮伐魏的褒斜道，在宝鸡搭火车，奔西安；然后沿陇海路东进，由徐州向南，循津浦路转沪宁路前往上海。在西安拜访了杨贵妃的华清池，在陕县登上羊角山俯瞰黄河浊流，在洛阳走访龙门石窟，古阳洞里著名的"龙门二十品"刻石亲眼看见了；在郑州附近，见到一座日本人留下的大碉堡和捡煤的老百姓；在开封游了著名的相国寺。上海是我和伙伴们组成漫画宣传队，经过八年长征的出发地，一旦回来，赤手空拳，以后怎么活？幸而还有一支画笔，一沓画稿，足以开始另一次长征。这次跋涉，看到日寇蹂躏后的中原大地，满目疮痍，捧着速写本，难以下笔。

1983年5月30日

《印度风情》前记

1943年夏，由于偶然的机会，搭上一架军用飞机，越过缅甸，踏上了玄奘到过的佛教古国——印度。那时日本侵略军已经占领东南亚大片土地与海洋，矛头正指向印缅边境，印度东部笼罩了战争的气氛，加尔各答执行灯火管制，预防敌机夜袭，西部远离战争，一片和平景象。我在那里住了四个月，画了很多速写，四十年后编这个集子，往事历历在目，仍感新鲜。

劳动人民 踏上印度大陆，最先接触的是农民，他们扛着锄，挂着伞，全身赤裸，只有腰部和小腹系一条丁字形的白布，这地方正热，那把伞既遮阳又遮雨。妇女赤着上身，用纱利裙的末端搭在胸前，她们在行动中，器物顶在头上，不用手提肩挑。那几年印度闹饥荒，农民缺粮，面有饥色，竟有人躺着挨饿，不呻吟、不求乞，也许是某种信仰，但愿早日脱离尘世，使我这个外来客很不理解。

知识分子 这种称呼，对印度的读书人或学者来说，也许不很确切。他或她们的地位肯定居于社会上层，是古老印度文化的继承人，又是现代印度的创造者，是甘地和尼赫鲁的信徒。我访问过诗翁泰戈尔的寂乡学院，那时诗翁刚去世，他的弟弟画家罗平特拉那斯接任学院院长。在加尔各答，认识了卓尔伐第教授和他的学生，他感慨地说：你们中国，过去几个帝国主义想统治，现在日本想独自统治；我们印度，由英国统治，现在世界大战，美国钻了进来，变成了双重统治了。

集市采风 点心摊儿，糖摊儿，摇着铃儿招徕顾客；三根木棍支个架，搭成羊肉摊儿，肉卖完了，叫卖羊头；在火烫的烈日下，顾客右手撑伞，左手举着小镜，和理发匠互相合作；选纱利裙料的农村妇女，和商人讨价还价，做成交易；卖小零碎的老妇人，躲在阴凉处等顾客；有些老资格的商人，有自己独占的商亭，不怕晒烤；在大的集市里，也有公家搭的大凉棚，收费摆摊。集市风光，丰富多姿，是搜集生活形象的好地方。

社会形象 神牛在加尔各答大街上行走坐卧，行人车辆都要为它让路；而从事生产的凡牛，却一对一对被绑在一起耕地或拉车。大象在公园里载人散步，驯蛇在街头起舞娱客；孔雀是名贵的珍禽，印度人称之为国鸟；榕树是热带的特产，一棵老树，垂下枝来生根，能占地数亩；双轮人力车是廉价的交通工具；大肚老板，挺腰巡警，苦行老人，翘胡力士，王府管家，缠头侍者，各色人等，很有个性，都能入画。此外，双熊打滚，猩猩吸烟，孟买海滨吸椰露，陋巷屋顶栽花朵，也别有情趣。

戏乐舞 在比哈尔省兰伽镇，遇到一个走江湖的剧团，演的都是历史剧，有说、有唱、有舞，很像中国的戏曲。我连看几场，还到后台画了演员。访问寂乡学院时，逢诗翁泰戈尔忌辰，全院动员，唱诗献舞，撒花祝福，幽雅肃穆，如履仙境。印度人喜爱音乐，城市角落和乡村路口，到处可听到铿锵的手鼓节拍和呜咽的手风琴乐曲，在乐曲节拍中，引出低沉悦耳、如泣如诉的歌声。

菩提伽耶 这里是佛教圣地，有一座大佛塔，塔下一块大石，凿出两只大脚印，象征释迦牟尼的行踪。塔壁雕满菩萨，周围种满菩提树，树林中有僧舍，供朝圣信徒住宿。自玄奘在此参禅取经，中国和尚跟踪而来，我在此盘桓了半天，见到两位中国法师，和几位锡兰和尚。大塔周围小塔成林，朝圣者穿行其间，口中念念有词，似在唪经。

大吉岭 喜马拉雅山脉中部有座喀钦姜伽雪峰，耸立在印度、锡金、尼泊尔的三角地带，避暑胜地大吉岭就在雪峰下的山地，居民主要是锡金人和尼泊尔人，也有中国人在此做生意。抬头就能看到白雪皑皑的雪峰，这块仙境一般的宝地，注定要成为世界游客的乐园，遗憾的是，世界正在大战，岭上冷冷清清，而锡金人和尼泊尔人的佛教庙宇里仍然生机勃勃。

埃来芬太 孟买以西，印度洋中有个小岛，岛上有座孤立的石山，印度人凿穿这座石山，雕出殿宇庙堂。大殿正中供奉一头三面的大象,几十个护法菩萨和男女信徒,立在石柱周围。脚下有侏儒侍卫,进门处石狮看守。印度的宗教石刻,举世闻名,英国有个雕刻家,在孟买办了一所艺术学校,教西方现代雕刻,他自己却潜心研究印度古代雕刻,希望从印度的石刻珍品中吸收营养,提高他的雕刻艺术。他感慨地说,这个时代,东方人向西方人学习,西方人则向东方人学习,是反常的现象。我认为,西方艺术家觉得自己已走到尽头,要另找出路,于是眼睛转向东方;而东方人在西方文化的冲击下,对自己的文化失去了信心,于是转向西方。久而久之,大家恢复了自信,就不至于继续反常了。

1983年5月28日

《冀晋秦蜀》前言

出版社给我印了两本速写集，一本是《印度风情》，1943年访问印度的记录，一本是《在大后方》，1942年至1946年在贵州、四川、西康和陇海沿线所见所画。这是新编的第三本，题名为《冀晋秦蜀》，这四个字是河北、山西、陕西、四川四省的古称，所以用这四个古称，是为了和前两本书名字数取得一致。所有选入的画稿并不限这四个省区，比如"晋陕走笔"就有河南的三幅，"舞台造型"基本上取材于北京的舞台。

"邢台记事"包括三个内容：一是秋旱，农民担水点种，一是民兵演习，一是四清斗争。现在看来，那次农村四清，是一场过火的阶级斗争，是极左路线的产物，作为历史教训，保留一点形象资料，也是有意义的。

"晋陕走笔"主要是我在1957年走访太原晋祠和黄河北岸永乐宫的记录，旁及云岗龙门两处石窟艺术和华山、黄河自然面貌。云岗二幅是1956年画的，龙门二幅、洛阳汉墓一幅是1957年画的。

西安古称长安，是秦、汉、唐三朝建都的地方，在其周围，遍布帝王陵墓，留下大量古迹文物；近几年发掘出来的秦陵兵马俑，规模之大，艺术之精，一跃而为"长安仿古"的中心。不过，茂陵霍去病墓的汉代石刻群和地下出土的大量唐俑，依然是古代艺术的高峰。这一组画里还包括顺陵和乾陵的石人、石兽。

1962年夏，我带学生去陕西乾县临摹永泰公主墓壁画，正遇上麦收季节。渭水两岸，古称秦川，是陕西的主要产麦区，"秦川麦收"这组画中，记录了黄土高原农民在风调雨顺中获得丰收的景象。因为抢季节，需要临时雇工，大量农民从甘肃平凉地区蜂拥而来，这一带人叫他们为"麦客"，乾县街上顿时热闹起来，这组画里有他们的形象。我为"麦客"写过一首诗，诗曰：

端阳榴花红，麦客出陇东；秦川麦已黄，塬上还青葱。
开镰下醴泉，五日平川空；匆匆乾县割，跃跃塬上蹿。
割罢邠州沟，又向长武涌；遥望家乡熟，撩拨归心动。
家在平凉东，年年走关中，祖为五斤粮，我为公社红。

八年抗日，我在四川住过四年。"川蜀风光"是1963年重访四川记录。除了鹅岭公园、成都农舍农民、杜甫草堂那几幅，都是川江和三峡的风光。1945年抗日战争结束，本来打算走长江回上海，一览三峡之胜，可是弄不到船票，只能望江兴叹。这次总算实现夙愿，从重庆到汉口，船行三天，饱览了长江两岸景色。滟滪堆已经炸掉，瞿塘峡化险为夷，而"早发白帝"的诗情画意，仍然存在；巫峡曲折深邃，忽开忽合，引人入胜；出巫峡水急滩险，入西陵又是排峰夹峙，我的画笔跟不上急速变换的山水景物；出西陵豁然开朗，大江平泻千里，又是一派风光。

"舞台造型"是近几年北京舞台形象的记录，其中包括民间乐舞会演，舞蹈学校和表演团体的排练，京戏演员和京戏人物，还有一位电影摄影师，也算和舞台艺术沾点边。这组画虽非来自冀晋秦蜀，却不能排除上述地方的舞台上，也有说说唱唱、蹦蹦跳跳的人物，所以也塞进了这本小小画册。仿照诗人的篇章，叫做"外一首"也可以吧。

我今年七十六岁，笔力开始钝了，眼力开始退了，脑力开始衰了，不太抓得准活动的形象了。以前，舞台人物是我速写本的主角，现在只能当配角了。不过我的审美情趣在变化，捕捉的形象在扩大，只要出版社对我的速写原稿仍感兴趣，也许还能编出几本新画册来。

1983年9月5日于北京

《甘肃采风》前言

翻开甘肃地图,从兰州往西到达新疆边境,是一条狭长的走廊,名叫河西走廊,东西长约一千公里,南北宽约一百到三百公里。走廊南缘是祁连山,与青海为临,北缘与内蒙西部大沙漠相接。这条走廊是古代丝绸之路的东端,兰新铁路从这里通过。走廊尽头有座县城敦煌,是古代中西经济文化的交汇中心,由此往西,经中亚诸国,可通古波斯、古罗马两大帝国。近代海陆开通以后,丝绸古道便失去其经济往来的作用。我们祖先在敦煌留下了一处名闻中外的佛教文化遗址——莫高窟,俗名千佛洞。

1954年春,我带了几个学生专程来到敦煌学习古代绘画艺术,在此住了三个月。除了临摹壁画,还记录了周围的风土人情。我们遇到一年一度的千佛洞庙会,敦煌人倾城来到莫高窟,烧香拜佛,饮食玩乐,一连三天,寂寞佛窟,顿呈生气。有一次,祁连山下阿克塞牧区的哈萨克人在敦煌城里开会,使我们得以接触游牧民族的慓悍形象和豪迈气概。在莫高窟,我们沉迷于魏、隋、唐、五代和西夏的几百窟灿烂的古代壁画中,其数量之大,制作之精,时代之远,不愧为全世界最伟大的艺术博物馆。我们临了一批具有代表性的摹本,带回学院当教材。我个人还搜集了多个时期的供养人形象,作为今后创作历史人物的参考。

1954年兰新铁路刚开工,兰州敦煌之间通长途汽车,第一站武威,第二站张掖,第三站酒泉,第四站安西,第五站敦煌,全部行程五天。出酒泉后,一路戈壁沙滩,荒无人烟,除了公路客车,就是玉门的运油罐车,路上绝少行人。长城西端嘉峪关在公路北面,远远望去,雄伟壮观,当年西来的客商,必须通过这中国西陲的大门,然后通往西安。河西走廊是甘肃的粮仓,靠祁连山的雪水,滋润这一片土地,沿途有几处县城,古色古香,大轮牛车,促人发思古幽情;每到宿站,祁连雪峰衬托古城寒鸦，尤有诗意。

兰州在黄河南滨，周围光秃秃一片黄土山峦，只南郊五云山和河中雁滩有绿色覆盖，每逢假日，人们都往这两处走。黄河的水到了兰州已是缓流，羊皮小筏可以载人渡河，牛皮大筏则是长途水运的工具，这类皮筏浮力大，只能顺流而下，不能逆流而上，因此黄河的水运不能充分发挥。

靠近四川北部和青海东部，是藏族人民世代生息的地方，甘肃在此成立了甘南藏族自治州。我们在敦煌完成学习任务之后，由兰州直奔自治州中心夏河。藏族生活环境都在高原多山地带，从兰州坐车南行，走完黄土高原，进入郁郁葱葱的夏河河套，地势愈走愈高，到了夏河，已是海拔三千米。著名的拉卜楞寺建在青山环抱的开阔地边缘，寺东南是市区，寺西北通牧区，寺前一片广场，是集市中心，马、牛、羊等牲口从牧区赶来这里交易。酥油、茶叶、瓷器、碗盏、锅勺等日用品也充满集市。

也正巧，我们遇到了拉卜楞寺的跳神节，和甘南藏族自治州的各界代表大会。难逢机会，给我们的速写画册增加了许多新鲜的形象。学生们还骑马到牧场去住了几天帐篷，看到牧民赛马场景。很遗憾，我没有随他们去，可是我却参加了藏民浪山节的郊游生活。此外，还看到了羊毛收购站的忙碌景象，牧民们把夏季剪下的羊毛，装上牛车送到夏河来卖，这是牧区的一项重要经济活动。1955年我画的那幅《头等羊毛》就是反映这一活动的。

1945年我到过康定，初次接触藏民生活，那次的画已编在《在大后方》速写集里，这次在甘南，接触的面更广，画的速写更多。1954年距今已三十年，当我翻看这些画稿时，好像重新在甘南生活了一次。

1984年11月2日于北京

《两访新疆》前言

小时候读历史，张骞、班超出使西域的光辉形象，曾引起我的遐想，总想看一看这块神秘的地方，可是读到什么"西出阳关无故人"，什么"胡天八月即飞雪"，又觉得不是那么容易去得的地方。

新疆解放半年后，我随中央访问团于1950年建国周年前夕来到乌鲁木齐，那时这个城市还沿用清代旧名"迪化"，不久才恢复蒙语"乌鲁木齐"原名。当时我们知道天山上有个天池，是神话西王母洗澡的地方，因为慰问工作忙，没有去成。1984年夏天，为采风重来新疆，当然要去看看雪峰下的高山湖泊，果然景色特殊，多少带点神秘色彩，于是凑了几句诗，以纪此游：

　　天池八月寒气逼，王母嬉水水没膝；
　　乌鲁木齐天外天，博格达峰永积雪；
　　黑衫林海云来集，聚雨飞过水滴清；
　　林间绿坡点牛羊，毡房客夜聆仙笛。

1950年迪化伊犁之间有苏联的中型客机可乘，伊犁是紧靠苏联哈萨克共和国的一个边境城市。三区革命的民族军总部设在这里，这里居民俄侨多，华俄混血的人也多，这里也是北疆哈萨克人的活动中心，哈族人骑在马上悠游过市。通用语言是维语、哈语、俄语，这一切组成了陌生的丰富多彩的情调。

喀什是南疆维吾尔族的文化中心，有座著名的香妃墓，1950去看时，已塌了顶，破败不堪；1984年再去时，已修建一新，游客如云，导游在此讲述香妃的故事。原来香妃是喀什的王族，这座墓庙是这个家族的集葬之地。墓庙周围是东风乡的一个队，每个农民家里葡萄满架，果树成荫，姑娘头上扎着最时髦的金线纱巾，捧着自产的西瓜敬客。1950年的景象与此大不相同，周围都是破旧土房，房顶平台上有搭个葡萄架的,这是农民缺少土地的标志。

八月的吐鲁番,家家园子里的无核葡萄已熟,摘下来送进通风的凉房,经过三个月的风吹阴干,拿到市上去就可以卖好价。我有一首赞吐鲁番葡萄的绝句:

甜遍中国葡萄干,产在火州吐鲁番。
八月季节果飘香,葡萄筐筐进凉房。

吐鲁番除产葡萄干,还有座举世闻名的"火焰山"。孙悟空借得铁扇公主的宝扇,扇灭火焰山的烈火,唐僧师徒才得平安渡过。吐鲁番是全疆气温最高的地方,在盛夏季节,人们要在葡萄架下或地下室里躲过摄氏四十度以上的高温。天山之下,的确有座火焰山,山沟皱纹经阳光一晒,酷似火焰。《西游记》作者可能到过这地方,于是发挥他的想象力,大加渲染,孙悟空的神话便制造出来。对此,我不免也有所悟,写了四句诗:

火焰山下驰飞车,热浪滚滚扑胸膛。
愿作悟空借宝扇,好教唐僧渡火山。

1950年访问南疆,坐的是盛世才的遗物——"老羊毛"卡车,这种车是盛世才统治时期用羊毛向苏联换来的,那时的公路极为简陋,只是在戈壁滩上挖两条沟,捡去道上的石子,就算是走汽车的公路了。从乌鲁木齐出发,要走六天,才能到达喀什;一路上宿站有托克逊、焉耆、库车、阿克苏、巴楚。巴楚是阿克苏和喀什之间的一个兵站,茫茫戈壁,干旱无水,每天要到几十里外去拉水,供过往车队饮用。这一路随处可见毛驴的白骨,救命的葫芦瓢,这白骨无疑是驼运队的弃物,那救命葫芦却反映自古以来旅行者的公德善举,凡有葫芦瓢的地点,过往旅客有责任把水灌满,拯救断水之人。这是生命的象征,是人类共济的高尚标志。

现在这一路已全部改建为柏油马路,在路上行驶的全是长途大型客车,牲口白骨,救命葫芦也不见了。

据文献记载,佛教最早是西域诸国传到内地来的,敦煌莫高窟是接受佛教的第一站。南疆有两处佛教石窟艺术中心,一是库车的克孜尔千佛洞,一是吐鲁番的伯孜里克千佛洞。佛教从印度传来,估计和古代经济贸易要道丝绸之路有关系。德国人勒库克和英国人斯坦因于上世纪末和本世纪初在新疆探险,剥走克孜尔一些壁画。直到1946年,才有一位中国画家韩乐然到这儿来考察并临摹艺术珍宝,我步韩的后尘,于1950年独自来到克孜尔,可惜只待了两个小时,匆匆看了几个洞,天黑下来,不得不策马离去。1984年重访克孜尔,已有区文化厅在此设立的克孜尔千佛洞保管所,得以尽观所有精彩洞窟,勾了一些画稿,并且找到了韩乐然两次临画的题记。

吐鲁番千佛洞在火焰山背后的山沟里,规模较小,开凿时期较晚,壁画残破不堪,现由山下一户农民代管,每窟加锁,保护周全。

吐鲁番还有两处著名的故城,一是"交河",一是"高昌",所谓故城,实是废墟,但可以看到残垣断壁,并能在墙角砂砾中捡到古陶片甚至古钱币。这两处故城已由文物机关定为保护单位。交河地处天山两条河沟的交汇点,是丝绸北路的交通要隘,唐人诗句经常提到"交河",骆宾王有"交河浮绝塞,弱水浸流沙"之句,虞世南有"雪暗天山道,冰塞交河源"之句。"高昌"是新疆古国,归唐后,成立西域都护府,统治这一带各自为政的小王国。据说这两城都在元代以后废弃,现在已成为凭吊新疆的历史遗迹。

1950年,我还到过喀什以西的乌恰,地处帕米尔高原,再往西便到苏联边境,这是我国极西的边防地带,居民柯尔克孜族,过的是游牧生活。边防战士常年驻扎在昆仑山高寒哨所,他们有首民谣,表达他们的艰苦生活:

  天上无鸟,地下无草;风吹石头跑,氧气吃不饱。

新疆幅员之大,居全国各省之首,而人口之少也居全国各省之首。天山横卧其中,分割为南北两疆,两疆腹地是大片沙漠,在其四周散布着层层绿洲,全靠天山、昆仑山、阿尔泰山溶解后的雪水滋润这些绿洲。这是一个非常特殊的地理环境,自古以来,为周围各游牧民族所争夺,分割成许多独立小国,直到汉代才统一在中国的疆域之内。

1984年11月8日记于北京

《北京漫笔》前记

  1947年冬季，我受北平老艺专之聘，来北京任教，从此以后，我的速写画册记录了大量故都形象。跑天桥，进剧场，逛大街，赶庙会，习以为常。待到解放大军开进北京，生活面貌渐起变化，皇帝拜祖宗的太庙，改为工人文化宫，天安门广场西侧建起人民大会堂，东侧建起了历史博物馆。建国十年，大修天安门，长安大街能并排开十辆汽车，年年国庆，几万人在此举行庆祝大典。1959年我画过一幅《北平和平解放》，画1949解放军入城式，主要根据是当时的速写记录。"大跃进"时期修建十三陵水库，我参加了劳动，留下了一组十三陵水库速写画稿。遗憾的是在京郊土改运动中，没有留下原始形象记录，好在经过这场阶级斗争，脑子里留下了许许多多活生生的农民形象，因而能在事毕之后，画出"参加土改摘记"六幅，供《漫画》月刊发表。这次供稿，获得了一个重要经验，除了用手画，还得用脑记，画速写除了练手，必须练脑。由此领会到中国画家重看重思的创作经验，把自然景象和社会动态储蓄在头脑里，以便随时取用。凡是生动活泼的形象，决非对着对象呆画所能获得。

  收在本集子里的画稿分为六个项目。

  "首都风光"十八幅，旧稿居多，画国庆十周年天安门广场那幅，我当时站在观礼台上，放眼南望，地下有坦克，天上有飞机，右侧人民大会堂，左侧历史博物馆，正南人民英雄纪念碑和正阳门，空中悬着气球标语带，除了身后的天安门，主要形象应有尽有。这是事先有个构思，然后一面看，一面想，一面画，虽然是简单的速写，其实是一次完整的创作思维活动。这里有一幅文化宫的古柏，是明朝建都以来留下的活标本，具有历史意义。这里有一个割稻的农民，他割的京西稻，过去专供宫廷享用，用玉泉水源灌溉培育，也有历史意义。此外为柳浪庄堂屋,农舍锅台,十三陵石像,压麦的碌碡,今天看来,也都算古物了。

"舞台传神"十八幅,京韵大鼓、单弦、相声,是地道的北京土玩意儿,苏州评弹、山东琴书、蒙古乐曲、新疆乐曲,都在北京舞台上出现过。

"人物留影"是偶然在我的速写本中留下的当代人物,其中有著名的作家和艺术家,大部分已经离开人间,个别人还流落在国外。

"在医院里"记录我从1976年到1982年三次大病,住过多次院,在治病期间,只要能活动,我坚持画速写,留下了不少医院的生活形象。1979年,在首都医院动了大手术,离院前,院方同意我参观手术室,画了组外科手术的形象资料,这是一次非常难得的收获。

"体育动态"共二十四幅,最生动的是"摔跤"那四幅,我以最快的速度,捕捉两人对摔的动作,目注对象,手自移动,一个回合,画了十来个动作,用了八张纸,费了五分钟,在速度上是破纪录的。世界乒乓球赛在北京举行,给报刊画了许多新闻报道式的速写。体操形体很美,全靠记忆才能画得准确。民族武术表演,有规律可循,比较容易掌握。

"在老艺专"共十八幅,其中有四幅模特儿的面面观,是我在速写课堂的示范成果,用以教导学生养成从不同角度观察对象的习惯。这里有许多青年学生的形象,至今还能辨认出谁是谁,如今他或她们已是五六十岁的人了。所谓老艺专,其全称为国立北平艺术专科学校,中央美术学院的前身。

1986年4月14日于北京

《在内蒙古与广西》前言

　　1960年和1961年这两年，我走了不少地方，值得纪念的是极北的内蒙和极南的广西。这两处都是少数民族自治区，那儿的风土人情具有鲜明的地方色彩，因而吸引着我的画笔。

　　我在1960年的初春参观了我国新建的钢都包头和它的矿石基地白云鄂博。包头原来是一块牧场。它成为贸易城市，象征着汉蒙两族之间经济上互相依赖。在旧中国，包头大约只有几万人，解放以后，开始建立钢铁基地，突然发展到几十万人。白云鄂博在这个城市的北面，是新宝勒格牧场上的一座大山包，整座山是含铁量最高的矿石。山上的机器整天整夜开动着，包钢的平炉整天整夜流着铁水，这座山的山尖儿似乎纹丝未动。草原上摆着这么一座大宝山，看着也叫人喜欢。

　　矿区周围是牧场，牛群、马群、羊群、骆驼群时常闯到矿山的街道来做客，和这新兴城市面貌形成了非常有趣的对照。早晨八点以前，当第一班工人上班的时候，太阳在东方已经升上来，月亮还徘徊在西方的地平线上，不肯下去，初春的寒雾给白云鄂博铁山蒙上一层薄纱，使庄严的山姿显得妩媚了些，这时，地面上的人流车流从四面八方向着铁山前进，组成了一幅极为美丽的社会主义新中国的图画。白云鄂博的早晨，真是迷人！

　　1961年我在内蒙古的呼伦贝尔盟度过夏天。伊敏河畔的草地，是成吉思汗的老家，现在那儿生产我国最优质的奶粉。大兴安岭在草地的东边，一条铁路在绵亘无尽的林海中穿行，坐在那车上走了几百里路程，所看见的，除森林，还是森林。还有无数条公路串连着各个牧场，汽车在草地上走，就像船在大海里航行，四际没有个边，一路上只看见牛群羊群马群；拿着钢锯的伐木工人，骑着骏马的牧民，是这块土地的主人。到了那儿，更加感到祖国的伟大。

在1960年秋天,我访问了广西的南宁、百色、靖西、桂林、龙胜五个点,画了大约五百来页速写。桂林山水当然很吸引人,不过我的兴趣却在那儿的风土人情。比如,龙胜妇女的服饰,漓江上的船家,靖西的秋收,百色的木瓜园和甘蔗林,山区的马帮,渡河的水牛,舞台上的刘三姐,还有笼子里的黑蟒等等,似乎更能叫人对这块土地产生热烙烙的感情。

在广西的日子里,特别使我感动的是僮族妇女的劳动形象。我们知道南方山区里的少数民族妇女,向来都和男子一样担负着繁重的生产劳动,有时甚至比男子负担得更多些。她们常常背负着孩子在地里干活,回家还得做家务,真是够辛苦的了。可是她们并没有忘记美化生活,还要挤出时间来绣花缝衣裳。这是多么崇高的劳动风格呀!我的速写本记录最多的是她们的形象。

有一天傍晚,靖西街上忽然来了大批农民,一下挤满了靖西县城的几条大街和几处广场,他们肩上挑着一色的被窝、粮食、饭锅、劈柴,不像赶墟(即赶集),可也不像动什么工程,因为他们没一个带农具的。一打听,才知道明天要举行全县的公社四级干部大会,碰到这样的盛会,我的速写本又添了许多的资料。

南方植物的体形和色彩,对我也有一种吸引力。木瓜和香蕉不用说了,那儿有一种凤凰树,春天开红花,盖满树顶,整个南宁的街道两侧栽满了这种树,到了春天,该多么好看。此外,华侨农场的香茅场、胡椒园和咖啡园也有特殊情调,何况那中间还点缀着五颜六色的衣裙和白盔帽,使人觉得仿佛到了热带的天堂。

在我的艺术实践中,生活和速写已结成不可分割的关系,我的速写本既是我的形象资料库,也是我的生活日记本,翻翻这些日记本,可以从中温习生活,启发创作构思。

1963年

《江南风光》前言

我的老家在富春江畔,那儿的风景很美,可就是容易发大水,大水一来,农民便遭殃。若遇到干旱,偌大一条富春江,只能干瞧着它滚滚北流,救不得干枯的禾苗。现在这条江的上游竖起了一座高坝,断住了洪水,发了电,使半个浙江可以用电来灌溉农田。

水电站拦腰截住了江水,截成了好大一片人工湖,这一带是有名的木材产地,从前利用水流送木材,现在江水变了湖水,一平如镜,要用轮船拖带了。从前的江鱼变成了湖鱼,江上的渔民变成了湖上的渔民,打鱼的方法也要改变了。据说,渔民到现在还没有摸索到好方法来对付这个人工湖里的鱼群,这样不也正好为江里的鱼族创造一个大好的繁殖机会吗?自然面貌变了,人们的生活面貌也在大大变化。

提到鱼,舟山群众的带鱼汛可真吸引人。我在"小雪"前几天赶到沈家门,渔船挤满了这东海上的大渔港,原来它们在等候第一阵北风,好让带鱼群集中到理想的水域里去,然后集中打捞。那几天海上正刮着六七级大风,等这阵风过去,就要出港捕鱼去了。渔民们趁这个时机忙着晒渔网,修渔具,备燃料,装淡水,挤得沈家门的码头和大街小巷满是人。这里不只是舟山人,也有福建人、江苏人、山东人、辽宁人,还夹着北京人。说也奇怪,怎么北京也会有海洋渔民?原来北京市为了让北京人多吃带鱼,特地组织了一个捕捞队参加到冬季渔汛的前线来了。

绍兴是典型的江南水乡,河道密如蛛网,人们出门都要坐船。尽管公路已经四通八达,但是船的作用一点也没有削弱。百里鉴湖是绍兴的交通大动脉,各式各样的船在河道里挤着穿着,各式各样的桥在河道上排着架着,它们好像在举行展览会似的待人欣赏。在河岸上,东一堆西一堆叠的像金字塔似的酒坛子,似乎有意在显示这个酒香的特色。此外,无论在船上、桥上、路上,或是地里、山里,绍兴人一律戴着黑色的毡帽,据说早在南宋时代已经流行,明清两代的图画里有它,鲁迅的小说里有它。看过《祝福》影片的人,应该不至于对它生疏的。

  江南的风光,我是非常熟悉的。在过去,对它也颇有感情。但总不及今天这样亲切。以绍兴这顶毡帽而论,过去有什么光彩?今天却牢牢吸住了我的画笔,更不用说故乡的一切欣欣向荣的变化,该有多么大的吸引力呀!

1963年

画理探索

中国画的艺术技巧

有些人看了齐白石的花鸟草虫画,心里真喜欢,可是嘴上总是说:"人是我们描写的主要对象,我们应该学习齐白石的创作方法,但不必学他的花鸟草虫。"他们觉得花鸟草虫不过是小玩意儿。没有什么现实意义,不能提倡。自从齐白石获国际和平奖以后,这种论调渐渐消失了。把绘画当成政治形象或生活图解的观点,现在站不住了,因此可以谈谈中国画的艺术技巧问题,来认识中国画的一些特征,也许对刚开始接触民族传统绘画的人有些帮助。

首先,应该从历史来看看中国画。在辽阳汉墓的壁画没有被发现以前,关于远在汉代的绘画,只能从许多画像石的造型来想象它的面貌。这几年来地下发掘出来的汉代绘画遗迹已经愈来愈多,使我们确信毛延寿那样在宫廷里服务的画家,他的艺术造诣一定很高明。不仅如此,汉代的鉴赏家还告诫画家不要一味追求物象的细节,造成"谨毛而失貌"。这是具有启发意义的一句现实主义名言。

中国画叫"肖像"为"传神"。顾名思义,替人画像不能满足于"形似",一定要做到"神似"。即使是山水画,也不能满足于对一座山一片水的表面模仿,必须要以诗人般的感情来描绘大自然的美景,达到"画中有诗"的境界;至于花鸟画,那就要使人感到"活泼天机"和"鸟语花香",标本模型式的刻画是被反对的。由此可见,中国画家对于造型的主张是现实主义的,不是自然主义。

谢赫的"六法"提出"应物象形"和"随类赋彩"两条主张,说明造型的准则应以客观存在为依据。不过,中国画家在应用解剖透视和色彩等物理学的法则时,首先是服从画家对物象的感觉,不是服从纯客观的物理现象。道理很简单,因为绘画是艺术,不是科学挂图。有些人批评中国画不科学,恰恰都是从物理现象来指责。譬如问:为什么头那么大？为什么手臂那么长？为什么桌面那么高？为什么远山那么近？为什么不分明暗？为什么月光下面没有阴影？为什么花是红的而叶是黑的？面对这些为什么，如果放弃艺术表现的特点来答辩，中国画是不容易站得住脚的。然而问题的关键并不在此，关键是在：让绘画成为科学挂图呢，还是成为供人欣赏的艺术品？

在解剖知识方面，中国的画谱和画论有过精辟的人体结构分析，并且附有简易的口诀，极容易记住。山水画谱有"远山无坡，远树无枝，远人无目"一类远近法的提示。花鸟画非常注意花木的生长规律和动物的解剖结构，假使把互生的叶子画成对生，或把鸟爪二趾在前，画成三趾在前都会闹成笑话。可是我们欣赏花鸟画时所注意的是花鸟的神情姿态，不是那些解剖、透视。这里并不是故意要替一些画得实在不好的中国画做辩护，而是希望弄清楚艺术和所谓"科学"的关系。弄清两者之间的关系，便不至于提出那么多的为什么了。

为了达到"形神兼备"，中国画家在观察生活和锻炼技法的时候是极其刻苦认真的。五代山水画家荆浩，谈他自己"写松万本方得其真"。齐白石从小就画草虫，到了七八十岁的时候，还在改变他的画法。有一幅《虾》题着"白石衰年变法"，的确变得形神更加逼真。画家对造型的要求如此之高，而一生的精力有限，所以中国画家有专工一门的传统。有的长于花鸟，有的长于山水，有的长于人物，有的偏长于几种花或几种鸟，有的甚至只专长于一种东西。比如：韩幹的"马"，韩滉的"牛"和易元吉的"猿"。专工一门是对于这一门有更深的造诣，并不是只学了一门。如果只会画马，那么他的"马"一定不会十分高明。中国画依题材不同来分科由来已久，各自发挥所长，专工一门，形成了中国画在题材内容上的百花齐放。又由于个人表现手法不同，创造了多种多样的风格，便成为中国画的百家争鸣。比如，同为花鸟，齐白石的水墨写意和于非闇的重彩工笔，风格很不相同，但各有妙趣。唐代李思训和吴道子同画大同殿壁，题材同是嘉陵山水，李思训画了三个月，吴道子画了一天，同样受到赞赏。明代仇十洲和陈老莲，都以人物画著名，他们都画过西厢插图，仇的手法细软，陈的手法刚劲，但都为后人所爱。

中国画造型的骨干是"线"。画家通过线的强弱、曲直、长短、粗细、浓淡、虚实、转折等变化表现物象的体形、质感和动势等复杂的关系构成完整的形象。在人物画中有所谓"十八描"，是历代画家所创造的线型，如"游丝"，"铁线"，"兰叶"，"蚯蚓"等。这不过是指有实物可以比拟的部分而已，线型的变化何止十八描。有人说欧洲文艺复兴以前的绘画也是用线来表现物象的，认为线不但不应该算是中国造型的特点，而且是一种落后的方法。持有这种见解的人，认为欧洲绘画在文艺复兴以后早就放弃了线，就认为线是过时了的落后的东西。从这个逻辑出发，那么因木板印刷而产生的木刻艺术，早就该在这个照相版的时代被淘汰了，然而木刻艺术却按照它自己的道路在发展着。

一种艺术的发展，除了时间的因素，还和它特殊的性能以及产生这种艺术的民族的特点有着密切的关系，若是把这两种因素去掉，那么，绘画就只能有一种，无所谓油画和国画之分或版画和木刻之分了。

"线"这个中国画的基本语言，在历代画家的创造中，它的表现力获得了高度的发展。"线"早已脱离了只表现物象外轮廓的原始状态。一个完整的生动的形象必须是"形、质、动"三者有机的联结，因此，除了表现准确的结构，"线"的职能还在于充分表现物象的"质感"和"动势"。严格地讲，中国画的每一条线，应该同时表达"形、质、动"三种感觉综合的效果，假设没有高度的艺术技巧是不容易做到的。唐代大画家吴道子所创造的人物有"吴带当风"之称，是说吴氏所画的人物衣带有临风飘举的感觉，又说吴氏画山水"行笔纵放，如风雨之骤至，雷雨之交作"。可以想见，吴道子笔下的线真达到了变化万状和气势磅礴的境地了。

"线"法之外，还有"皴""擦""点""染"等笔法。山水画里因山势、石形和土质的变化，画家创造出有如"披麻""乱柴""鬼面""斧劈"等"皴"法。"擦""点"是在画块状的墨色或颜色时的一种笔法。"染"法是运用湿笔染墨或染色的方法。人物的开脸、花鸟的设色、山水的阴阳远近，都需要运用染法来充实物象的体积感和色感。

中国画的造型技法讲究有笔有墨，笔法和墨法是连在一起的。在用笔的变化中，也就是在运用线、皴、擦、点、染等笔法之中，一定要运用墨色的正确变化，才算完整地表现形象。笔墨的关系，在某一方面看，犹如骨肉的关系，有笔无墨好像一个瘦骨嶙峋之人；有墨无笔，便像一个大胖子，都是不健康的。

一般山水画都以墨为骨干，很少用浓重的色彩，而水墨画则纯用墨色的变化来表达色彩。花鸟画到了写意特别发达的近代，画家也都喜欢单用墨色来表现，即使运用色彩，他们也认为通篇用色等于无色，在必需的地方染上必需的颜色，才能发挥色彩的效果。齐白石的芍药，枝叶用墨，花头用色，这样就降低了绿叶的色感，显得红花特别鲜艳。

但是，也有以色彩为骨干的作品，如唐代李思训的金碧山水，清代恽南田的没骨花卉，几乎看不见用墨的痕迹。第二届全国画展有些花鸟画，如王个簃的《瓶花》和田世光的《牡丹》，可以说在色彩效果上发挥了前所未有的功能。山水画家为了表现祖国的自然风景，有意强调色彩的感觉，出现了许多以色彩为主调的作品，如吴镜汀的《略阳山城》，贺天健的《七里泷秋色》等。这些作品反映了时代的感情，同时也说明了中国画的表现形式的多样性。

赋色的浓重或清淡，主要是个人风格的表现。牡丹可以画成五彩绚烂，鲜艳夺目，也可以画成墨色变幻，淡雅宜人。如果你不喜欢浓重或不喜欢轻淡，那是你个人的爱好，不能贬浓重为"媚俗"，或贬轻淡为"失真"。只有允许题材上的百花齐放和风格上的百家争鸣，才能适应今天的广大人民的要求。

中国画的篇幅和式样的变化很多，最普通的大幅有"立轴"和"横披"，小幅有"册页"和"手卷"。此外还有"通景""屏条""镜心""扇面"等式样。古代的大幅作品除了画在庙堂宫殿墙壁上，也画在可以移动的围屏上。中国画家不但能在指定的篇幅里经营指定的题材，而且能够将同一题材，安排在不同的篇幅里，中国画家在"经营位置"即构图方面的适应能力是很强的。

中国画的构图方法在运用"透视"物理上有极大的灵活性。如果只限于应用固定视界的照相式焦点透视法，便无法表现山水画中的平远、深远、高远等不同的远近法。因为人的高度只有一公尺多一点，视平线很低，只要眼前有东西挡住，无论什么远景都无法看得周全。可是优美的风景往往是"山穷水尽疑无路，柳暗花明又一村"，这样的美景只有人在里面走动，或从高处观看，才能领略它的妙处。因此中国画家创造了运动透视法（或称散点透视法）和"以大观小"法（或称鸟瞰法）

的构图,来处理这类题材。绘画的任务是用艺术的手法将现实的景物完美地表现出来,如果不能突破照相式的处理,是不会令人满意的。

敦煌的经变壁画构图和一般长卷的构图,巧妙地把不同空间和不同时间的事物组织在统一的画面里,满足了人们在视觉欲望上"求全"的要求。这是一种了不起的创造。第二届全国国画展有两件作品:一件是黎雄才的《武汉防汛图》,描写1954年武汉人民和长江洪水作斗争的伟大场面,好像一篇惊心动魄的叙事史诗;另一件是费新我的《刺绣图》,描写苏州妇女刺绣工厂的情景,却像一支清脆悦耳的民间小曲。这两件有首有尾、引人入胜的作品之所以成功,传统的构图法的巧妙运用是重要的因素之一。

运用空白是中国画艺术技巧的另一特点。我们知道画家"经营位置"主要是根据题材内容的要求,来决定物象的主从、呼应、远近、烘托等关系。但要表现这些关系,却在于构图的繁简相托、虚实相生和黑白相映。运用空白是调整这些关系,达到画面有节奏有变化并富于装饰性。空白运用得好,可以让鉴赏者有发挥想象的余地。马远的《寒江独钓图》在一大片空白中只画了一只小舟和一个渔翁,画面上虽没有明显的水纹,可是在我们视觉中仿佛存在着江水浩淼,而感到清寒满纸,这就是所谓"意到笔不到"的作用。花鸟画里的空白,使色彩格外鲜明,形象格外突出。高山脚下掩着一片白云,托出了山脚的树梢,也显出了前后层次。在构图上巧妙地运用空白,是中国画家杰出的成就。

以上从造型、笔墨和构图的几个方面简略介绍了中国画的表现技巧,是个人在创作实践中的一点粗浅的认识,提出来供欣赏中国画的个人参考。

(1956年发表于《新观察》17期)

关于线描

线是中国画重要造型手段，历代画家在线描的表现方法上积累了极其宝贵而又丰富的经验，创作了难以数计独具特色的辉煌作品，丰富了世界艺术宝库。

线的变化是根据表现对象自身的客观规律加以提炼概括而产生的。

线的变化与形象的关系主要有三个方面：

一是与形体的关系；二是与质感的关系；三是与运动的关系。

总的来说，也就是线与形、质、动的关系。首先要解决对象的形。其次是质，要表现出人体上骨、肉、头发以及各种衣服的不同质感。再就是运动，人是活的，要画出活动的感觉，人的表情也是脸上肌肉的运动。这三个任务是同时解决的。因此，一条线不是单纯的轮廓线。例如画嘴角除了外形要像一张嘴外，还要表现出嘴唇肥软有弹性的肌肉感觉，同时也要表现出表情的变化。如哭时嘴角向下弯，笑时嘴角向上。口缝的一条线要解决这三个任务。如果画得硬邦邦，很概念，便无法体现对象形、质、动三者的变化了。

形体关系就是所表达的对象组织结构的关系。我们是在平面上表现立体的物，首先就要了解对象的结构关系，将其变成画面上的体面关系，画面上的线就是根据形体上体面的变化而变化的。

运用线表达物象，首先要对对象进行充分的研究，这离不开解剖，也就是对象的结构。透视是视角与对象的关系，亦即作者离对象角度和距离所产生的前后大小、高低起伏的变化。例如画脸要搞清五官的位置和各部分的高低远近的关系，要用线表现鼻在前耳在后的关系，耳朵要画在脸庞轮廓线的后面，如果和轮廓线连起来，脸就变成平的，前后不分了。画脖子也是如此。但画胖脸可以例外。

与形体结合，还要注意整体与局部的关系，线条很多，要分出主次来。例如衣服上的许多衣褶就不能全画进去，主要部分要加以强调，可以画得粗一点。

　　还要表现内部外部的关系。例如骨骼与肌肉的关系就需要注意表现出来，像颧骨、眉弓、肘尖、膝盖等处，肌肉很薄，骨相很清楚地显露出来，要在画肉的时候让人能感觉得出里面是骨头。夏天衣服穿得薄，要使人感觉得出里面有肌体。

　　线与质感的关系：线要表现物体性质的区别。比如人体有骨骼和肌肉的区别，衣服有布、绸、呢、绒和单、夹、棉等区别。

　　线的变化很多，有长短、粗细、轻重、刚柔、圆直、浓淡、干湿之分，可以表现物体的软硬、轻重、远近、虚实种种变化。如一前一后两个人站在一起，要使两者之间有空间距离感，后面那个人的线不要接前面那个人的线，使之断开，感觉得远一点。但不要在很小的空间上也断开，例如在八分面的头像上，把侧面颊与鼻子连续的线也断开，就离得太远了。

　　线描有时也可以表现明暗，例如为了表现阳光，也可以画影子。

　　物体一般是高处比较明亮，但在画树的时候却往往把树梢画重，这主要是明暗对比构成的，树梢黑是和天空的特别明亮对比的结果。

　　为了照顾视觉习惯，线描有时也处理色彩，例如头发是黑的，习惯上我们都以密排的线来表现它的形和色。但生硬地画上一块白色的反光，看起来就不习惯。头发形态上的变化可以用深浅浓淡来表现。

　　再就是线的运用与运动的关系。运动时，衣褶的变化最多，这些变化都是由身体的运动状态和趋向所决定的。在表现运动的时候，主要的线和次要的线要明确加以区分。表现运动同时也要顾到质感。例如人在弯腰的时候，从侧面看去，上身衣服紧贴在背脊，这条线主要是表现形的运动，同时兼顾衣服的质感，衣服在胸前垂下的部分和身体离开，内部是空的，这就主要是表现衣服的动态和质感。

　　动态还有偶然性与必然性的区别。例如两肩的衣纹，一般是圆而平滑的，不会皱起来，但在某种情况下，肩上出现了纵向的皱纹，照那样子画，就会使肩变形，所以要服从必然性。但如果偶然性的变化恰恰代表了对象的特征时，也可以照实际所见的情形画。

运动还有一种倾向性，亦即运动的趋势，例如敦煌壁画上的飞天，观众能够从她的衣带飘动感觉出她的运动速度。唐代大画家吴道子画线的速度很快，画论上称他画的人物有"吴带当风"之势，可以想见他画的线一定非常熟练流畅。飞天能飞的效果，和"吴带当风"的表现方法有密切关系。

下面谈谈如何实践的问题。

线描主要依靠在创作中实践，求得进步，也可以做些专门的线描技术练习。和书法练习一般，练习使用腕力的准确性。

初学的同志做线描写生练习时，可以分三个步骤进行：

首先是铅笔起稿：起稿时，就要注意形、质、动三者的关系，画线时要考虑形体对不对，质感如何，动态表现得够不够。

其次，起好稿以后要过稿，用薄纸蒙在起的稿子上，用铅笔轻轻勾下来。铅笔硬，变化比较少，等到用毛笔勾时变化就多了。

最后落墨时，形体问题已经解决了，这时考虑的问题是墨的干湿浓淡，笔的轻重缓急，来表达质感和动态的效果。落墨前要充分考虑好，落笔以后，一般就不能改动了。非改动不可时，可填些白粉，在白粉上修改。但最好还是重新画一张。

考虑得一定要周密，何处起笔，何处收笔，何处转折，哪里轻，哪里重都要想好。考虑成熟，下笔才能肯定。否则，中途一犹疑，线就会抖、会断，连不上气。

画长线还要憋住气，要控制呼吸，中间一换气，线就会出问题。没想好就画，一定要改，一改，就往往把整幅画糟蹋了。

1956年于天津

中国画的色彩

有一种相当普遍的看法，认为中国画的色彩不够丰富。这种看法多是由于和油画、水彩作简单化的比较之后产生的。离开不同画种的具体特点去比较，难免会得出错误的结论。

绘画的色彩应用，最主要的是要从内容出发，如脱离内容而单纯追求色彩趣味，便会陷入形式主义的错误。明确了这个前提，然后再进一步探讨色彩的规律和运用方法，才不致迷失方向。这是首先要说明的一点。

探讨中国画的色彩问题，还应该从中国画的民族特征和历史发展着眼，并从科学的认识上求得解决。过去我们在色彩技术课程中多偏重于着色方法，对色彩的客观规律和使用色彩的艺术效果则谈得很少，所以还不能从根本上解决中国画的色彩问题。

这里试图着重从对色彩的认识、色彩的客观规律等问题，探讨一下中国画的色彩问题。

色彩有自身的规律，但色彩的运用，不仅要遵循色彩的客观规律，更重要的是从主体内容出发，发挥画家的主观作用。

色彩的来源与光的关系很密切。阳光具有六色：赤、橙、黄、绿、青、蓝、紫。六色相配可以产生很多颜色。物体的颜色就是由于对光线的吸收或反射的结果。例如红的是吸收了其他五色而反射出红色，黑的是把所有的颜色都吸收了，白的则是把所有的颜色都反射出来了。物体对光线的反射作用，形成物体的固有色，同时，又不免受环境的影响，而产生一定的色彩变化。

西洋画中要求表现物体对光线的吸收与反射，物体色彩相互影响等关系。例如同一个红色，在阳光下带黄。在月光下带蓝。在绿色物体近旁的红色物体，也往往带绿的成分。从色彩表现上来看，油画和水彩画一般都要求描绘出物体间复杂的色彩关系。

中国古代画家对这些现象的认识是相当早的。如宋代郭熙《林泉高致》中即曾谈到天光水色在不同季节不同环境中的色彩和感觉上的变化：

水色：春绿、夏碧、秋青、冬黑；

天色：春晃、夏苍、秋净、冬黯。

清代沈宗骞在《芥舟学画编》书中对人的肤色的变化也谈得很好。

物体色彩，作用于眼球，经视觉神经的兴奋作用，反射于大脑，产生视觉印象。人对红、绿、黄等色特别敏感。马路上用绿色作为交通信号，就是这个道理。而在某种情况下，一些对比色如红绿排列在一起，又会使人产生错觉，出现灰白的效果。

人对各种颜色的觉度（敏感程度）依次为：橙、赤、黄、绿、紫、青。颜色的觉度与其明度、纯度也有关系。

色彩还有寒暖之分。赤、橙、黄为暖色，青、紫属于寒色。暖色给人以扩张的感觉，寒色给人以收缩的感觉。绿是中间色，黄的成分多时偏暖，青色成分多时偏寒。

所有的色彩都有寒暖、明暗、纯浊等几个方面的特性。这些是色彩的一般规律。

人在不同的精神状态下对色彩的感觉又有所不同。例如：红绿色本来是很热闹的颜色，但在心情不好的人看来，却会产生"凄红惨绿"的感觉。不同地方的人对色彩的欣赏习惯不尽相同。例如湖北民间喜欢绿色，说"红配绿、看不足"，而四川却另有一说："红配绿、丑得哭。"《林泉高致》上还曾谈到"春山澹冶而如笑，夏山苍翠而如滴，秋山明净而如妆，冬山惨淡而如睡"。同样的山，在不同的情况下，给人以不同的感觉。因此，运用色彩应该同时考虑它的一般规律性，又注意到特殊的主观作用，包括情感、心理作用。否则纯客观地反映事物的色彩观象，不免陷于色彩运用自然主义。

贺天健先生曾谈到自然界的色彩在人的眼中未必真实，因为空气、阳光的流动映掩，会使自然变化莫测。山水画的着色，既要承认山水本色的客观存在，又要有自己的主观取舍，这种看法是正确的。

既然承认运用色彩有主观性，因之色彩运用的民族习惯问题也就毋庸置疑了。中国画的色彩与中国人对色彩的反映有很大关系。

各国人民由于社会历史等条件的不同，对色彩的感受不尽相同，并经过长期的发展，形成了本民族对色彩的欣赏习惯。例如中国人喜欢红绿对比，外国人则并不习惯。死人了，中国人用白色表示哀悼，外国人则用黑色。在生活中，人们常谈"牡丹虽好，全仗绿叶相配""万绿丛中一点红"，觉得这种色彩配置很美。又如"恼人春色不须多"，是讲色彩动人不在乎多。色彩的配合分量轻重很重要。妇女绣花就很懂这种道理。又如："梅雪争春""雪里看梅"，一素一妍，红白相映，分外鲜明、素雅，而"万紫千红"给人以兴奋的感觉。"金碧辉煌"绿绸子里加金，很响亮。

古代书画诗词中，如形容"秋山红树""秋水共长天一色"也很调和，这种色彩的美，使人玩味不尽，也赋予了一定的感情作用的。

在中国戏曲中对色彩的运用也具有鲜明的特色。京戏中人物衣着的颜色往往要求符合人物的身份性格，如刘备穿红、赵云穿白、张飞穿黑。这些都是基于对色彩个性的认识来处理的。

民间艺人对色彩又有自己的看法。彩塑艺人张景祜曾说："王熙凤好胜，处处要出人头地，衣服就特别鲜艳；武松是正直汉子，穿花袍子就不合适，花袍子应该穿在西门庆这种花俏人身上。"他说做泥人过去配色讲究"旧"，脱去火气，色调要沉着、协调，看起来才悦目，显得雅静、自然。

在中国画中，色彩的地位如何呢？《历代名画记》讲："运墨而五色具，谓之得意，意在五色则物象乖矣。画特忌形象采章历历具足，甚谨甚细而外露巧密。""得意"指用墨而具备了色彩的效果，则形象已足，如过分强调色彩，反而会影响形象的鲜明性。用色最忌琐碎，把什么都要摆上去，这样会妨碍物象的正确表现。因为形体是主要的，色彩只能帮助托出形体，而不能妨碍它以致"喧宾夺主"。

宋人画论中讲"绘事之求形似，舍丹青朱黄铅粉，则失足之，是岂知画之贵乎有笔，不在丹青朱黄、铅粉之工也"。设色也要注意用笔，用笔好坏关系形体表现的好坏。

归纳起来不外乎说：作画应以形体为主，采章为辅，色不夺形。

画家对自然的认识在画面上体现为意境。色彩用得好，可以帮助提高意境的效果。色彩调子是从意境出发，而又反过来丰富了意境的。中国画很注意这一点。例如谢稚柳的《春荫图》表现了没有太阳的春景，整幅是很重的绿颜色，但层次分明，充分表达了春荫的感觉。又如于非闇《红杏双鹂》虽然没画阳光，但色彩的效果却有春天遍地阳光的感觉，所以，应该根据意境创造色彩的调子。中国诗句"雨里烟村雪里山，看时容易画时难"，说明色彩的运用不是乱来的。

色彩与墨的关系是中国画造型中的关键性问题之一，在这方面近代画家已积累了不少经验。

有画论中提到色彩与墨的关系，"墨为主，色为辅。色之不可夺墨，犹宾之不可溷主。故善画者，青绿斑斓而愈见墨采之腾发"，"色不碍墨，墨不碍色"，"墨中有色，色中有墨"，"以色助墨光，以墨显色彩"。例如，红绿色中间加一条黑边，色彩就愈显。中央美术学院中国画系四、五年级为北京民族文化宫创作的大画《中国各族人民大团结万岁》，如果不勾金勾墨，效果就会大为减色。用墨勾勒，一方面能使颜色鲜明，另一方面也起调和的作用，很不调和的色彩，用墨勾勒后，能使之调和。

《芥舟学画编》中讲，重青绿三四分是墨，六七分是色，淡青绿六七分是墨，三四分是色；浅绛几乎全是用墨，颜色很少。但是青绿极重者"能勿没其墨首为得"，颜色不能盖住构成形的骨干——墨。

宋代没骨画发展到清代恽南田，纯用颜色，不勾轮廓。但他在运用色彩时，首要之点还在于表现形体，而不在于表现色彩本身。同时恽南田还不能忘情于墨，有时叶子仍然用墨勾，题款也一定用墨。始终不肯放弃墨与色的对比作用。齐白石画的画册，黄色的葫芦，不勾轮廓，但是蒂与题款仍然用墨。

关于中国画运用色彩的规律与手法，这里只就其重要谈一谈。

①对比：色彩之间有冷热、明暗、纯浊等不同程度的个性区别。将色彩组合起来，可以产生许多不同的色彩效果。过去这方面研究得少些，今天我们要多研究这些问题，特别是中国画家对这些问题的看法。中国古代画家对色彩的关系谈得很多。如："红绿相对力相强，如黑白自然"、"黄紫相对亦相强，但力弱"。荆浩也讲过"红间黄，秋叶坠；红间绿，花簇簇；青间紫，不如死；粉笼黄，胜增光"。另有人讲过"青紫不宜

并列,黄白未可肩随"。粉笼黄,指的是花蕊点粉后罩藤黄,出现一种金黄色效果。"黄白肩随"则是指黄白二色相接并列,因黄色极明,易与白色混淆。

通常看画,同类颜色在一起,效果比较温和(如红与橙即是同类色),另一种情况是补色关系(补色即是相反的颜色),如红与绿、黄与紫、青与橙是互为补色,对比强烈。调在一起变成黑色。这种对比色也能产生调和的作用,如两色相接在人眼前能产生灰色的效果。

色彩之间还有相互衬托相互影响的作用,如寒暖色在一起,寒的更寒,暖的更暖。

②主辅:一幅画尽管使用了许多颜色,但必须有主色。"五彩彰施,必有主色。以一色为主,而他色附之。""华衮灿烂,非只色之功,朱黛粉陈,举一色为主。"

③相和:与对比关系有联系。民间画工讲究"青靠香",香是带黄金的复色,如鹿皮色,青香相接很调和;"绿靠紫"、紫是指颜色中红色成分多的。绿靠紫也很调和。这些色配在一起实际就是运用补色的调和作用。

方薰说:"设色不以深浅为难,难于设色相和,和则神气生动。否则形迹宛然,画无生气。"

④取舍:中国画家很讲究色彩的取舍,在山水画中对比特别讲究。如李可染的山水画有的用花青多,有的用赭石多。主要是根据表现效果的需要加以取舍。花鸟画家主张大青大绿不能多用,只偶然用一点。人物画家谈人的肤色,本是正黄,"惟内映之以血,则黄也而兼之以赤,于是在非黄赤之间。人皆以浅赭为之,其色未免不鲜,不如用朱砂之极细面浮于上者(即朱磦)代之为得。"中国山水、花鸟画家有个共同的看法,认为满幅颜色等于没有颜色。所以应该把颜色用在非用不可的地方。

⑤变色:自然现象与画上所表现的颜色应有区别。光射于物体所产生的色彩效果与颜料色是不同的。为适应画家的主观感受,或强调对象的特征,在某些场合,甚至可以变换颜色。例如重彩花鸟中画石头往往用石青石绿,土地在山水中多用赭,在花鸟中或用黄,苏东坡以朱砂画竹,有人反对,那么请问墨竹又怎么被承认的呢?变色既是作者主

观意图的强化,又是为了求得整体色彩的效果与调和。民间年画上的树干用蓝色,为什么这样处理?这一方面是为了追求色彩的装饰效果,又在一定程度上反映了作者和人民的审美习惯、审美要求。

如果色彩如实画出,效果并不好,很跳,使人看着难受,那么就应当运用变色的手法,使整体调和起来。

懂得运用色彩的画家都十分重视一幅画的色调。色调是指一幅画的整体效果,中国画用色讲究薄,但在薄中要有厚的效果。表面看来,这种谈法似乎有些玄妙,其实只要用色得当是可以做得到的。颜色的深浅也是如此。浅的颜色要使人感到深。"设色不难于鲜艳,而难于深厚"。要浅中、薄中求厚。"重彩以少为贵,运色以轻为妙,加深者受之以渐,深厚者层累以薄也。"用深色时,要一遍遍地涂,最后的效果是深厚的。若调很厚的颜色一次涂上去,反而会感觉薄,要求"浓不堆垛,淡不轻薄"。

色彩的调子又有浓丽淡雅之分。但朱赤重彩不一定全是浓艳,淡彩水墨也不一定全是淡雅的。邹小山说:"画固有浓脂艳粉而不伤于雅,而淡墨数笔亦无解于俗者。"说明重彩与墨调和也很雅静,水墨用得不好也不免粗俗。齐白石重色和水墨并用,达到既浓艳而又淡雅的效果。这是运用色调的高度成就。关键不在于浓艳与淡雅孰高孰低,而在于如何运用得体。

中国画要求既能远看又能近看。《芥舟学画编》认为远近分量与画幅大小有关。"大幅气色过淡远望无势,而蔽于碎。"用墨淡,笔细,远望形象不显著。"小幅如气色过重,则晦滞有余而清晰不足。"贺天健先生也讲过着色要做到远望好看,近看有神韵。

中国画的着色技法,常用的有调、罩、接、托、蘸、染六种方法。

调:把不同色素的颜料调和起来画,叫作调。是一般常使用的方法。中国画的颜色有矿物质和植物质之分。有时不能调在一起使用,应该广泛地运用多种方法,以丰富色彩的表现力。

罩:是以一种颜色盖住另一种颜色,相互掩映而出现新的色彩效果,比如,红青调和成紫,红青相罩也成紫,但其色相不同。这种方法在工笔画中常用,为了避免间色相调的浓浊,先用一种颜色打底很重要。例如画秋天的草地先以赭石打底,然后罩上草绿,画人脸以淡朱色打底,然后罩上肤色,微微透出底下的红色。有时可以盖几层,形成丰富的复色效果。

接:两色相接,连接处相互渗透,不留痕迹。

托:正面、背面都涂色,以背面的颜色托出正面的颜色,显色特别厚实。

蘸:一支笔上蘸几种颜色,一笔涂出来,如写意花卉画粉色花瓣时,先蘸粉,再以笔尖蘸红,一笔涂下去,红尖白瓣就出来了。画秋叶则一边蘸赭,一边蘸绿,也是一笔画出斑驳的秋叶效果。

染:一支水笔,一支色笔同时并用。先着一色笔,然后用水笔拖染,使之逐渐淡出。花叶阴阳,骨骼起伏,衣纹转折,都用染法。

色彩与工具的关系也很密切。例如生纸与熟纸的着色效果就大不相同。熟纸是"以水运色,以色运水",生纸则是"以水融色,以色融水"。工具不同,方法也不一样。用胶也是,胶少则脱,胶重则浊。夏天用胶要重,冬天用胶要轻。

用墨用色都讲究用笔。要处处见笔。平涂无笔迹,为画家所忌。民间画工讲究烘染,也是为了避免平涂的板滞。

中国画的色彩是逐步发展的。首先是物质的作用,其次是审美的作用。

颜料纸绢采集、制造的进步,促进了设色技法的发展。最早运用色彩的是陶彩,有红土、黑烟、白土三色。敦煌六朝的画丰富了些,开始有石青石绿。但红仍是红土,间有些朱砂,白是白土,但看不到黄色。到唐代始见石黄色,用植物色更是以后的事。到宋代颜料就比较丰富了,明清更加丰富。在清代,有的画家开始使用西洋红一类的外国颜色,藤黄也是外来的。民间画工用品色(透明染料)。

最初的绘画内容主要是动物和人物的活动,山水花鸟是后来发展起来的。从敦煌壁画到水墨画是一个重大的发展过程。最早的画是尽力求色彩丰富,以后却渐趋于淡雅。由大青绿而小青绿,而浅绛,以至于水墨。到近百年又开始追求色彩的表现力。但由于审美观念的变化,近代绘画的色彩又不同于古代的重彩画,这是由于社会经济、文化处于不同的发展阶段,促成了这种变化。又由于同一时期各种方法的并存,促使了相互吸收和影响,形成了设色风格的丰富多彩。

中国画色彩的运用既丰富，又是一脉相承。既要遵循和发挥中国画家所创造的历史经验，又要不拘成法，能为表现今天的生活服务。

因此，要发展中国画的色彩，首先要掌握自己民族传统艺术的经验和特点，而后，在这个基础上学习现代有关色彩规律的研究成果和吸收外国绘画的经验溶化到自己的方法中来。

应该纠正的是，不顾自己本民族艺术的特点，拿外国画作标准来观察中国画的色彩的虚无观点，另一方面又要反对那种墨守成规的保守态度。

注意到人民的欣赏习惯，不仅要求中国画真实地反映生活，鼓励人民前进，而且要求在人们的日常生活中起一定的审美教育作用。无论是什么绘画体裁，这种双重性的任务都是非常明显的。因而在色彩的运用上除了符合生活的实际，还不能忽视装饰的效果，以及色彩在传达思想感情方面的作用。在中国画的发展中，在表现方法上，我们往往遇到"写实"和"装饰"二者之间的矛盾，我们要努力解决这个矛盾，使之统一起来，以求更充分地表达作品的主题，达到更新更美的阶段。

（刊载于 1960 年第 1 期《美术研究》）

中国画的构图讲述提纲

中国画的构图法千变万化,不像西洋画经常受到视点的限制。画家可以随心所欲,看怎样能充分表现内容来决定,不受视点束缚,是中国画构图规律之一。

《六法论》中的"经营位置"一法,就是构图法。谢赫把它排在第五位,张彦远说:"经营位置则画之总要。"我们现在画创作,立意定了以后,表现方法的第一步就是构图,构图也叫"章法"。

经营位置的八大关系:呼应开合;天地宾主;对称平衡;奇偶勾股;正局偏局;疏密虚实;以大观小;无限空间

一、呼应开合

人与人,物与物,人与物之间的有机联系。

相互顾盼呼应,非仅指手画脚,眉目传情。

荆浩《画说》:"人徘徊,山宾主,树参差,水曲折。"

《芥舟学画编》:"折开则逐物有致,合拢则通体联络"。

例:《秋山楼阁》《观瀑图》。

二、天地宾主

上留天,下留地,一般宜天少于地。(特殊者可破常格,如只留天,不留地;或只留地,不留天。)

裱画立轴,天地比例和书页相似。

例:《云关雪栈》、《三塔寺》(任渭长)天一半,地一半;地一半,水一半。

主要形象与次要形象之分,彼此不能争夺位置。

《芥舟学画编》:"宾主呼应,先察君臣呼应之位,或山为君,树为辅。"(例:《秋溪放牧》)

主山,辅山,君山,臣山;主要人物,次要人物;主干,陪枝。

宋李成画山水诀:"立宾主之位,定远近之势,然后穿凿境物,布置高低。"

或近主宾远,或远主近宾。

例:《江山楼阁》、《龙舟竞渡》(虚中有实)、《菊丛飞蝶》(花主蝶宾)、《青枫飞蝶》(蝶主枫宾)。

三、对称平衡

双峰夹峙,两小无猜,金童玉女,并蒂莲花,各不相争,互不相让,对立统一,是正局的一种形式。

此是合成双、成对、均匀的意愿,民间年画常有此格局。

例:《骑士猎归》《年画忠义堂》《四杰村》。

平衡:大小对比成均势,重心稳定找平局。

四、奇偶勾股

单数双数对照,成三角形,打破对称而成平衡之势,花鸟人物多用此格,以见交错、变化关系。

《小山画谱》:"布置之法,势如勾股。上宜空天,下宜留地,或左一右二,或上奇下偶,约以三出。"

三五成群,奇数为多,三株法,五株法,二株高低法,有高低则有轻重,从轻重对立中求平衡,"树参差"兰叶交错三叶,成三角形,概括自然美。四叶成井字呆板不自然,画中所忌。

例:《春溪水族》《双鸳鸯》。

杨柳青年画《战磐河》《三美人》《五子登科》(三五成群),齐白石《鸡冠花》。

五、正局偏局

正局:上留天,下留地,左右不偏不倚,形象居中。

山水画主峰居中,群山朝拱,亦叫正局,取其端庄、稳重,有如泰山镇压,集中而突出。

例:《花篮》《长桥卧波》《鸡雏》、"年画""门神"。

《芥舟学画编》:"画有偏局正局之分,正局者主山如人端坐庙堂,余者三公九卿,鹄立拱向;偏向如舞女欹腰,仙人啸树,又如飞鸟下水,骏战奔原。"

偏局:变化最多,最能出奇制胜,最生动活泼。截取一角,选取一隅,去粗取精,位置万变。

宋郭熙:"千里之山,不能尽奇,万里之水,岂能尽秀,须取精粹而绘之。"

一角一隅,虽只取部分,是概括的一角,精粹的一隅,有典型意象,具全局的精神。

马远有"马一角"之誉,最能发挥一角构图的特征。

花鸟最多偏局,极少正局,西洋画也如此。

例:《猿猴攫珠》《猿猴摘果》《疏荷沙鸟》《四羊图》(三与一)、《梅竹双雀》《竹涧焚香》《烟岫林居》《柳阁风帆》。

穿插:《枇杷绣羽》《果熟来禽》《豆花蜻蜓》《山村烟霭》。

六、疏密虚实

虚实相生,繁简相托。

《芥舟学画编》:"疏密相生而相应,浓淡相间而相成。"

密不嫌迫塞、疏不嫌空松。

"密不通风,疏可走马。"陈半丁:"密可走马,疏不通风。"意即密中要疏,疏中要密。

李成画山水诀:"稠叠而不崩塞,实里求虚;简淡而恐成孤,虚中求实。""画树叶,以疏间密;皴石脉,以重分轻。""全局疏,局部紧要处,加工而繁之。"(例:《秋山孤鹜》《炊烟古刹》)

"全局繁,留疏处以显之。"(密林中的夹叶,山中白云)

轻重、浓淡、厚薄、繁简,均为虚实关系。

浓淡虚实相间,可致无限层次。

例:《百子嬉春》(疏)、《出水芙蓉》(实)、《春游晚归》(疏、密)、《秋兰绽蕊》(疏)、《白头从竹》(密)、《骷髅幻戏》(左密右疏、右轻而中密)、任伯年《风雨归舟》(虚中有实)。

七、以大观小

以高处远处看景物,显其深,显其全,如看假山,如乘飞机看风景,鸟瞰式,树梢见人,山后见山,屋上架屋,左右逢源。

例:《柳阁风帆》。

宋沈括论"以大观小"(见《梦溪笔谈》):

"李成画山水亭阁及楼塔之类,皆仰画飞檐,其说以为自下望上,如人平地望屋檐间,见其榱角,此论非也。大都山水之法,盖以大观小,如人观假山耳。若同真山之法,以下望上,只合见一重山,岂可重重悉见?兼不应见其溪谷间事?又如屋舍,亦不应见其中庭及后巷中事。若人在东立,则山西便合是远境;人在西立,则山东却合是远境,似此如何成画?李君盖不知以大观小之法,其间折来折远,自有妙理,岂在掀屋角也。"

宋郭熙《林泉高致》:

"山有三远,自山下而望山巅谓之高远。自山前而窥山后谓之深远。自近山而望远山谓之平远。"

"山欲高,尽出之则不高,烟霞锁其腰则高矣。水欲远,尽出之则不远,掩映断其浪则远矣。"

八、无限空间

散点透视,运动视点。

绕着看,走着看,画山水可居,可游,打破空间、时间的限制,满足视觉欲望。

例:《敦煌佛传图》到《清明上河图》,《长江万里图》到现代的《武汉防汛图》。

例:《敦煌壁画五百强盗》《清明上河图》《长江万里图》《武汉防汛图》。

布局歌

布置无定局，机运自造物；
合情方合理，合理便成局；
布局在相势，呼应定开合；
天地交相让，宾主不争夺；
对称见平衡，居中是正局；
奇偶合勾股，取角成偏局；
相托而相生，疏密贯虚实；
实中要见虚，疏中要见密；
取大以观小，高瞻而远瞩；
空间大无限，视野容飞越。

1959年1月10日于北京国画院

中国画的透视问题

(1961年中央美院国画系讲稿)

学校学的透视学与传统的远近法有些矛盾,究竟应该怎样对待?这在国画上是个新问题,创作中常遇到。

首先要弄清楚透视在创作中起什么作用。学透视需要解决两个问题:

第一,研究任何物象由于位置、方向、角度的变化,在视觉中所起的反映的变化的规律(客体)。

第二,研究画家自己视点的变化(变化、远近、静、动),以不同视点去看同一物象的视觉的反映规律(主体),这在创作上更为重要。

中国画运用远近法的规律是和习惯于运动中看对象相联系的、一致的,跟中国画的整个表现技法也是相联系的。

现在的透视学根据西欧写实主义绘画的创作方法发展起来,为其服务,它与中国画的创作方法有分歧,有矛盾,但仍应该学,然而必须活用。现代透视学只解决上面所谈的第一个问题,而没有解决第二个问题。

过去有些人对国画构图没有很好理解,责难"中国画不讲透视",这是错误的。中国画家很早就注意透视,但不是机械运用第一方面,而是注意运用第二方面的关系。仅以焦点透视要求中国画,是要求中国画家放弃其灵活运用透视法的优良传统。中国画家不懂焦点透视法吗?不是,他们运用过,但也反对过。

从理论上看,国画家从来不满足固定一点观察事物,而是千方百计,从各方面突破定点,从各个方面、各个角度去研究和理解对象,然后选择一个最理想的视点去表现它。这个理想的视点就是画家心里的眼睛即"心眼",用心眼去观察对象,就是不仅凭眼睛而是用思想去认识对象，这是一个从感性到理性的过程，也就是使认识深化的过程。"心眼"代表了画家在观察事物中的主观能动性。如果限制画家只能用定点透视，那么，中国画的发展是不可想象的。

中国画家很早就研究透视问题了。

（一）南北朝宗炳在他的《画山水序》里谈道："夫昆仑之大，瞳子之小，迫目以寸，则其形莫睹；回以数里，则可围于寸眸。诚由去之稍阔，则其见弥小。今张绡素以远映，则昆阆之形，可围于方寸之内。竖划三寸，当千仞之高，横墨数尺，体百里之迥。是以观图画者，徒患类之不巧，不以制小而累其似，此自然之势。如是则嵩华之秀，玄牝之灵，皆可得之于一图矣。"

（二）宋代郭熙的《林泉高致》说："山有三远：自山下而仰山巅，谓之高远；自山前而窥山后，谓之深远；自近山而望远山，谓之平远。高远之色清明，深远之色重晦，平远之色有明有晦。高远之势突兀，深远之意重叠，平远之意冲融而缥缥缈缈。"

（三）宋代苏轼《书呈道子画后》说："道子画人物，如以灯取形，逆来顺往，旁见侧出，横斜平直，各相乘除，得自然之势，不差毫末。"

（四）唐代张彦远《历代名画记》说："魏晋以降，名迹在人间者，曾见之矣，其画山水，则群峰之势，若细饰犀栉，或水不容泛，或人大于山，率皆附以树石，映带其他，列植之状，则若伸臂布指。"

（五）唐代王维《山水论》（有人认为是荆浩所作）说："凡画山水，意在笔先。丈山、尺树、寸马、分人。远山无木，远树无枝；远山无石，隐隐如眉；远水无波，高与云齐。"

（六）宋代沈括《梦溪笔谈》说："李成画山上亭馆及楼塔之类，皆仰画飞檐，其说以为自下望上，如人平地望屋檐间见其椽角。此论非也。大都山水之法，盖以大观小，如人观假山耳。若同真山之法，以下望上，只合见一重山，岂可重重悉见，兼不应见其溪谷间事。又如屋舍亦不见其中庭及后庭中事。若人在东立，则山西便合是远景，人在西立，则山东却合是远景，似此为何成画？李君盖不知以大观小之法，其间折高折远，自有妙理，岂在掀屋角也。"

（七）元代饶自然《绘宗十二忌》说："作山水先要分远近，使高低、大小得宜。虽云丈山尺树寸马分人，特约略而。若拘此说，假如一尺之山，当作几大人物为是？盖近则坡石树木当大，屋宇人物称之。远则峰峦树木当小，屋宇人物称之，极远不可作人物。"

画论中反复谈到实物之间固有的本来的比例，这是为了符合平常认识实物的习惯。黄宾虹领学生散步于西湖看风景时说："你们看东西总是一个方法，总是近大远小，可是我看东西时，心里总存着一个比例，即事物之间固有的比例。"学生问黄先生到底怎样找到观察固有比例的方法，黄说就是"以大观小"的方法。"以大观小"就是"推近就远"也就是设想自己退到更远的地方来看对象，如宗炳的话："回以数里，则可围于寸目。"画家心中有全局，就可活用近大远小之法。

李成发明焦点透视，仰画飞檐，沈括驳斥他。难道焦点透视不科学吗？沈括是宋代杰出的科学家，是懂得这个道理的。问题在于李成画山水在整体上用的是远视法即心眼法，独立画山中的建筑物却用仰视法，产生了矛盾。所以沈括驳斥了他。

以上是中国画传统方法中惯用的透视法。另外，近代民间绘画中也有专门运用焦点透视法的，如颐和园长廊中的界画山水，突出近大远小，接受了建筑设计透视图的处理方法，很受群众欢迎。这是平远法在新条件下的运用，符合群众的欣赏要求。不过，这些画工所运用的焦点透视，并不严格，有时一幅画上有几组建筑物，形成几个焦点。这可以说是近代焦点透视法的活用，仍然和传统的心眼法是一致的。

认识对象

古人说，画鬼魅易，画犬马难。因为犬马有常态，鬼魅无常态。有常态的东西画差了，容易被人发觉毛病；没有常态的东西，全凭想象，指不出毛病，这么说来，画人就更难了，看画的就是人，稍有差错，哪里逃得过？要掌握常形，其实不难。只要懂得解剖知识，透视原理，比例概念，表现人的形体结构就有了把握。画人之难，不难在这里，难在得其形而传其神，创造了一个形神兼备的形象。

人物写生的第一步，是深入观察对象，从整体到局部，从局部到整体，再从整体到局部，局部到整体，多次来回反复研究对象的体态神情，获得一个明确透彻的认识，然后才能得心应手，描绘准确。

以画肖像为例，先要辨清对象脸部的基本形状，是长、是扁、是方、是圆？是上尖下圆？是下尖上圆？还是上下尖中间圆？这是脸部的外廓；然后局部分析五官位置和脸部肌肉骨骼的凹凸起伏之间的大小比例关系；并由此联系到和整个脸型的关系，再由整个脸部来分析各个部位的正确配置，如此反复研究，才能明确理解基本形体的结构。

进一步就得研究对象的精神状态。神气和表情是不容易捉摸的东西，但究竟还是要通过具体的器官和肌肉的运动表达出来的，只要细心分析，可以找到它们的来源及其组成的具体形式。比如"笑"，是嘴型张开，嘴角向上的运动，但嘴的运动不是孤立的，是由于脸部肌肉的牵动，还影响鼻翼的伸张，再上去，连带眼皮和眉尖都在动。有了这认识，画笑容的时候就不至于画得皮笑肉不笑了。

"若有所思"的具体形象，一般都集中在定神而视、视而不见的双目，但也要注意上视、下视或平视、斜视的区别，应该依靠具体的神情来决定。又比如："情绪兴奋"或"神情恍惚"这两种截然不同的神气，除了眼神显然不同，似乎都不能从脸部肌肉的运动中找到更多来源，这就需要从整个体形和动态中寻求具体的反映。

认识对象的过程是颇为复杂的，我们必须为此付出艰苦的劳动。古人说"胸有成竹"或"意在笔先"，是说明造型的经历必须先有"意象"而后才有形象。只有对对象有了明确透彻的认识，才有可能形成提炼概括的意象。

毛主席在延安文艺座谈会讲话中指出："文艺作品中反映出来的生活可以而且应该比普通的实际生活更高，更强烈，更有集中性，更典型，更理想，因此就更带普遍性。"

根据这条原理，艺术形象必须比生活形象更高、更集中。因此，必须在认识对象的过程中，进行一番去粗取精、去伪存真的整理功夫，使认识提高一步，凝结成一个虽未落墨而却已形成的意象。这个过程等于创作的构思，是决定成败的关键。这一步功夫做对做透了，下一步便容易了。

很多学画的人因为不懂这一步功夫的作用，画得很吃力；有的人自恃眼力准，往往轻视这一步功夫，虽然不吃力，却画得似是而非。要解决这个问题，应该很好的学习毛泽东同志的《实践论》，《实践论》阐明了认识事物的辩证过程，对我们认识对象有很大的帮助。

（《中国画》1960年5月号）

中国人物画的基本功

今天谈怎么学人物画,内容是"八写""八练""四临""四通"。

"八写"分两部分,前"四写"是讲方法,另外"四写"是目的。方法包括慢写、速写、对写、默写四种。那么目的呢,就是说这么写来写去解决什么问题?写什么呢?一是写形,二是写神,三是写意,四是写景。

"八写"大家比较容易理解。前"四写"中的慢写、速写、对写容易做到,但默写在学院里我们提倡了很久,总不容易做到。我们知道,中国画家历来最注重默写,他当场不画,只用眼睛看,看了把它记住,然后把它背出来。中国画家锻炼造型能力,主要靠默写,在生活中记住一切形象。

过去由于长期做课堂作业,都是对着对象画,很少离开对象画。别的画种不去管它,我们学习中国画的人应该有默写的本事。那么怎样来锻炼这种本事呢?我们试过好多方法,都没成功,而且在课堂中做这种练习不容易受到好的效果,因为我们从来写生都是对着对象画,离开对象画有人认为不必要。我们虽然试过种种办法,效果都不好。发觉在课堂里练默写是不行的。为什么不行?因为眼睛习惯了,一定要看着对象才能画,离开对象就不能画。过去我们试过一种方法,模特儿摆在那里先画一个速写,然后让模特儿走开,背着画一张默写,结果怎么样呢?他不是背那模特儿,而是背自己画过的那个速写,默写的结果还是那个原来的速写稿。原因就是他不习惯记忆形象,失败了。现在我们虽然还强调这种练习,但总觉得效果不好。所以,我们现在不勉强在课堂里画默写。默写的能力还是要在生活中去锻炼。这里面也有问题,我们提倡在生活中画速写,由于速写也是对着对象画的,所以不容易养成默写的习惯,这在教学上还是没有解决的问题。

我们学习中国画的人必须要有默写的能力,而且以这个能力为主。为了这个能力表现生活搞创作才有办法。脑子里没有形象那怎么搞创作？在中国画系要培养同学的造型能力，假使不掌握默写方法，是培养不起来的。我们所谓造型能力不是对着对象造型，而是离开对象造型。也许你们这个班能够体会到这种需要，因为你们都是从工作岗位上来的，没有摆模特儿搞创作的条件，必须依靠你脑子里积累的形象。

上面是讲方法中的"四写"，另外"四写"，其中一写比较难，就是所谓"写意"。写形、写神这种形神关系大家都很清楚，写神要在写形的基础上才能做到。写神就是写活的东西，把形象写活；写意，是写主观，写你对事物的认识，写你所认识了的事物，强调你的主观感受，写你的"意"。那就要在默写的基础上来锻炼，才能达到这个目的。这里的"写意"不是讲方法上的"写意"（粗笔或减笔，大写意或小写意），而是讲形象本身所表达的作者的主观认识。写景的"景"，范围应该理解的宽一点，不仅是环境或背景，还包括生活的某种意义或某种关系。画人物画的应该把人与人之间的关系、情节也看做是景的一部分。

这个"八写"，方法也好，目的也好，是互相联系的，不是孤立的。写形和写神不能孤立起来，它是形象本身统一的东西。慢写、速写、对写、默写都是互相有联系的。写形、写神、写意、写景都是讲如何反映形象，表现形象的问题，也都是互相联系的，不要把它孤立起来。只有八写互相联系起来，你的造型能力才算是完整的，你这种练习才算是合乎要求的。

"八练"也分两类，一类属于方法，即练笔、练墨、练色、练图（即构图）；另外"四练"，就是练眼、练手、练心、练胆。练眼、练手大家比较容易理解，所谓练心，就是练你的头脑。所谓练胆，就是说下笔要果断，不能犹豫，不能磨蹭，不浪费笔墨，练这个本事，即所谓练胆。现在一些人画画没胆量，磨磨蹭蹭，恐怕就是因为过去在学校训练的时候都是这么磨出来的，所以下笔不敢肯定。练心无非是提高理解能力，练胆则是提高得心应手的表现能力，练心练胆就是处理好认识和表现的关系问题。

练眼跟练手是连在一起的，练心和练胆也是连在一起的。我们常说"眼高手低"或"手高眼低"，中国画家经常出现这两种情况。手高眼低的,学画从临摹入手,或者一贯临摹,不去研究事物本身,手上练了一套本事,但是他的眼睛不能认识事物,因而造成"手高眼低"。"眼高手低"呢？大概上面几个写没有做到,手上没有功夫,尽管所要表现的生活内容及情节心里有底,可是手不听使唤,笔不听使唤。因此,练眼和练手必须结合在一起。眼睛看到的,手一定能够做到。你认识到的东西,你就一定要能够恰如其分地表现出来。我们要做"八练"就是要排除眼高手低或手高眼低的片面性。

有人搞创作起稿的时间很久,反复起稿,当在宣纸上落墨,用毛笔画的时候,却往往砸锅。别说眼跟手了,就是起稿的方法和落墨的方法他都不能结合在一起。起稿归起稿,落墨归落墨,毛笔他没有掌握好。自己主观上想得很好,就是在实践时做不到,所以,在练眼、练手的同时,有个掌握工具的问题。

人们现在上人体课,对模特儿的认识用中国画的工具来表现行不行？可以试一试。我们对课程的要求,真正的目的是拿中国画的工具来画这个人体。我觉得效果应该比画素描还好才对,还要概括,还要逼真。学中国画就有个掌握工具的问题,不要轻视。有些人认为素描画好了拿起笔来就是中国画,这是很荒唐的！中国画的这支笔看上去很轻,实际是很重的。你要掌握这支毛笔,运用水墨或者运用颜色,运用线条来表现形象不那么容易。你们用的炭条是硬的,没多大变化,而毛笔是很软的,你要粗就粗,要细就细,变化非常多,但要运用的好不是那么简单的事情。希望大家能认识到这一点,不是说拿起毛笔来就是中国画,要练。

练笔、练墨,笔、墨是连在一起的。

练色。我们现在缺少颜色的训练,什么原因呢,因为过去也有一种错误的看法:认为形练好了,色彩很容易解决。大家知道色彩的问题很复杂,特别是中国画运用色彩的方法跟别的画种是不一样的,这也要训练,不是把所有的颜色堆上去就是色彩。中国画很讲究色彩的对比,从对比中间创造色调,而不是中国画去向油画看齐。

我们过去也走过一些弯路,有人认为中国画的色彩太贫乏了,太单调了,想学一点油画的方法用到中国画里来,他不知道中国画的造型特点,不是把人家的东西拿来塞进去就成的,不那么简单,你要消化，要使它符合中国画造型的规律，不符合的要排除才行。我们学中国画有很多干扰，你如果意志不坚定，认识不清楚，是很容易动摇的。过去不少人动摇过，现在又回来了。

"八练"光讲不行，要靠实践，自己去体会。只有自己体会了的东西，认识了的东西，才能在自己身上起作用，光听人家讲还不行，光看人家的东西也不行，要自己融会贯通，才能够具备真正的造型能力。

下面讲"四临"：对临、背临、临古、临今。

学中国画，其中一个很重要的方法就是临摹。临摹主要是学方法。但临什么，如何临却有不同。在临摹中间不仅仅是学方法，也要学造型。人家是如何造型的，要点你要掌握。

"四临"中的对临、背临是临摹的方法。对临，对着对象临。背临，离开对象临，实际上也就是默写。背临要比对临效果好得多，因为你首先要把这张画完全熟悉了才行。我们把这叫做读画。读画如同读书，一篇文章读后会背了，那么这篇文章的内容、精神你就能够掌握了。光读不背你记不住，也不能体会得很深刻。所以临画既要对临也要背临，才能真正掌握它的方法，它的精神。背临的主要目的是掌握这张画的特征、精神、要点。

临古、临今，是说临古代人的作品，也要临现代人的作品，现代的作品反映的是现代的生活，形象是现实的形象。在古代人的画里，不一定能找得到这种恰当的方法来表现现实生活。古代作品中基本的东西，像用笔、用墨、用色的方法，是我们学习中国画的基础。我们要发展，但是一定要在这个基础上去发展，不能离开这个基础。

临摹与写生效果不一样，为什么要临呢？就是因为有些方法，譬如掌握中国画工具的方法通过临摹比较容易解决，而在写生中掌握方法则是比较困难的。所以，学中国画一方面要临摹，一方面要写生，这两者要结合起来。我们过去学画临的多，写的少；现在反了过来，偏于写生而轻视临摹。那种搞创作起稿时间很久，到宣纸上就砸锅的情况，就是因为方法没掌握，中国画的工具没掌握，或者说掌握得不熟练，我们现在人物画的教学（山水、花鸟也是如此），造型跟笔墨，练形跟练笔，要结合得很好才行。在练形的时候，要练笔；在练笔的时候要练形。就是说在临摹的时候不只学方法，也要学原来那个画家在造型上的一些特征,学人家如何造型。有些人脱离形象来练笔,这样做往往发展成什么毛病呢?硬是要形象服从他的笔墨。他练了一套人物画十八描的方法,但画出来的人呢,像个古代人穿了现代人的衣服,那个人的精神面貌不是现代人,而是古代人。所以,在训练造型的时候,形跟笔一定要紧密结合起来,发展平衡。

最后讲"四通"。

第一,要贯通画理跟画法的关系。理论跟方法要结合起来,理跟法要贯通起来,不是把它们孤立起来。过去我们强调了法,不怎么讲理,现在要解决这个问题。我们国画系目前有一个缺陷,那就是理讲的太少,法讲的太多,画理跟画法结合的不够。因此,我们要开设理论课,特别是古代的画论课,讲些古代比较有代表性的画理著作。至于人物画的画论比较少,我看来看去只有一本书符合我们目前的要求,那就是清朝人沈宗骞写的《芥舟学画编》。总之,要学画论,要懂得画论,要把画理同画法贯通起来。

第二,要穷通人情世态。就是要懂得生活,懂得人与社会的关系。对人情世态不仅要通,而且要穷通,懂得非常透彻,要非常理解人情跟世态,也就是人与社会。要研究人、研究社会,要研究得很透彻。光看表面不行,光在课堂里画模特儿更不行,要到生活中去研究人,研究生活,研究社会,做到穷通。

第三,要旁通山水花鸟。我们学人物画的也要能画山水、画花鸟。要学山水、花鸟那种造型方法,笔墨方法。为什么这么提呢?因为人物画本身在历史上讲方法并不太多,要从山水、花鸟画来补充。当然,山水、花鸟也是人物画里经常接触到的形象。专学花鸟的也要会画人物画、山水画。专学山水的人也要会画人物画和花鸟画,提倡山水、花鸟、人物都要学。至于你想专攻哪一项,那是你自己的事情,你可以利用课余时间去钻研山水或花鸟,或者人物。

第四,要变通古今中外。中国的东西要学,外国的东西也要学,但是要变,要变通。不是说吞下去就完了,要消化。要变通古代的东西、外国的东西成为今天的中国的东西。中外古今都要通。

贯通画理画法,穷通人情世态,旁通山水、花鸟,变通古今中外。这些内容是很丰富的,要想把中国画画好,还需要这个"四通"。

假使从字面的含义出发,可以这样理解,要是从实际情况出发,那么,虫鱼、鸟兽、蔬果、梅兰竹菊,都可以归到花鸟画里去。又如,山水这个概念,现在也不能狭隘理解,有人主张把它改为"风景"二字,似乎可以把范围扩大一些,其实,从字面看,二者并没有大区别。就人物画而论,何尝能把人物的活动范围包括尽净。只要我们在认识上不拘泥于现成的框框,名称不改,也仍然合适。事实上,许多作品是很难分清界限的。比如,潘天寿的《初晴》是山水还是花鸟?山东艺专的《举世奇创》是人物还是山水?又比如齐白石的《算盘》,到底归到哪一门?在古代,中国画曾经分为十三科,到了近代,才归纳为人物、山水、花鸟三大科。因为事物在发展,今后的分科一定还会变化。但是,直到今天,人物、山水、花鸟的界限并没有被彻底打破,所以还是可以沿用的。

(这篇文章是1961年艺术教育会议的产物。当时我并不主张分科,但由于种种原因我又同意国画系分为人物、山水、花鸟三科。文章前半段叙述掌握全面和专攻一门的关系,还算正确;后半段分析分科的历史原因和分科学习的具体步骤,既不充分又很混乱,反映我对中国艺术传统缺乏较深的认识。现在仅就文字不妥之处作些修改,基本观点保持原状,借以记录思想痕迹。)

中国画的染高法

染高法，就是染高处不染低处。

现实生活中的形象，高处是亮的，低处是暗的，无论素描或一般中国画在渲染时，都是按照这个规律渲染。我所介绍的这种方法，则是与此相反。将高处突出染重，低处染淡。

有人说，这违背生活的规律，其实不是。你看，比如海上的渔民，其脸、颧骨、额头部位晒得很红，颜色很深，而低处，比如眼窝、颧骨下则淡，将高处突出染重，低处染虚染淡。所以，染高不染低是真实合理的。

染高法，需要简化表现。不要越画越多，要提炼、简单概括，在主要的结构处下功夫，表现微妙处，既简单又准确生动。这就需要在画前考虑好构图形象位置，不要拿起笔来还没想好。不要只求快，要求好。踏下心来，深入细致观察对象，才能达到准确生动的好效果。

（1959年11月18日讲，郝之辉记录整理）

| 艺术教育 |

任教三十六年

一、从国立艺专到中央美院

由于徐悲鸿的鼓励，把我引进美术教育岗位。1947年冬季到原北平艺专教授速写课，1948年把我推荐到图案系当主任，也许是徐的权宜之计，让我管一管这个不被重视却缺个主任的专业，因为我是外行，遭到这个系里主要教师的反对，北平解放不久我就下了台。徐又交给我国画系一个班，让我带到毕业。1949年北平艺专改组，原有的音乐系被分出去成立了中央音乐学院，留下的国画、油画、雕塑、图案四个专业和华北大学美术系合并，成立中央美术学院。国油合并，改为绘画系；不久，图案系吸收西湖艺专的图案教师，改为实用美术系；雕塑系仍旧。在这一年绘画系扩大招生，培养普及美术干部，主要课程是：素描、勾勒、水彩、油画四门基本练习课，年画、连环画、宣传画三门创作课。我负责勾勒教研组，所有国画教师集中在教研组进修，进修内容是对模特儿写生，画白描，经常在这个组写生的有李苦禅、王青芳、黄均、陆鸿年、刘力上、田世光和我。蒋兆和那时专任一个班的素描，宗其香专任几个班的水彩。勾勒课的任务明确规定为年画、连环画的线描打基础。为什么不设国画而设油画？因为当时认为山水花鸟不能为工农兵服务，只有人物的勾勒有保留价值，而画革命领袖像必须用油彩。

在那去旧布新的年代，一切从革命的需要出发，设什么课，得服从革命的需要。革命的需要是大量普及工作的干部，既然山水花鸟不能上阵，国画专业只能靠边了。勾勒线描从国画技法体系抽出来成为一门独立的基础课，也算对革命有了贡献。后来知道这是延安鲁艺和华大美术系带来的新教学体系，认识到这是一场文艺革命，也就心安理得。从旧艺专到新美院这一段经历，是一次教育方针的突变，我这个从未沾过学院边的学院教师，真有点惶惑不知所措；但革命心切，跟着革命走总不会错。新体系由旧艺专班子教基础，华大班子教创作，实质是学院派管技术，革命派管思想。新型绘画系1949年到1950年招生三次，1953年、1954年毕业二百余人，这二百余人被分配到全国美术工作单位，主要在教育和出版岗位服务，其中多数人现已成为美术界的领导骨干。

1954年初开学不久，院领导找我谈话，说已选完三个毕业留校学生，要我带他们去敦煌学习艺术传统，准备培养他们成为国画专业的后备教师，并暗示不久将恢复国画系，这当然是一件好事，可以实现我久慕敦煌的夙愿，但事情来得突然，毫无思想准备。因为这些年来，学生头脑里装的全是工农兵，对老祖宗的艺术传统能否接受，全无把握。院部交给我的三个学生，都是业务尖子，有造型能力，有视觉敏感，他们是刘勃舒、詹建俊、汪志杰。我心里想，即使他们不能虚心接受古代艺术的熏陶，临摹一批魏隋唐的摹本回来，作为教材也是大有用处的，于是坦然受命成行。

这次敦煌学习，除了我院师生四人，还有浙江美院的老师邓白、金浪、李震坚和学生周昌谷、方增先、宋宗元。四、五、六这三个月在敦煌期间，白天临摹，晚上交谈，定期交换学习心得，最后结业，每人写一篇学习总结。表面看来，大家对民族绘画的特点以及古代画家表现生活的方法，有了一定的认识，但从临摹过程中所反映的学习态度稍加分析，便发现他们所感兴趣的不是古代人表现生活的独特方法，而是壁画本身的剥落斑斓和变色现状；不是对壁画临摹，而是对壁画写生。在撤离敦煌的途中，他们向老师提出了一个问题，问："敦煌艺术对我们的社会主义现实主义创作究竟有什么作用？"这个问题在今天看来是很容易回答的，但在当时的条件下却很难回答。我只能带点神秘的口气说："将来你们自己会做出正确的回答。"

离开敦煌后，到甘南藏族自治州夏河去采风，这是少数民族地区，语言不通，一切活动靠翻译，不得不采取权宜之计，取消三同，自由作画。白天找形象画速写，晚上在灯下画加工。这段生活，过得相当活跃。学生们最后骑马进牧区夏河草场，住帐篷、吃奶茶、看赛马，回夏河时满面春风，意气洋洋，怪我不去牧场表示遗憾。我觉得这样放手让学生在生活中驰骋，要比那种盯着学生交思想、交认识，而故意回避形象思维的方式，要活泼得多。我之所以敢于打破常规，自行其是，主要是因为首先学习任务已经完成，做一次轻松的旅行，调节劳逸；其次是尝试一下新的生活方式，看是否能取得创作成果。

记得1952年我参加了由艾中信、侯一民带队，绘画系一个班在大同煤矿的实习，因为认为自己是改造对象，一起行动服从全队的安排，高标准、严要求，和学生一样。前一阶段规定参加劳动，和矿工交朋友，改造思想为主，第二阶段可以画点速写和头像。回想那个时候，在热火朝天的生活里，不让作画，手实在痒，可一想下来是为了改造，必须暂时忘记自己是个画家。幸而我有股子硬劲，拿得起，放得下，一切可以服从要求去做，但是这究竟太勉强，太机械。例如，在交朋友阶段，有个女学生，面有难色，畏缩不前，她说，要我劳动不难，要我和男矿工交朋友实在不好意思。同学们笑她头脑封建，我心里却不以为然，但不敢站出来为她辩解，只好默不作声。总之，在那种条件下，只能随大流，不能独立思考。而甘南夏河之行，独立带队，远离组织，得有机会尝试一下新方式。那时头脑里另有一个想法，学生们带了敦煌的艺术熏陶下去，也许能建立起从事国画专业的兴趣和信心。

这年九月从甘肃回到北京时，学院已聘来苏联画家马克西莫夫，办起了油画训练班，对青年有极大吸引力，詹建俊脱离了我的小小班子，转到油画训练班去了，刘勃舒是徐悲鸿的"信徒"，专业思想比较坚定，汪志杰后来为江丰的"自由职业"设想所动，当职业画家去了。

二、重建国画系

1954年中央美术学院重建国画系，在统一招生中分配到卢沉、蒋采萍、焦可群、张扬等人，动员来的多，志愿来的少，这是意料中的事。原国画系教师全部归队，当务之急是确定教学方针。

　　北平艺专时期的国画系，执行的是徐悲鸿体系。造型基础课主要是木炭素描，画的对象是人；山水和花鸟两门课由教师示范，学生临摹。当时教山水的有黄宾虹、李可染，教花鸟的有李苦禅、田世光，徐自己教人物和动物，他的教法也是示范。有的教师整堂课一面画一面讲，留下画稿给学生临。我来校后，添了一门速写课，对象是穿衣模特儿，我的教法是同学生一起画，教学生抓对象特点，用简练笔法画。那时，教员会什么就教什么，没有系统的教学方法和进度。各个教师每周轮流上一堂课，各教各的，互不通气；学生可以各取所需，对某一教师的画法感兴趣，在课下特别加劲学，进度较快。缺少心眼的学生，好像天桥看耍把式，好看学不会；有心眼的学生，能在示范中学到老师的一招一式，为自己所用；最有主意的学生，可以到自己所崇拜的老师家去看画，现在的术语叫做吃偏饭。据说王雪涛在老艺专当学生时，特别喜欢王梦白的画，可能经常在王老师家吃偏饭。

　　我进北平艺专当教师，是因为1944年徐悲鸿看了我的旅印画展，对我的印度人物形象发生兴趣，抗日战争结束后，徐受命接办北平艺专，邀我担任国画系的人物课。我只知创作，只知向社会学习，只知向报刊供稿，却不知怎么当老师，真是受宠若惊，不知所措；当时不敢同意，直到1947年，才决定闯一闯美术学府的关。从1947年到1954年，我已有七年教龄，稍稍懂得一点教课的门径，但要我独当一面，抓一个系，却仍胆怯。何况1954年的国画系和1947年的国画系相比，所处环境和培养目标已大不相同，系主任的职责，也大不相同，要确定一个符合新环境新目标的教学方针，谈何容易。回忆当时所面临的问题，有以下几个。

　　1.培养普及干部的突击任务已完成，为工农兵服务的方针未变，新任务是在此方针指导下，向学有所长的目标前进。

　　2.苏联的学院式体系已移植过来，油画系可以套用，国画系旧教学体系已不能适应新的要求，必须建立新体系，但又不能套用苏联的，怎么办？

3.新体系只能从七年来的教学经验中去芜存菁，寻找出路。徐悲鸿体系是中西结合体，素描和国画未必有内在联系，效果究竟如何，只能走着瞧。

4.老师示范有其优越性，但满汉全席，不一定消化得了；临摹与写生二者肯定要并用，是先临后写还是先写后临？

5.新体系要有个实践过程，不能单靠理论来建立。中西结合法还得用一阵，问题是国画系的素描课要不要独创？要不要用线造型？

6.国画系有两类教师，一类是老派，即上述以示范为主的教师，主张多临摹；一类是新派，承认素描培养造型能力的作用，主张多写生。课时怎么分配？

7.有人主张专业应以工具来分，油画用油，国画用水，国画应该正名，应该叫做水画或水墨画；有人说国画也用重彩，应叫彩墨画，有人说国画名称沿用已久，不能改；又有人说，社会都要革命，改个名称有什么了不起。

8.有人对用线造型的国画特点发生怀疑，认为欧洲中世纪的画也用线，近代外国素描也有用线的，线不是中国画的特点，时至今日，用线造型早已落后。有人说没骨画法老早就有，证明可以废线，可那时正当提倡年画，又不能废线。

9.不少人反对文人画，反对欧洲现代流派，主张写实。陈衡恪赞扬文人画错了吗？倪瓒逸笔草草是写意，写意不算写实吗？究竟怎么算写实？

10.舆论认为国画是为地主资产阶级服务的，应该转而为工农兵服务。姜燕的《考考妈妈》被肯定为人物画样板，山水花鸟还要不要？

11.宋徽宗是皇帝，董其昌是大地主，郑板桥当过官，扬州八怪是盐商门下的清客，我们如何学中国绘画史？

一系列问题，一环套一环，如何解决？一条原则，就是"推陈出新"。我们的理解是：有陈可推，才能有新可出；没有陈就没有新。看来老东西还得学，老技术也得掌握，纸墨笔砚这一套工具还得继承，老教师还得发挥作用，新教师有了素描基础，还得为国画服务。至于"学好素描，拿起毛笔就是国画"之谈，还得看实践的效果如何。重建国画系的方针，不得不继续执行中西结合的双管齐下之法。

当时主要的观点，认为写实的造型基础可以为革命美术服务，各系除设专业所需的课程，造型基础的"素描"定为全院的共同大课。执行一段时间之后，发现强调明暗法的素描和国画线描造型有矛盾，决定自派教师，独立上素描课，从而缓和了矛盾。当时国画系上素描课的老师有蒋兆和和李斛。

教学实践中的一个新问题是基本训练和创作实践的关系，一头是基本训练课，一头是创作课，各自为政，互不相关，创作老师缺少国画技法，要配一个人物老师作技法指导。国画系除了素描与线描造型之矛盾外，又多了创作与技法的矛盾，一时颇觉棘手，只得在实践中探索出路。

北平艺专时期，只重基本训练，不重创作实践，认为学好技术，就能创作；那时还认为好的习作就是创作，两者之间没有严格界限。在国画教学中，习作和创作之间往往是统一的，老师的示范作品就是老师的创作，山水课的树法、石法、水法，花鸟课的勾法、点法、染法，人物课的描法、擦法、粉法等等技法都安排在示范中穿插进行，所以习作和创作结合很紧，这本来是很合理的教学方法。

中央美院建立以后，着重并强化创作课，保证文艺为工农兵服务，特别是国画系，以人物为主，山水花鸟为辅，创作独立成课，内容以年画、连环画为主，等于加设了两门课。把技法与创作有机相结合的体制，全部打碎，却又没有一条新的结合途径，系的教研工作对此分割现象也无能为力。我处在这个环境中很苦恼，真想离开教学岗位，回到卖稿卖画的生活中去。可是我这个人已为中央美院所有，除非自动退职，才能走。可"退职"等于脱离革命，很不光彩。幸亏此时江丰给了我半年创作假，几个月不领工资，学院叫人送来了，怎么办？能白拿工资不干活吗？于是硬着头皮再干下去。

干下去的第一个想法是改变技法与创作的分家制度，自动提出要求教高班创作课，为技法教师兼教创作带个头，我认为教得好坏是水平问题，教不教却是愿不愿意为人民服务的问题。想不到我这个大胆行动在"文化大革命"中，被定为"和党争青年"的一条罪状。由此可以看到，在极左路线影响下，除非彻里彻外的马克思主义者，才能教这门要害的课。那么，不禁要问，谁能保证自己是完美无缺的马克思主义者呢？

三、普及与提高

　　反右运动揭开了中央美院领导层反民族绘画传统的思想体系，我在运动中写过一篇文章，批判这种思想。争论的问题不是国画系要不要学素描，而是什么"离开了素描就失去了现实主义和社会主义"，帽子相当吓人。他们硬说国画"落后""不科学""毒害青年，耽误革命"；硬说"素描是一切造型艺术的基础"，硬说"国画没有自己的造型基础"等等。那时，沿用已久的国画名称已被改为"彩墨"，以上种种论调不断向国画系袭来，搞得教师丧气，学生苦恼，我们不得不向文化部请示，国画系到底该怎么办？文化部回答说：可以实行双轨制，一轨照传统方法学习，一轨照徐悲鸿方法学习。这个主张虽然不太积极，也还可以聊慰人心。

　　为了说明国画系的困难处境，不妨重提一下当年的某些言论。

　　"不管笔墨不笔墨，拿起毛笔来画就是。"

　　"素描是一切造型艺术的基础，当然也是国画的基础。"

　　"中国画论中所谈的造型问题，无一不是素描问题。"

　　"齐白石没有学过素描，可是他几十年的锻炼中已经体会到素描的关系。"意思是说，不学素描，想做齐白石也做不成。

　　"中国画的造型基础已经体现在契斯恰可夫的素描教学原则里，用不着另起炉灶搞什么国画造型基础了。"

　　我说，不学素描的中国画家是社会存在，不是什么诡辩否定得了的。国画要不要学素描，本来不那么绝对，可以学，也可以不学，何况一般老画家并不反对青年学素描。然而只要对素描提出一点意见，有些人就沉不住气了，他们高喊："你们不懂素描，你们反对素描！"他们对国画传统予以否定，说什么"徐悲鸿到李斛就是传统，要继承就继承这个"！我想，徐悲鸿要是活着，绝不会如此自负，李斛那时在国画系教素描，虽然对发展国画有自己的主张，也决不至于以"传统"自居。这不明明向国画系施加压力，强迫国画系屈从于他们的民族虚无主义吗？

反右运动以后，美院的领导层换了陈沛和齐速，他们两人想加强政治工作来解决学术矛盾。首先把各系的负责人组织起来学习政治，其实，脱离艺术实际而空谈政治，收效不大。学来学去，碰到了中央美院向何处去的问题，"是普及？是提高？"

反右斗争批臭了资产阶级，普及意味着无产阶级，提高意味着资产阶级。谁还敢提"提高"？在一片"普及"声中，陈沛沉思之后，突然唱起反调，说国家办高等教育，当然是培养"提高"人才，美院培养学生，当然也是为了"提高"。陈沛这么一说，全场为之震惊。而齐速仍坚持"普及"，他说，反右斗争好不容易得来胜利，美院不为工农兵，难道为资产阶级？问题一揭开，糊涂脑子突然清醒过来。对呀，"文艺座谈会讲话"不是有两句名言吗："普及基础上的提高，提高指导下的普及。"普及为了提高，提高为了普及，下里巴人不能永远是下里巴人，也要向阳春白雪看齐呀。这二者应该是统一的。然而忽左忽右的思想已在人们头里扎下了根，怎么拧也拧不过来。我们在教学中总是战战兢兢，唯恐太高太专，怕戴上"只专不红"的帽子。果不其然，不久以后，又来一场"拔白旗、树红旗"运动。

反右以后，彩墨系恢复国画系的原名。周恩来指示办中国画院。

陈沛的独立思考，对我颇有影响，坚定了我自1956年以来探索中国画艺术特征的研究，从而认识到虚无主义和保守主义都是发展民族绘画的障碍，而虚无主义的影响在青年中尤为普遍，要巩固学生的专业思想，必须让学生充分认识民族绘画传统的优点和特点。在此思想基础上，鼓起勇气，钻了一阵画史、画论和画迹，对以下几个问题讲了课或写了文章。

1. 1956年为《新观察》写了《中国画的艺术技巧》。

2. 1956年在天津讲了"关于线描"。

3. 1959年在北京国画院讲了"中国画的构图"。

4. 1960年在国画系讲了"中国画的色彩"。
5. 1961年在北京画院讲了"中国画的透视"。
6. 1961年为《人民日报》写了《掌握全面和专攻一门》。
7. 1962年在国画系讲了"中国人物画的基本功"。

以上这些研究很粗略很肤浅，距离系统的中国画美学特征还很远，但是为引导青年正确认识祖国的绘画遗产是尽了力的。当然，也回答了某些嘲笑和曲解中国画的虚无主义者，告诉他们我们祖先的艺术成就多么丰富与深邃。

四、全国艺术教育会议

1958年向党交心运动，交出了我那块搞创作的"自留地"，从那时起，坐班的时间多了，作画的时间少了，表面上安心做系里的工作，骨子里教学与创作矛盾尖锐，有怨气，逢人便说我是个业余画家，只能在星期天作画。按理说，在美院当教师，当然是专业画家，怎能自称业余呢？这说明交出自留地是不甘心的。

普及与提高之争，虽经陈沛一语道破，高等院校培养提高人才是天经地义，然而"左"的普及思潮怎能一冲便垮。"大跃进"势头来得特别迅猛，正规课程都被冲了，我两次带学生下乡，一次在永定河青白口，一次在河北省束鹿县南吕村。南吕村那次是1959年春节后，已是"大跃进"高潮，三同内容大不相同，同吃是和农民一起吃大食堂，同住是分男女和青年突击队睡大炕，同劳动是自由参加生产队干轻活。最后阶段在村子里画壁画，表扬新人新事，歌颂"大跃进"。"人有多大胆，地有多大产"的豪言壮语看，搞得人胡思乱想，反映在学生创作小品的内容，不是杜造神话，便是夸大现实。我画过一幅脚踩飞轮跨进共产主义的"六臂神农"，算是有创造性了，其实是套用敦煌壁画中的"如意轮观音"菩萨形象。这时我开始学写农民的顺口溜，在晚会上和农民同台朗诵，着实疯了一阵。可也有头脑清醒的时候，在南吕村看到一幅周思聪的创作小稿，画她在老乡家里病了，躺在床上，惊动了左邻右舍的老大娘小媳妇，给她送汤送吃，问寒问暖，我向同学指出，这才叫和农民打成一片，痛痒相关，什么老太太扭秧歌呀，同吃大锅饭呀，模范戴红花呀，芝麻大如瓜呀，都是表面文章，不算真正反映农民的精神面貌。

"大跃进"是搞普及搞得最欢的时期，学生在教室里坐不住了，老师也觉得基本训练不一定要那么多，只要多搞创作就能提高造型能力，这就是所谓"创作带造型"。我们不否定创作可以带动造型能力的提高，我以往就是在各种美术工作实践中逐渐提高造型能力的。可现在是办教育，不能按照这个方式去拉长学习的时间。"创作带造型"的思想，引出了把教室搬到农村或工厂的想法，认为只有这样，才和生活靠得更近，保证能杜绝资产阶级思想，保证能全心全意为工农兵服务。把教室搬到农村工厂去的做法，自然而然会发展成把整座学校迁离城市，以保证培养出来的学生彻底工农化。"文化大革命"后的整改阶段，不正是这样干的吗。据我所知，浙江美术学院把全院师生赶下乡去，在我老家桐庐县的一个山沟里建立起了新校舍，可惜好景不长，空想的共产主义到底是空想，这股共产风刮得愈有劲，消失得也愈快。

"大跃进"的风刮过以后，"大跃进"中产生的浮夸艺术，变成历史陈迹。艺术教育战线于1961年在北京举行艺术教育会议，重新肯定基本功的重要性，分专业的必要性。

在这个会议上，国画小组着重讨论了人物、山水、花鸟分科的问题。主张分科的理由，认为这几年美术院校大力提倡人物画，人物基础较好，山水花鸟基础很差，不能满足社会对山水花鸟的需要，因此必须改变现行的着重培养人物画家的方针，加强山水花鸟画家的培养，使这两门人才不致中断。不主张分科的理由，认为专长一门是毕业后个人创作实践和社会供求所促成的结果，院校的任务只能给学生向专长发展的必要基础，不能走单一的近路；但也看到这几年过于侧重人物基础，大大削弱了山水花鸟的比重，已经出现这两门专业后继无人的状况，同意适当削弱人物课，加强山水花鸟课，达到掌握全面，发展平衡。

讨论结果，责成各院校考虑自己的条件，提早分科，扭转山水花鸟后继无人的紧急状况。

我是不主张分科的，为了服从会议的决定，开始准备人物、山水、花鸟分科学习，先由在校的三年级试点分科，经动员后，由学生自愿选择专业。这一班共有学生19人，分科之后，计人物8人，由我和蒋兆和分别教；山水7人，由李可染、宗其香教；花鸟4人，由李苦禅和田世光教。1963年这班毕业，分配遇到困难。第一，必须照顾专业对口，如不对口，分科制便算不合实际；第二，全国范围用人单位可能去向，首先是教学单位，其次是创作单位，再次是出版社和工艺单位。我院人事部门虽然做了调查，只能求近，不能求远，北京国画院吸收了两名人物、两名山水，……最后剩下两名花鸟，分配到湖南轻工部门，一个分配在湘绣厂，一个分配在工艺美校。1964年第二分科班毕业，分配情况我不清楚，据说比第一班困难些。正在此时，运动又来了，这次叫做"社会主义教育运动"，以两个批示为纲，检查文艺战线的阶级斗争，整党内"走资派"，党外资产阶级知识分子也跑不了。系里积极分子把我1961年在广西、浙江画的速写画稿批了一通，还听说琉璃厂奉命不卖我的画了，为人民大会堂画的一幅画也退回来了，全国性的画展也排除了我的作品，非正式地给我戴上了"资产阶级画家"的帽子。陈沛成了美院最大的"走资派"，被打下乡去改造，美院背上了"黑色大染缸"的黑锅，全院师生被赶到邢台去搞"四清"。接着是"文化大革命"，"大特务"叶浅予的大字报满街贴，先住牛棚，后住监狱，长达十年。1975年从监狱放出来，还不能定案，交本单位监督劳动改造，1979年才正式平反，还要我当系主任。

五、1980年教改方案

长期以来，中央美术学院的教学路线，迂回曲折，循环反复，难以捉摸。一阵子普及，一阵子提高；一阵子工农兵，一阵子正规化；一阵子"左"，一阵子"右"；一阵子红，一阵子白，从没稳定过。这番经历，算是多灾多难了。拨乱反正，痛定思痛，究竟是什么原因要如此折腾呢？斯大林说，文学艺术家是人类灵魂的工程师，高等院校是培养未来工程师的地方，不经过多次折腾，这些人是改造不了的。反过来，又得依靠这些不很可靠的知识分子来办学。这是问题的焦点。

　　培养什么样的人，是有关中国命运的大事，当然是中国共产党的大事，可是新中国的新文化，又不能不反映旧文化对它的影响，只要稍出偏差，或稍有波折，便得掀起轩然大波，大动干戈。学院的命运如此，国画系的命运更加如此。前面几次提到，人们总是不放心国画家能掌握自己的命运，其中一个关键问题，就是要什么样的"造型基础"的问题。"素描是一切造型艺术的基础"是戴在我们头上的"紧箍咒"，加上"四人帮"的"批黑画"，把国画家打进十八层地狱。然而追根穷源，其祸害还是那个"紧箍咒"。我回到国画系之际，"工农班"已经毕业，人物研究班刚招进来，新一届正规班也已读了一年，"左"的压力也已排除。在这样一个有利时机，我认为国画系可以掌握自己的命运了。为了纠正长期以来重人物、轻山水花鸟的习惯势力，并排除"素描是一切造型艺术的基础"的"紧箍咒"，我于1980年提出一个教学新方案，主要措施是两条。

　　第一条：扭转以人物为主的习惯思想，把花鸟山水提到优先学习的地位，来一个矫枉过正；分花鸟、山水、人物三个大单元，三年中轮学二次，第一学期为花鸟大单元，第二学期为山水大单元，第三期为人物大单元，第四、第五、第六学期重复一次；第七第八学期定为侧重一门，自学为主；这样排列也是为了扭转单打一的思想，要求学生掌握全面，最后有所侧重。

　　第二条：取消素描课，改为以白描为主的造型基础；写生与临摹并重，练形与练笔结合，打破长期以来练形练笔互相脱离、各自为政的局面；提倡在练形中练笔，练笔中练形。根据艺术教育的特点，反对灌输，提倡自学。规定一二年级星期六为自学时间，三四年级每周两个上午为自学时间。

　　此外，还实行班主任制，配备教师四人（班主任在内），助教一人、人物、山水、花鸟齐全，从一年级带到毕业。班主任负责安排全班课程，督促检查教学。

这个新方案经全系教师会议通过，于1980年秋季招第一班学生。姚有多当班主任，他是教人物的，很不习惯教白描造型，念念不忘素描，怕造型基础不够，要求在花鸟山水大单元中插一个人物小单元，以保证人物造型能力，这实际上反映了以人物为主的习惯思想，而且对"白描"持怀疑态度。这个班1984年毕业，毕业创作每人三件，包括人物、山水、花鸟，这是新方案规定的毕业创作要求，都做到了，但水平不高。原因是多方面的，其中一条是这几年青年思维活跃，不太听老师的话；第二条是新方案不单设创作课，创作由专业教师带，加上农业政策改变以来，下乡实习遇到新情况，不能适应；第三条是"废素描"和"不以人物为主"的新措施，教师不能适应甚至还有抵触。这是新方案本身存在的问题，有待在实践中改正。

提出教学新方案之前，我对如何学习中国画的问题，作过多方面的思考，1979年我为《广州文艺》写过一篇文章，谈到中国人物画基本功问题，我认为，要学好中国人物画，在技术上应具备下列几个基本条件。

（一）透彻认识人体结构和运动的解剖知识；（二）准确熟练地掌握比例、透视等视觉运动的规律；（三）具有明确、肯定而富于变化的线描技能，画出人的精确生动的形象。这样的基本功叫做白描功夫。我国历代画家对白描做过长期实践，积累了丰富经验，他们以"骨法用笔"四个字概括中国画的造型基础。如果我们对白描下的功夫愈多愈深，造型能力就愈强。

有人问，素描不是已经成为一切造型艺术的基础了吗？干吗还要另搞一套白描？不错，多数学校都已采用素描作为造型训练的基础课，问题在于中国画有自己的造型特点，而且早已有自己的训练方法而自成体系，我们只能吸收素描教学的某些因素，例如体积凹凸的透视转折，这对认识对象的结构有好处；其缺点是往往受外光干扰，不能深入精确认识对象的原本结构，容易养成浮光掠影而不求甚解的习惯。特别重要的是，素描工具是铅笔或炭条，白描工具是毛笔，前者硬，后者软；前者用指力，后者用腕力；前者笔触变化小，后者笔触变化大，效果很不相同。有人素描相当好，一拿毛笔就走样，原因在于素描论者把毛笔这个工具看得过分简单，不知道它要经过长期锻炼才能运用自如。

有人说，白描造型的长处是刻画物象的外部轮廓，不能充分表现物象的体积、质感、光源、投影等因素。我并不反对学生学素描，可以作为分析和认识对象的拐杖，可以为白描打前站，但到时必须甩掉这根拐杖。至于造型的上述因素，要看你从事的是哪一门绘画，是否必须强调所有这些因素？对国画来说，既然以线造型，它在表现物象时，只能根据这个需要来决定这些因素的强弱和取舍。比如版画，也有自己的独特表现方法，也只能根据自己的需要决定取舍。其实素描基础，是为近代油画服务的，怎么能强求其他画种和它取得一致呢？

同是造型艺术，为什么要有国画、版画、油画之分呢？同是版画，也还有苏联版画和中国民族版画之分，都是因为各画种有其各自发展的条件和历史，从而形成其特点。国画以线造型，正是发挥了它的特点。形成画种特点的因素，除了历史和民族文化的因素，还有一个物质基础，即不同的工具：国画用墨用纸（绢），版画用刀用板，油画用油用布，不能互相代替。承认不同画种的特点与个性，并不排除互相影响与相互渗透，但是必须在不损害其特点和个性的前提下进行这种影响与渗透。有一个时期，版画愈刻愈大，套色愈套愈多，向国画油画看齐，造成版画创作脱离版画特点的危机；也许作者不以为是危机，读者的批评却很尖锐，他们说，看国画油画好了，为什么要看版画？国画有个时期，也有这种倾向，曾经流行过"素描加水彩"。

一花独放的契斯恰可夫素描教条，束缚了我们二十年，1980年的素描教学会议才开始解冻，承认素描的百花齐放，承认要根据不同画种的需要决定教或不教和怎么教。我在这个会上作了书面发言，除对素描表达了我的看法，也对国画教学特点提出了我的意见。

一、线描造型是中国画历史发展中形成的独有手段，从来学画都是从白描双勾入手，以骨法用笔取形；一开始就用毛笔造型，在练笔中练形，在练形中练笔，二者齐头并进。

二、学国画的传统方法是先临摹，后写生，二者反复交替进行，提高造型和用笔的能力；临摹并非单纯练笔，要兼学造型；写生着重练形，同时学练笔；二者方法不同，目的一致，使造型与笔墨紧密结合。

三、我国五四以后兴起的美术教育制度，从西方移植过来，先学素描，从而发展了油画版画新品种，但在中华人民共和国成立以前的美术院校中，国画专业教学，仍然遵循传统的方法而自成体系；中华人民共和国成立以后，这个体系被"素描是一切造型艺术的基础"打乱了。

四、素描课的对象都是人，从石膏到人体都是为了研究人、表现人，认为只要把人画好了，造型能力就解决了。有人还认为只要把素描画好了，拿起毛笔画宣纸，就是中国画了。事实证明，这是不科学的。以山水花鸟为例，不去研究自然界的一切生态，是无能为力的。只能画人，不能保证能画好山水花鸟。

五、过去二十年过分强调以人物为主的办学方针，排斥了山水花鸟，出现山水花鸟的断线，从而也枯竭了人物画的技法营养。

新的教学方针所以把人物、山水、花鸟颠倒过来，是现实的需要，也是历史的需要。当然，经过时间的推移，可能还要颠倒回来。但是，一个新制度的推行，总得让它稳定一个时期，不能再像过去那样，老是折腾。

六、三十二字研究班

1979年恢复工作以后，国画系做了两件重要的事，一是1980年教学体制改革，二是办了两期研究班，一期人物，一期花鸟、山水，学程都是两年。

人物研究班是1979年根据文化部的指令招来的。原定12名，后又增加4名，共16名。这两个班由我负责，姚有多当班主任。开班的任务是培养较高水平的创作干部和院校后备教师，入学资格规定美术院校毕业，或具有同等业务水平者，通过考试，择优录取。录取学生中，本院及其他院校毕业生占一半，自学和文化艺术馆美术干部、中学美术教师占一半。他们都有一定的美术工作和创作实践的经验，并已显示出个人的兴趣和特长。我们根据这个特点，着重因材施教，发挥自学的积极性。两年中安排了几门必要的技术补课，并设了水墨写生、重彩临摹、人体速写等课；其余时间，按个人需要安排自学；指定沈宗骞的《芥舟学画编》、郭熙的《林泉高致》、邹一桂的《小山画谱》为必读画论。两年中还分赴敦煌和永乐宫学习古代壁画艺术，同时在两地附近深入生活，积累创作素材。规定最后一个学期为毕业创作单元，交毕业创作一件和有关中国画的学术论文一篇。在教学过程中，制定了三十二个字的教学方针："取长补短，因材施教；自学为主，启导为辅；涉猎中外，吞吐古今；鼓励独创，打破划一。"

我和姚有多随时研究在学习上出现的问题，抓住课堂和实习单元的成绩观摩，鼓励学生自评与互评，充分注意个人的特点，尽可能引导学生认识自己的优点和缺点，发扬优点，克服缺点，做到取长补短。记得我曾指出练笔要有内容、有目的，不能单纯为练而练，反对"无的放矢"。对人体写生课指出进过美院的人应特别注意人体在运动中的解剖变化，没上过人体课的人应补足解剖知识。学习古代壁画回校时，指出欣赏魏画变色效果，不是学习敦煌壁画的正确态度，同时对永乐宫形象的变体画加以鼓励，这是希望学生对生活形象具有面面观的想象力。有的同学在人物写生习作上添一枝花或题几个字，当做创作，指出这是形象游戏，应该反对。

这一班的毕业创作，严肃认真，内容多样，形式多样，题材多样，风格多样，受到美术界的重视。他们的毕业论文，也写得相当出色，有几篇分别在《美术研究》和《中国画研究》先后发表。浙江美院的领导还到我们系来交流经验，要我们把毕业创作送到浙江去展览，这对我们是一次极大的鼓励。

当1979年人物画研究班招生时，许多人责问我们，为什么不办花鸟山水班，这一问，问着了我们偏重人物、轻视花鸟山水的老毛病。1980年开办了花鸟山水两个班，学生每班五人，花鸟班由李苦禅、田世光负责指导，郭怡孮为班主任；山水班由李可染、梁树年负责指导，张凭为班主任。花鸟班还请南京艺术学院教师高冠华来京兼课，山水班请天津画家孙克纲来京兼课。这两个班1982年毕业时，分配工作遇到一点麻烦，学生都想留在北京工作，不愿回原地方去，但又不让学生自谋工作。这要追究到行之很久的国家统一分配大学毕业生的制度，历来分配毕业生，不太尊重专业特点，往往不对口径，找错婆家，姑娘不愿，不得不退回娘家，重新分配。人物班有个学生，分配到山东，本来决定送到山东艺术学院去当教师，可是那儿的人事部门把他派到群众艺术馆当干部，他不愿意，于是回到北京，要求重新分配，扯皮扯了两年，才解决。花鸟山水班也有这种扯皮现象，拖了半年才分配完毕。因此，考虑到我们的就业分配制度，已经不能适应今天的条件，必须彻底改变，打破大锅饭和铁饭碗，才能避免这种麻烦。关于就业分配，除了打破现行的人事制度，还有一个值得注意的情况正在发展，就是：社会对美术人才的需求正在萎缩，对美术作品的需求却在扩大。换句话说：社会上要画不要人，宁肯出稿费买画，不愿在单位里养一个画家。这个情况"文革"前已经抬头，"文革"中反三名三高的大浪把它打了下去。现在城市经济改革即将来临，大锅饭吃不长了，今年美院招生，讲明不包毕业分配，考生不多，招不足额。看来，人事制度和办学制度不得不根据新情况，做出应变的准备。

美院领导层曾考虑改变办学方针：转办研究班，不办普通班，他们看到研究班的创作水平相当高，培养也省事。现在应该分析一下研究班的成绩如何得来？我认为根本条件在于"文化大革命"十年混乱，社会上积聚了大量被遗忘的有才能的好学之士，我们及时把他们收集起来，给予他们一个比较合理的学习环境和学习条件，使他们的才能得以充分发挥出来。这种成绩的得来有其偶然性，如果我们把"文化大革命"造成的偶然性，看成必然性，似乎不符合实际情况。今后再办，是否有此成绩，值得研究。看一看1984年不太理想的进修班成绩，会使头脑清醒一些。此外，我们还应看到当前学风动荡，普通班毕业成绩内容空虚以及华而不实的现象，都值得我们认真思考。

1984年10月27日写毕

师范学院美术专业的任务是传播审美教育
(在曲阜师范学院谈高校美术教育问题的讲话)

一、美术教育与美术创作

美术教育和美术创作,虽都冠以"美术"二字,但因其任务不同,目的不同,使二者有着明显的区别。

我们看到,美术创作活动,主要是通过美术作品起到教育人的作用,作者与欣赏者并不直接见面,因此,教育的目的是间接达到的。这个特点,使得美术创作活动基本上属于个体劳动,作者可以在自己家里完成作品。作者的艺术劳动创造了精神食粮,给人以美的享受,因此会受到人们的尊重;但就美术创作的工作方式而言,因其"个体"的特点,所以,我看是比较简单的。

美术教育工作则要复杂得多,这是因为教师必须面向自己的教育对象,用规定的教材直接塑造千千万万下一代审美的灵魂的缘故。从教育学的观点看,人的社会实践,会大量地接触到美与不美的问题,因此,青少年时期的审美教育就会关系到一个人的一生。从这个角度想一想,美术教师所担负的责任是多么重大!所以,我觉得搞美术教育要比搞美术创作复杂得多。想要搞得好,绝不是轻而易举的。

由于这个分工的不同,我们常常看到,教得好的老师不一定自己画得很好,而画得好的又不一定就能教得好。这个问题带有普遍性。这是因为,各自的职责不同,所要求的知识、技能的结构也不相同。

美术教师的主要职责是向学生进行审美的教育,即美育。美育不是孤立的。在美育里，会自然地贯彻着德育、智育和体育。我认为，最高的道德教育就是美的教育。就是说，心灵美属于美育的范畴，所以在道德教育里，最高的标准也是最美的标准。美育的本身，同时又是智育的一部分。至于体育，更是能够使人在运动中感受到美的。美术教师要领会这一点，懂得这一点很重要。只要领会了这一点，就不会满足于教学生只学会画几笔画。因此，作为美术教师来说，应当明确，传播审美的教育是自己的神圣职责。

如此看来，美术教育工作，确实是不简单的。

二、高师美术专业与美术学院

为了把美术（不是单指绘画）的知识扩大到整个社会，提高我国全体人民的审美水平，需要很多美术教师作长期不懈的努力才能实现这个目标。高校美术专业就是为了适应这个需要而设立的。山东省的高师美术专业，已设有六处，是走在前面的。但是据反映，学生的专业思想不牢固，毕业后改行的也很多，这样下去，就会造成"投资失败"的局面。

出现这种情况是有多种原因的。如有些地方，还很不重视美术教育，那里的美术教师得不到正当地使用，地位很差。不过，从我们本身讲，有一个带全局性的根本问题需要解决，就是已经引起了讨论的办学方向问题。

本来，高师美术专业是应当与美术学院有明显区别的，但目前有的学校用较长的时间专学一种绘画形式，挤了其他，严重地削弱了师范性，在某种程度上有向美术学院看齐的倾向。这种专业化（一个画种）过了头的倾向，使得从事美术教育工作所需的知识和技能没时间学，师范教育的"所长"成为"所短"，这是有悖高师美术专业培养目标的。在课程设置上，不能只满足多设了教育学、心理学两门课，这显然是不够的。高师美术专业的课程，到底应当设些什么，专些学什么，很值得探讨。这是问题的核心。

如何培养中等学校美术师资,应该让他们具备什么思想、什么知识、什么技能,这个问题在很多人头脑里是很模糊的。他们认识不到社会急需大批美术师资,认识不到他们担负的职责比搞美术创作的责任要大得多;他们更认识不到,建设我国的美术教育体系的重担落在他们身上,没有他们,美育就会削弱。这里,我们应当汲取历史的教训。历史证明,贯彻美的教育和不贯彻美的教育,社会面貌就大不相同,因此,在研究办学方向时,应当把握贯彻美育的目标。从这个目标着眼,高师美术专业总的教学要求应当是:教育学生立志献身美术教育事业,在文化修养、艺术修养较高,知识面宽的基础上,把从事美术教育所需的理论、技法的基本内容掌握得扎扎实实,以适应审美教育的需要。

在教学内容上,我认为以下几个方面应当引起重视。

1. 要学习美学和艺术哲学,应当研究自然美、社会美、艺术美,充实自己的头脑。从事美术教育的人,应当了解人类在美学上的研究成果,这样才能扩大眼界,理解美育的社会意义。那种认为高师美术专业的学生只需学好某个画种的看法,是把传播审美思想的重任看得太简单了。

2. 技法训练和意识培养的面要扩大。从事普通学校的美术教育工作,对绘画以外的图案、雕塑、建筑等艺术,都需要懂一些;社会需要的环境布置、庭院美化,以及广告、海报等等也都应该懂得如何搞。有人担心这与专业的提高有矛盾,其实不会,我的体会是从中还可学到单一专业学不到的东西。我可以告诉大家,我的造型能力就全是通过各种职业实践培养起来的。我画过广告、舞台布景、科教书插图、花布图样,特别是漫画创作和长期画速写收益最大。

3. 鉴赏美术作品的教学一定要重视,这一点很重要。美术教师如果不具备介绍美术作品各方面情况的能力,当中学生问这幅画为什么这样画,产生这位画家的社会背景如何时怎么办?当然,不了解美术发展的历史,对自己的发展也不利,容易失去正确的方向。

4. 还要重视手工课的教学。手工课在中学美术教材中得到恢复,我很赞成。我小时读书的时候就有手工课,课上学习过做玩具、装订书册、拓印等。记得老师在带领我们郊外野游时,还让同学们带上工具、材料去实践拓碑的方法。这种活动我们都很喜爱，因此至今留有深刻的记忆。回想起来，这些活动对于我从小热爱艺术劳动起了很大作用，这愉快的艺术劳动，使我受到了启蒙的审美教育，初步掌握了拓印的技术。

三、教学与创作

美术教学的工作很复杂，责任也大，使得从事这一工作的同志没有更多的机会搞专业创作。这是个现实的矛盾。常见一些中学美术教师因没理想的条件搞专业创作感到苦闷，这是很自然的，是可以理解的。

这个矛盾我也有。我在中央美术学院教学，又要管系里的工作，开会、一般的事务是少不了的，还要管学生的思想，因此，我只能在教学、工作之余画画，搞创作，可以说，我是个"业余画家"。

作为教师，应该首先做好本职工作。从事这一工作的同志，往往都会遇到困难，甚至会有痛苦的过程,但其中也有味道。每前进一步，教出了成绩，就会带来无限的乐趣。我从事教学工作以前，一直是搞创作。1947年，是徐悲鸿先生让我到北平艺专当了教师,当时不习惯教师工作，觉得太麻烦。经过多年的磨练，终于体会到教学和创作二者的相互促进作用，也认识到学生的督促是推动老师上进的动力，这样，我就教得很愉快，教学之余搞些创作，问题解决了，从此，才安下心来甘为人师。

有的人为社会上的某种思潮所左右，对美术教师的工作另眼看待，是很不正确的。他们认为我们搞美术教育工作没名没利，就看不起这项工作。我们有的同志也因此不安心于美术教育工作，千方百计地想找一个有名有利的工作做，其实，这种人不从适应社会需要着眼，只考虑名利，急于求成，结果呢，往往是失败。

一个人要对社会做出贡献，是要有正确的目标和较高水平的知识技能做基础的。否则，即使专搞创作，也达不到一定的水平，一定的高度。因此，要正确理解教学与创作的关系，争取做到二者能相互促进。

　　搞创作不单单是个技法的问题，还要看作者的思想修养、艺术修养如何。"功夫在画外"就是指的这个意思。一个美术教师，也应当在历史、地理、科学、哲学、文学等方面有一定的知识。人与人是不一样的，会各有所长，但是，不论谁都应该要求自己有"头脑的功夫"，有了这个功夫，工作就容易做得好，出成绩，可以说，一切决定于思想。

　　目前，多数的美术师资需要提高教学水平以适应新教材的使用。高师美术专业应当热心帮助他们。高师美术专业办好了，可以不断地向社会输送合格的美术师资，希望你们努力办出师范的特点来，为振兴中华，为促进两个文明的建设做出贡献！

（王天一记录整理）

对中国画教学的设想

（1983年4月在山东艺术学院的讲稿）

国家的情况在不断变化。我们做教学工作的人应该怎样适应新的时代新的要求？本人在这方面有些设想。这些想法有的是在教学中间行之有效的，有的是三十多年教学工作中走过的弯路，怎样改正的问题。

一、人物画在中国画中的地位

这是中国画目前存在的一个普遍问题。从解放初期提倡人物画至今，在中国画画家和学生中间，似乎形成了这样一个固定的想法：要学中国画，就要以人物画为主。这种提法在当前是否还有它的现实意义呢？过去提倡人物画有它的政治原因，也是需要的。但有片面性。认为要为社会主义服务、为工农兵服务，只有人物画才能反映社会主义的现实，而"山水""花鸟"不能担负这个任务。现在看来，这种提法就不符合实际了。现在我们对艺术作品反映现实的任务和方法已经不像过去看得那样简单。比如山东这个地方国画家很多，而其中画山水的又比较多。这就是中国画在山东的现实。为什么山水画画家多？这说明山东这个地方需要山水画，欣赏画的人爱山水画。任何地方之所以有画家，有画家存在的条件，正是因为那个地方的社会生活中需要他们的作品。美术创作的现状是山水画、花鸟画和人物画并存。而且在某些情况下欣赏山水画的人更多一些。所以过去那种山水花鸟不能反映社会主义，不能为社会主义服务的观点应该加以修正。

人物画跟山水花鸟画一样，不是万能的。有它的局限性。任何画种都有局限性。雕塑的局限性更大，它只能选择符合雕塑这种形式的题材进行创作，你要它塑一个风景就比较困难。人物画画历史题材、画小说人物就有局限性。例如《红楼梦》里那么多人物，王熙凤、薛宝钗还比较容易画，要想把林黛玉画好就不那么容易。看过《红楼梦》的人对林黛玉的认识各有不同。她的性格非常复杂，很矛盾，身体很弱但性格很强，通过绘画的形象表现十分困难。不像小说，它可以从时间、空间、不同场合不同角度加以描写。绘画本身是平面的东西，只限于空间的形象，不可能把林黛玉的性格表现得那么充分。我先提出这个问题，就是说我们不要把中国画的几种不同体裁来分个高低，不要提以什么为主，否则对中国画的发展不利。

二、中国画教学的问题

既然中国画不能以人物画为主，那么在国画专业里排课、选教师等具体问题，就应当考虑学生的全面发展。人物、山水、花鸟都要学，而且都要有一定的基础。我不主张分科。但1961年全国艺术教学会议之后，大多数舆论要分专业。那时以人物画为主的思想还处于主导地位，所以山水、花鸟教师觉得不分专业培养不出人才。这在当时有它的合理性，是为了扶植和提倡山水、花鸟画，为了培养这方面的新人才而采取的措施。结果学花鸟山水的毕业生分配有问题，有的分配到工艺单位，有的分配到教学单位，创作单位不需要。这种情况延续了两三年。接下去是"文革"，整个教学体系都被破坏了，1976年"四人帮"倒台之后。开始恢复，所以国画教学又面临着新的问题。国画教学还要不要教山水花鸟？培养出学生来社会上不要怎么办？结果又走了回头路。

过去一个时期重视人物画，山水花鸟的课程被削弱了，大家对山水花鸟另眼看待，所以学生学起来心不在焉。我是1979年正式恢复工作重新当系主任的。我提出了一个新方案：人物、山水、花鸟并重，不分专业。先学花鸟，后学山水，最后学人物。要纠偏就要矫枉过正，把人物画压一下，山水、花鸟才能抬头。学生进校后第一个学期先学花鸟，安排一个大单元。不能分小单元。学一样东西总要学出一点眉目再换。过去一进校就是素描、人物速写、石膏写生，净是西洋的那一套，先入为主。到学中国画的时候拿起笔来就不行了，格格不入。学中国画要彻底，不能那样。我们规定第一学期学花鸟画，第二学期学山水画，第三学期学人物画，第四学期学花鸟画，第五学期学山水画，第六学期再学人物画，最后一年七、八两个学期以自学为主，喜欢什么可以侧重。我们现在还执行这样一个制度：一二年级每周排五天课，星期六让同学们自学。三四年级每周两天自学。艺术不是一般的教学，要给学生充分的时间自学。这样可以纠正过去那种拼命灌输的做法。要给学生自己消化的时间。

实行新的制度以来，素描是取消了，完全要从自己原来的方法入手培养造型能力。但有些年轻教员想不通，认为这样一来造型能力就没有保障了。那么过去的国画家不学素描他们的造型能力又怎样呢？

我们这一班实行新制度时，八一级那一班提出一点修正意见，即在山水画、花鸟画中间穿插一个人物画的小单元，以保证人物的造型能力、造型基础。我接受了，可以试一试。

三、教学的责任制和班主任人选

我们成立了四个教学组，带四个班。不像过去排这个课排那个课，大家都不负责任，学生也消化不了。这也可以说是责任制。每一个班新生进来，有一个教学小组教这个班，这个小组里有一个班主任三个教师，再加上个助教，五个人一个教学小组。从一年级开始教起，直到四年级毕业。这个班带得好是班主任的成绩，带得不好是班主任的责任。第二年招生由另一个教学组接上。

怎样挑选班主任呢？按过去班主任都由搞人物画的老师担任。我们则采取第一班班主任由画人物的老师担任，第二班班主任由画山水的老师担任，第三班班主任由教花鸟的老师担任，第四班现在还没有，这个小组尚未成立。每个教学小组人物、花鸟、山水教师都有。除了按新办法的要求，你这个班如何教？只要不违背我们总的要求，便可以自己决定。

四、系里设的几门共同课

系里的共同课比如书法、篆刻、画论、诗词，还有绘画史，这几门课分年度教，不一定教到底。时间不多，都排在下午，各个班轮着教。书法早就有了，诗词课在外面请教师。我们现在正在筹备画论课。中国绘画史请美术史系教师来教。除了专业课之外，还有一些专业理论课、共同课，现在还处于尝试阶段。第一班八〇级中间遇到一些问题。实行新制度问题很多，怎么办？要从学生的成绩看，看你教得对不对。人物画上出了点问题：教师教人物写生总是离不开素描那一套，他先画一个素描，然后画一个白描。我觉得是浪费时间。为什么一上手不让学生直接画白描？可以用炭条起个稿，然后用白描的方法完成。先画素描结果是头重脚轻，起稿时间太长。第三班没有，去年没招生。为什么不招？这牵扯我们整个教育制度问题，分配不出去。原因其一是各省都有自己的美术院校，不需要北京送人去。其二是社会上只需要作品，不需要人。这个矛盾早已存在。宁愿付稿费买作品，不愿养一个人。供需脱节，中央跟地方脱节。中央的学生分到省里让下面去分配，很多人不对口。这个分配办法不好。今后地方院校也会产生这个问题。总会有饱和的时候吧。我去年在广州听他们讲也发生人满之患、学生分配困难的问题。原来工艺美院是社会上非常需要的，现在也开始出现分配上的问题。看来大锅饭，一切包下来的制度已经产生问题行不通了。但毕业生都要想得一个铁饭碗，铁饭碗有好有坏，分配不均，怎么办？

五、教技术与教艺术的问题

美术院校说来都有这个问题。抓得最紧的是技术，抓得不紧、没法抓的是艺术。

艺术的问题很复杂，也很难教。唯一教艺术的渠道，一个是创作课，一个是欣赏课。欣赏课比较好办。三十年来的经验，创作课是一门独立的课程。它跟基础课不同，过去的创作课教师是另外一些人教，基础课教师不教创作，创作与基础课脱节。那时教创作的主要侧重教政治思想，艺术思想教得很少。比如带学生下乡改造思想，讲与工农兵的结合，可是结合的结果却不能落实到艺术上。这一点我们有体会。下去改造思想头头是道，同吃同住同劳动跟农民交朋友，这些最后要落实到艺术创作上去，要反映这段生活就困难了。因为你没有机会跟同学讲艺术上的问题。讲艺术上的问题不是你的职责范围。

我们现在提倡技术跟创作的统一。教花鸟画的要搞花鸟画创作，教山水和人物画的也要搞山水和人物画创作。教师必须学会教艺术，教创作。要对学生负责，要一元化不要二元化，要信任技术教师。我教过创作，那是我主动要教的，结果"文革"落了个"跟党争夺青年"的罪名。那时好像只要政治水平高思想觉悟最高的人才能教创作。其实不然，作为一个教师，至少要把生活跟艺术的关系搞清楚。基本练习与创作必须紧密结合。过去我们老的师父带徒弟的方法有一定的科学性，那是全面负责。现在我们有各自为政的一面。比如学校里还有专人是专管思想政治的。他只讲政治课，做思想工作，跟业务教师没有联系。我觉得教艺术跟教思想应当是联系在一起的。要求班主任全面掌握学生的情况，不能依赖专门搞思想工作的团干部。教书要教人。作为班主任，教师讲一句话的作用要大得多。

在实行创作教学中，我们目前在新形势下采取的方法是，到生活中间去，要大家去画、去搜集形象资料。过去是下到基层一段时间回来就搞一个创作，结果是酝酿很久画不出来。现在我们要求同学们将在下面看到的、感受到的、生活中的一些问题和一些现象搞成小品，每天可以搞一个小品。要善于观察生活、善于发现题材。要求学生每个学期，每个学年都有作品，四年中积累起来，毕业时就可以回过头来看看，将过去自己创作、学习上觉得比较好的重新画一次。我们提倡平时积累，不提倡毕业搞突击、抓新鲜，想在毕业创作的时候出奇制胜是不实际的。

六、造型跟笔墨的关系，工笔跟写意的关系

这是教学中间，特别是在中国画的教学中间的两个比较关键性的问题。过去造型跟笔墨的关系脱节，造型归素描教师管，笔墨归临摹教师管。现在我们教学的指导思想是造型跟笔墨中间一定要有密切的联系。比如写生与临摹两个课，好像写生只管造型，临摹只管笔墨。现在提出双重任务，写生教师要管笔墨，要运用中国画的笔墨来造型。不能说我教素描的只管素描，所以我们取消了素描。造型基础课以白描为主，用白描造型。造型这个课要求在造型练习中间，用中国画的笔墨来造型。临摹课则要求临摹教师也要教造型。要把这张临摹的对象"读熟"，要把原作者在创作这幅画时的整个过程得跟学生分析清楚。要"读画"，把这张画吃透，我们叫做"读画"。作者怎样造型的？用什么方法造型？他从生活中间吸取了这个题材，然后创作这个形象，这个过程要搞明白，这就是在临摹中间要学造型的意思。造型跟笔墨的关系，在中国画上要求两种能力齐头并进。

关于工笔跟写意的关系。现在好像画花鸟画有工笔教师，也有写意教师。这个大单元内分两个小单元，工笔教师搞一段，写意教师搞一段。从画的表现方法讲，工笔和写意不同，是两种表现方法，

或者说是两种风格。但是我们认为，工笔和写意里边有有机的联系，互相促进。有的同志认为工笔是一个体系，写意又是另外一个体系，毫不相干。我认为是一个体系。工笔画往往容易画得死板。细是必要的，是学习中的一个过程，是训练造型或者训练笔墨的一个过程。我主张先细后粗，能细才能粗，把它统一起来。先粗后细也行。画花鸟的于非闇就是个例子，原来是写意，后来改工笔了。方法改变了，但画的内容题材还是一样。风格不同，方法不同，而在中国画的体系来讲，不要分家。在教学当中先工后写，这是比较自然的进程，最后的目的是简练、概括，我觉得应该统一，但可有先后之分。工跟写的关系在教学上讲是这样，但在创作上你要自成体系也可以。作为学生学习，循序渐进应该是先细后粗。总的讲，工笔跟写意的关系不要看成两个体系。不是有兼工带写这种方法吗？就是工跟写结合。尤其写意画里的某些局部，着重刻画一个局部就是"写"中间的工。

七、人物画的基本功问题

"文革"之前是以素描造型为基础，这是不对的。目前对中国画有种错误的看法，认为中国画没有自己的训练体系。这种看法很武断，他没有看到过去历史上我们中国画的进程。只是因为我们现在的美术教育中间吸收了外国的一套东西之后，认为用它来训练造型比较容易掌握，所以有一个小时期（受到苏联专家的影响），就把素描当作一切造型艺术的基础了。不但中国画，连工艺、图案也要从素描开始，这个教育思想已深入人心。现在，为了恢复我们自己的体系，也要采取一些措施。当然也不能完全像过去学画那样从临摹入手。但是我们不能否定临摹的作用。只有先后之分，或者先临摹，或者先写生。中国画发展的时间很长，它已经形成的体系并不是那么简单的。我们应当承认它的科学性。即从临摹入手这个体系。显然我们也觉得这套方法在实行中间会把时间拖长，所以我们不采取从临摹入手，而是从写生入手。这个写生不是用素描，而是用白描，用线来造型。

八、油画、雕塑民族化的问题和年画的发展问题

我们这个世界，这个社会变得实在快。比如年画，你必须作社会调查，今天的农民在想什么？能够欣赏什么？原来的东西要变，怎么变？不那么简单。木板年画已成为艺术品了。那跟原来的年画实用价值不同了。

油画民族化的问题提出来已经很久了。有些人在作尝试，为什么油画要民族化呢？这跟我们的革命理论是一样的，例如搞社会主义要走中国的道路，要符合中国社会的实际情况。油画民族化也是要使油画为我国广大人民更加喜爱，那就必须研究广大人民的欣赏习惯。但这个民族化不是很简单的方法问题，而是油画本身的气质问题，能否为所有的人接受？我看是可以做到的。要使油画民族化必须学习民族的风俗习惯及民族绘画的传统。要学一点中国画，因为中国画是为我们的民族长期以来所欣赏的。所以说民族化必须跟中国绘画联系起来，学一点中国画。我在美院曾提出油画系应当设书法课，因为中国画的一个特点就是笔墨，用笔用墨。学习了中国画的笔法用到油画里去，就是油画民族化的具体措施。那么小学生都在写毛笔字，书法已成为一种基本的文化修养。那么，作为中国的一个艺术家这种修养都没有，你这个民族化就很不容易做到。有人说，我用油画的工具来画中国的生活就是民族化。我认为虽然可以说是，但太简单。民族化要从内容到形式，你只管内容不管形式也不行。

雕塑民族化的问题。我们现在的方法都是西方的方法。雕跟塑我们中国有很了不起的作品，到西安看看就知道了。山东也有很多。我国古代的雕塑彩塑要好好研究，这是中国民间的方法，比较容易掌握。现在杭州岳王庙新塑的岳飞像，是用彩塑的方法，虽然不很理想，但用了民族的方法。我觉得不管哪行哪业，对民

族的传统文化必须继承。这样,你从事的艺术创作活动才能为人民大众服务。现在全国有个城市雕塑的规划,我觉得不能单纯运用现代西方的方法。如果可能的话应该学一点中国的雕塑、彩塑和古代的石刻,从那里吸收营养。这样,城市雕塑才会为城市人民所欢迎。

师古人之心

1979年夏,因患结肠肿瘤动了手术。手术后,遵医嘱二年内要做三次化疗,所以自从1979年至1981年春,住医院三次。每次两个月,吃药打针之外,允许画点小画,还有大量时间可以用来读书写笔记。读的书离不开本行,写的笔记自然而然涉及当前画坛现象。现在从中理出几条线索,写成此文,题曰《师古人之心》,一以探讨艺术传统的精华,二以表述自己的观点。因为是随笔性质,理说得不透,观点难免矛盾,好在是有感而发,并非空谈,也许有助于中国画的推陈出新。

以形写神

张大千教学生画山水的方法之一是替学生改画。学生把自己所创之稿请教老师,老师看后,一面指点,一面动手改画。改画,并非在布局或造型上大加改动。大家知道落了墨的宣纸是动不得大手术的。张老师蘸墨挥毫,这里皴几笔,那里染一片,或以淡墨分层次,或以浓墨醒主象,这一皴一染,一分一醒,往往使一幅平铺直叙、缺少生气的画,变得脉络贯通、神采焕发,活了。此时学生如梦中醒来,顿开茅塞,经过几次小手术,逐渐体会到如何炼形提神,对六法论的"气韵生动"有了比较具体的感受。

顾恺之云"传神写照,正在阿堵中",阿堵指的是眼睛。人的神气贯注在眼睛,现代人说眼睛是心灵活动的窗户。东晋距今一千五百年,顾恺之早就懂得这个道理。宋代邓椿说:"曲尽其态,而所以能曲尽者,止一法耳。一者何也?曰:传神而已矣。"强调传神是写像的最高原则。这是古来一脉相传的理论。

　　神是依附于形的,通过形似,才能传神;做不到形似,便达不到神似,这是尽人皆知的事实。由于历史的发展,本来正常的形神关系,有时会颠倒过来。有些论者认为形神既密不可分,只要神似,形似即在其中,这是可以理解的。然而有人提出"传神可以遗形"的说法,来肯定走了形的画,岂非把形神割裂开来,孤立起来了吗?另一些人则认为神是不可捉摸的东西,是主观想象,不是客观存在,即使有神,不过是形的一种反映,所以主张"只要形似,神似即在其中"。传神是否可以遗形或写形是否即是传神,只在理论上兜圈子,解决不了实际问题。

　　传神遗形论者有力的论据是苏东坡的论画诗。诗云:"论画以形似,见与儿童邻;赋诗必此诗,定非知诗人。"他认为以形似取画,是幼稚的。下二句论诗的话以之论画,便是"作画必此画,定非知画人"。斤斤于形似的人,一定是不懂画的人。

　　苏的朋友晁补之,发觉东坡的诗有片面性,马上和了一首:"画写物外形,要物形不改;诗传画外意,贵有画中态。"作为补充。金王若虚也出来为苏东坡辩解,他说:"论妙于形似之外,而非遗其形似;不窘于题,而要不失其题,如是而已耳。世之人不本其实,无得于心,而借此以为高。"批评那些不求形似的人借东坡的诗来提高自己。

　　究竟东坡论画偏呢,还是世人自欺呢?就诗论诗,无疑有片面性。晁补之的补充和王若虚的辩解能否纠正东坡的偏呢?能,也不能。历史上对东坡的论画诗从来都是仁者见仁,智者见智,各执其偏,得不到结论。

　　记得五十年代初,学习文艺为工农兵服务的方针时,国画界批过苏东坡这首诗,认为他嘲笑形似,为文人画护短。顺便还批了倪云林的"逸笔草草,不求形似,聊以自娱"。而在稍后一个时期,在双百方针的指导下,认为东坡此诗,针对当时重理性轻感觉的院体画,有感而发,有其历史意义,不可否定。既然如此,那么,在苏东坡心目中,形神兼备或以形写神的道理,是不言而喻的。以东坡的修养和智慧,可以毋庸置疑。可是也要警惕否定文人画的论客,把一切夸张变形都贬为自欺欺人,难道不是一种偏见吗?

　　我说东坡的诗有片面性,因为它掩护了重神轻形的论客。大家知道中国画的笔墨技法是为造型写景服务的,尽管它自身具有形式美的特征,但不能脱离内容而独立自存。山水画的各种皴法,花鸟画的各种点染法,人物画的各种描法,如果离开了它们所表现的具体形象,就不能成画。可是今天有些人片面强调笔墨技法的独立性和形式美,一味追求笔墨情趣,真有点"逸笔草草,不求形似,聊以自娱"了。

提到"自娱",和现在有些人主张的"自我表现"有些相通。因为是自娱,作画的目的就是为表现自我,用不着考虑别人的反应,形似与否可不必计较,神似与否则自己有数,那就和看画的人没有共同语言了。我们现在有些思潮虽然有点反常,究竟还不至于荒唐到如此地步,可也不能不指出形神关系的确存在片面性。比如,以形写神还是以神写形,差别很大;如实描写还是如意描写,差别也大,练笔中练形还是练形中练笔,孰先孰后?形神兼备,是神在形内还是神在形外?这些都是当前存在的问题,是中国画创作和教学中的根本问题,必须弄清楚。

形神统一是中国画美学传统的精华,历代画论都把这个问题摆在首要地位加以阐述。品评画家的成就也以此为准绳。由于对神韵的解释,各家互有出入,甚至出现互相对立的矛盾现象,这和各个历史时期社会文化思潮的变迁有关。要解决上述形神关系的问题,必须和当时的社会风尚和其他文艺思潮联系起来加以讨论。比如今天,我们正处在变革时期,我们在长期闭关之后,一旦敞开大门,世界上各种思潮蜂拥而来,国家生活的各个方面都受到冲击,敏感的文艺领域,震动更大,所谓"自我表现"正是这种思潮的具体反映。形神统一的状态,难免要受到冲击而发生摇摆,"取形遗神"和"聊以自娱"之说与"自我表现"一碰头。自然合拍。我们对此,不应该少见多怪,更不应惊慌失措而大加讨伐。最好还是让它和群众接触,让群众有个比较,到底谁正谁歪,由群众自己做出判断而定取舍。"自我表现"思潮是唯心主义美学思想指导下的产物,群众不容易接受,即使是较高修养的欣赏者也要费大劲才能理解其具体内容。此类作品,往往在形式上作过精心经营,具有形式美感的魅力,但由于内容贫乏,很难赢得持久的欣赏。

张大千为学生改画。寥寥几笔,化平庸为精彩,使学生顿开茅塞,懂得依形取神的方法,这是什么缘故?仔细一想,关键在于"以形写神"到底怎么写法。老师对学生千言万语讲"形神兼备"或"以形写神"的道理,不及他一笔而心领神会。由此可知,"以形写神"的理论,说说容易,实践起来却是相当复杂的。我们需要理论,但更需要实践。因为实践是检验理论的唯一标准。

不似之似

对艺术造型的要求,齐白石主张"妙在似与不似之间",他认为"太似为媚俗,不似为欺世"。他还告诉我们怎样做到"似与不似之间",他的原话说:"善写意者专言其神,工写生者只重其形,要写生而复写意,写意而后复写生,自能形神俱见。"这是实践家的经验总结,最有说服力。由此可知齐白石的主张和"形神兼备"或"形神统一"的历史传统是一脉相承的。在这个基础上,齐老又提出"不似之似"的理论,可以理解为"具有神似特征的形似",也可以理解为:"形似之极,妙在神似。"这是从形神关系这个角度来理解"似与不似"。重要的是应该从"生活现象"和"艺术现象"之间的关系来理解:这"不似"是指艺术形象,"似"是指生活现象,着重说明艺术真实和生活真实的关系。艺术真实来源于生活真实,而高于生活真实。要求艺术家在表现生活时强调"不似之似",也就是高于生活的"似"。

中央美术学院国画系在一次理论组教研会上,有一位山水画教师说:我赞成"不似之似",可是到底怎样做到"似与不似之间",心里没有底。他环顾左右,似乎要别人回答他的问题,谁也没吭声。看来,在这个实践问题上,人人都有自己的经验和认识,可就是说不出来,即使说出来,既怕说错,也怕不能服人。当然也有人不同意有所谓"不似之似",他们是齐白石所说的"工写生者只重其形"的唯形论者。

实践经验表明,经常出现形超于神或神超于形的现象,不易做到二者平衡。于是历史上"唯形论"或"唯神论"的主张应运而生。并交替出现。从画家的实践经验来看,要二者绝对平衡是做不到的。要么形重于神,要么神重于形。

"似与不似之间"的妙处,不是要我们在二者之间持折中态度。要么像,要么不像,怎么可以处在中间状态?齐白石说得很清楚,"太似为媚俗,不似为欺世",目的还在于"似",不过这个"似"不是表面现象的形似,而是集中概括于精神状态的神似。

为了把问题说清楚,不妨拿齐白石画的蜜蜂作例子。蜂的头脚身躯画得很清楚,用浑圆一片淡墨表示翅膀的振动,使你感觉到这只蜜蜂果真停在空中,既形似,又神似。又比如他画的虾,虾的精确形状,有弹力的透明体质,在水中浮游的动态,把形、质、动三个造型要素完满地表现出来,达到了形神交融的完满境界。他为了使你对形态获得更深刻的印象,把一只小小的虾画成几倍大,并不使你感到生疏和突然,这就是艺术形象胜过生活现象的具体范例。

我画舞蹈形象,首要任务是把握动势的特征,所以能把握动势的特征,来源于理解舞蹈动作的规律,没有理解,就无从把握。所以这个动势特征是形和神互为表里的统一体,这个统一体不可能分割为百分之几的形或百分之几的神。我的舞蹈形象,有时动中取静,有时静中取动,静和动都是形,也都是神。有时形超乎神,有时神超乎形,这中间不可能有绝对的平衡。由此可知,不能用机械唯物论的观点对待形神关系,只能用审美的辩证观点来对待它。

因为审美观点在形神关系上起主导作用,当艺术思潮发生变动时,形神关系的波动幅度就会增大,于是"形似为先"论和"取神遗形"论会相互交替出现。而绘画史的发展规律,往往先重形似,后重神似,愈到后来,神似愈占优势。中外都是如此。以"不似之似"而论,固然以"似"为目的,但这个"似"是在强调"不似"的基础上获得的,假使我们片面地朝着"不似"或"神似"这个方向走下去,那么,就有可能把"神"或"神韵"、"气韵"这类概念理解为虚无缥缈、不可捉摸的东西,难怪那位山水画教师对"不似之似"既赞成,又怀疑。对此,我倾向于那些大胆泼辣、不顾一切的闯将,先闯一闯"不似",尝一尝梨子的滋味,到底是甜是酸,心里有个底。

除了上述强调审美的神似,还涉及笔墨技巧的提炼取舍。要达到审美的神似,必须通过笔墨技巧的准确与精练。齐白石愈到老年,笔墨愈精,传神愈妙,愈脱离壮年时期刻意求形似的境界。他的所谓不似,也许指他老年到达的笔精墨妙的化境。1964年我在琉璃厂买到三幅他画的虫草小品,其中两幅,笔墨极简,神气极真,信笔写来,呼之欲

出。辛酉一幅画的是马蜂,题云:

"即辛酉四月十三日之虫,足之长短最似者并存之。凡画虫,工而不似乃荒谬匠家之作,不工而能似,名手作也。子如移孙须知。白石稿。"

五年后丙寅一幅,画了一只黑壳虫,此系土名"屎壳郎",题云:

"丙寅三月,余居京师鬼门关侧院内得此虫,画之殊有生气,远胜画家死本也。白石记。"

据题识,可知是给儿孙示范的画稿。子如是白石长子,师其父亦善画草虫。题识所云"不工而能似,名手作也",可作"不似之似"的注解。

近几年的报刊电视,常常介绍儿童画,国际上也经常举行儿童画比赛,很有几个得奖者,黄永玉的儿子"黑蛮",幼年时的画就得过国际奖。桂林有位画家的儿子名叫"阿西"能画各种姿态的猫,人民画报曾辟专栏介绍他的作品,洋溢着可爱的稚气,正好符合"似与不似之间"的"不似之似"。要一个成熟的画家达到这种境界,恐怕很难。不过,也不是完全做不到。关良的京剧人物,具有这种天真的稚气,他不是没有"形似"的造型能力,而是不愿以"形似"媚俗,他的审美情趣,促使他运用稚拙的夸张笔墨,创造别具匠心的朴素形象。这也许可以叫做关良式的"不似之似"吧。

保定的韩羽和南京的马得,都是和关良有共同兴趣的画家,他们的人物造型,比关良更夸张,变形更奇,可见同样题材在不同画家的笔下,有不同的反映,在读者心目中,他们都是力求在神似上标新立异的能手,可并不排除形似。他们所用的夸张变形手法,已接近漫画。我们知道漫画人物是丑化了的被否定的人物,我们又知道上述几位画家都是热爱京戏的京戏迷,岂能把所爱的人物故意丑化呢。这种夸张变形当然是为了美化和强化他们所喜爱的人物。可能有人不习惯这种美化的夸张变形,那么,"不似之似"的造型理论,他们是不能接受的。

迁想妙得

1978 年,在中国画创作组的展览会上,我画了两幅画,一幅《舞红绸》，一幅《荷花舞》。红绸舞是北京解放初期相当红火的一个节目，象征中国人民获得解放的豪迈精神，以前试画过，不理想，搁下了。这次画，因为受过十年浩劫的创伤，有第二次解放的切身感慨，气壮意豪，特别带劲。

《荷花舞》的构思比较复杂。这年夏天我在北海公园对荷池写生，一边画，一边听广播，广播台忽然报告我国第一个艺术团首次在纽约演出，其中有荷花舞这个节目，脑子里突然出现纽约剧场的情景：华灯四射，荷叶满台，仙姑们悠游自得地在光亮透明的舞台上漂浮；脑子的想象又转到眼前荷香满地的实景，舞台上的仙姑们忽然跳到一片片荷叶上，站着、蹲着、坐着，做出各种亮相，好像自己也跳进了荷池，坐在荷叶上欣赏梦中幻景。画成之后，写了一段题记：

  北海盛夏，荷香满园，忽神驰纽约，我国艺术团正上演荷花灯之舞，于是浮想联翩，乃成斯图。

这个题材，以前画过多次，都是从舞台形象得到启发，转而想象荷池的幻景。1978年这幅，由荷池联想到舞台，又从舞台回到荷池，构思过程有所不同。

画家作画，总是触景生情，有所感，有所思，而后形之于笔墨。这一过程，顾恺之称之曰"迁想妙得"。他说："凡画，人最难，次山水，次狗马；台榭一定器耳，难成而易好，不待迁想妙得也。"所谓"迁想"，可以理解为现在的"形象思维"；所谓"妙得"，就是经过思维，凝成所要表现的艺术形象。顾恺之认为台榭楼阁是人造的器物，只凭双眼判断，就能画好，而人物、山水、狗马等活着的生命的东西，必须反复观察、思考、凝神、结想，才能塑造出生动而完美的艺术形象。我们作画，一般都是选择自己熟悉的题材，便于得心应手，发挥尽致。如果违反这个规律，勉强承当"主题先行"的创作任务，总是吃力不讨好。

形象思维对于画家，不像诗人、乐人那样不易捉摸，但也不是一目了然即可成画的。古代人物画家写像的故事，对我们很有启发。顾恺之为裴楷写像，"颊上加三毛，观者觉神明殊胜"。可见未加三毛之前，裴楷的形象已经相当肖似，加上三毛之后，才觉得更加精彩，这说明顾对裴的认识，到此才算达到深化的程度。

荆浩在洪谷山中"写松万本，方得其真"，是古代山水画家在大自然中提炼典型形象的典型例子。花鸟画家在大自然中发掘独具慧眼的审美形象，也是不简单的。潘天寿以"野趣"为题，画雁荡草花，他说："荒山乱石间，几枝乱草，数朵闲花，即是吾辈无上粉本。"郭味蕖在晨风中站在荷池前面，看中了几枝挺拔的蒲草，作为对象，以彩荷作陪衬，题曰"银汉欲曙"，记录他的审美情趣。如果不是审美的高手，怎么会对几朵闲花和几枝蒲草发生兴趣呢。

顾恺之"传神阿堵"之说。至今为人物画家所信守。他的"迁想妙得"形象思维论，应用更为广泛，成为一切创作构思的普遍原则。为什么远在六朝时期我们祖先就能发现这样一条形象思维原理呢？

最近读牟世金的《文学艺术民族特色试探》一书，为我解答了这个问题。牟的探索指出，早在三世纪，陆机的《文赋》就接触到形象思维的基本特点，概括为"笼天地于形内，挫万物于笔端"。其后刘勰的《文心雕龙》进一步阐述"情以物迁，辞以情发"和"神与物游"的构思方法。顾恺之的"迁想妙得"，是和汉魏六朝的文论相呼应的。

到了唐代，张璪概括为"外师造化，中得心源"八个字，给"迁想妙得"作了明确的注解，成为一千多年来最有权威的、具有辩证唯物意义的文艺观。

顾恺之给画家指出创作构思的正确方法，也把形象思维教给了艺术欣赏者。

1962年，我带学生去陕西乾县临摹永泰公主墓的壁画。壁画东壁画了十几个比真人还高的宫女。论年龄，分长幼；论体姿，分肥瘦；论容颜，似有情；论仪态，若矜持；不是一幅公式化的宫女群像，而是有个性有内涵的耐人寻味的艺术杰作，若不是画工中的高手，决不可能达到如此引人入胜的水平。我在画下神思目想，赞叹不已，吟成七古一首：

    公主长眠宫女在。壁上着意塑粉黛；
    口角眉尖似有情，是喜是忧费疑猜；
    长安人家掌上珠，一入宫门去无来；
    赢得诗人多少墨，写向深宫幽处哀。
    画工自具生花笔，不学文章别有才；
    妙得容颜刻芳华，曲尽风姿写仪态。

> 寂寂回廊婷婷立,寞寞寝宫悄悄待;
> 巧手到此公已毕,且留余思动尔哀。

诗成之后,学生问我:"画工奉命画壁,不过服从主人旨意,能发挥如此动人的想象力吗?"我说:主人提出了题目,文章是要画工做的,在制作过程中,就得由画工的构思塑造形象。假使是一个低手,这十几位宫女一定画成从一个模子里铸出来的,我们也就没有兴趣来临摹。这位画工所塑造的生动形象,尽管是凭空想象出来的,总离不开他脑子里闪现过的各种女性原型,其中可能有他的妻子儿女,或竟是他在宫中亲眼见过的宫女,她们的模样,肯定会显示在他的构思之中。这些模样落到他的笔端,必然会流露画工所寄予她们的感情。所谓"得其形者,意溢于形",这是形象思维的规律。

同学又问:"画工是否也倾注着你所想象的画外之意呢?"

我说:那倒未必。我认为,根据"口角眉尖似含情"的消息,就有可能引起人们对她们的命运产生种种猜想。你若读过唐人的闺怨诗,不难想象被禁锢在深宫里的"长安人家掌上珠"是什么滋味。快乐吗?苦恼吗?都有可能,所以我说"妙手到此工已毕"。假使还有什么想法,就得根据欣赏者的生活逻辑去回答了。至于我,面对这些服饰华丽而身不自主的古代女性,真有点怜惜之意。

学生的经历不及我丰富,书也不及我读得多,听了我的话,似信非信。后来却发现他们改变了原先临画不读画的习惯,时时停笔凝神,似乎在探寻笔墨以外的东西。

以大观小

沈括在他的《梦溪笔谈》里,指出李成"仰画屋角"违反了山水画"以大观小"之法。他说山水画家看山水如看假山盆景,居高临下,看得全,看得宽。他的原话是:

> 李成画山上亭馆及楼塔之类,皆仰画飞檐,其说以谓"自下望上,如人平地望塔檐间,见其榱角",此论非也。

大都山水之法,盖以大观小,如人观假山耳。若问真山之法,以下望上,只合见一重山,岂可重重悉见,兼不应见其溪谷间事,又如屋舍,亦不应见其中庭及后巷中事。若人在东立,则山西便合是远景;人在西立,则山东却合是远景,似此何以成画?李君盖不知以大观小之法,其间折高折远,自有妙理,岂在掀屋角也?

　　所谓"以大观小",就是把大的东西看成小的东西,画真山真水,如同画假山盆景。所谓"折高折远,自有妙理",就是说画家除肉眼外,还有一对心眼,拉高拉低、拉近拉远,可以随心所欲,不受肉眼视点的限制。如果我们把自己限制在固定的视点之内,那么,山后之山,屋后之屋,无从见得,还成什么画?李成掀屋角,自谓忠实于肉眼所见,正说明他缺少一对任意飞翔的心眼。所谓"心眼"是指中国画家在观察和表现事物时,视点是假定的,想象的,运动的,非如此不足以概括事物的全貌。

　　美国波士顿博物馆有一本《胡笳十八拍》册页,其最后一页画的是蔡文姬回到长安的情节,院外车马随从,院里家人欢聚,同时出现在一个画面里,要是不发挥视点的主观能动性,很难处理好里外都见的场面。《清明上河图》有一段画的处理方法,视点的运动,好像一只鸟掠城而过,城内城外的景物,尽收眼底。

　　画家身处山水之中,不可局限于一瞥之间,必须用"以大观小"之法,心注全局,目想神游,自由驰骋。若拘泥于常人的肉眼所见,则一叶障目,远近都看不见,还画什么?

　　我们有些画家,只会用焦点透视法,斤斤计较地平线、消灭点,不如一个聪敏的电影摄影师,会用推、拉、转、摇镜头,延伸肉眼的视界,满足观众的视欲。我们老祖宗早已深通此法,在绘画上不仅创造了"以大观小"这一根本法则,推而广之,发明"以近观远"法。

　　"以近观远"就是把近在眼前的东西,推到较远的位置上,不使远近物象的大小比例过于悬殊,造成视觉反映的突然变异。

　　黄宾虹在浙江美院任教时,带学生站在西湖边看景,说:"你们看东西总是近大远小,是死法。我们看东西,如近景迫塞,有碍视线,就假定自己站得远些,使看到的东西尽量多些、全些。"

陈半丁在一次山水写生作品观摩会上，指着罗铭一幅《桐庐》下品，说："可惜前面几棵树把精彩的远景挡住了，要我画，一定把树去掉。"

以上两位前辈的话，指出我们在写生时往往为视点所拘束，不能在实景前发挥主观能动性。若懂得"以近观远"，把近树推远，或景推到自己身后，眼前障碍尽去，视界豁然开朗，岂不痛快。为什么不能发挥主观能动性？因为我们太拘泥于所谓现代透视法，由于现代透视法公认是科学的，谁也不敢违反它。

为了使青年一代脑子里装点民族的东西，1954年我带了三个刚毕业的学生到敦煌去学习，希望培养他们成为国画专业的后备教师。他们在中央美院三年所学的内容主要是素描造型基础，多少也学过一点白描勾勒。指明是为年画的单线平涂服务的。在他们的脑子里，伟大的民族绘画传统不但一无所知，而且由于强调文艺的阶级性和宣传作用，把中国画看成是地主资产阶级的玩物，改造之不及，岂能沾染？派他们到敦煌去学习老古董，等于要他们转个一百八十度，未免太突然了。在敦煌三个月，临摹了魏、隋、唐诸窟的精品，他们都很惊讶我们的祖先竟有如此伟大的创造，钦佩之余，却提出一个问题，问："我们学了敦煌艺术，到底对社会主义美术事业起什么作用？"在1954年要回答这个问题是相当麻烦的。现在情况变了，学生们自己也能回答了。

提到敦煌，因为在沈括"以大观小"之法以前几百年。我们祖先已在壁画中创造了"以体观面"和"以时观空"之法。魏窟"鹿王本身"和"五百强盗"佛传故事，把不同时间发生的事组织在一个构图里，前后连贯，浑然一体，等于把时间换成空间来处理，以打破空间造型对时间的限制。

"以体观面"就是把一个具有体积的物体切成几个面来处理，表达事物的面面观；或者把同一地域空间发生的情节，拉成平面，并排罗列，以观全貌。例如。魏窟中的《狩猎图》和隋窟中的《天体图》，画家的视点如同电影的跟镜头，在猎区和天体里运动，任何远近、任何角度的事物，都可以罗列在一个平面上。

按照焦点透视法，一张方桌，只能看到桌面、左侧、右侧三个面，在我们的民间年画里，故意打破常规，把眼睛看不到的另一侧拉出来，画成四面，以丰富空间感。现代话剧舞台打破三垛墙的常规，发展为四垛墙，把观众面前那垛假设的墙也划为表现区，已为观众所接受。现代西洋画立体派画家把一件乐器、一组静物、甚至一个人体分割成几个面，画在同一平面上，组成奇特的造型，显然是受到东方绘画的启示，大大发展了"以体观面"的方法。不过，这种方法在我们运用时，如树分四枝、山须面面观、水愈远愈高等规律，是在视觉习惯的范围内变通行事，以群众所能接受为度，和现代立体主义有本质的区别。

我在1980年画了一幅长卷，描写我故乡富春江的山山水水，试用"以体观面"和"以时观空"法，随意把江面、山区从画面引进引出，把远景拉近，把近景推远，画了山的左面，又画山的右面，画春夏秋冬四季，画阴晴雨雪天气，随心所欲，运转自由。如果我拘泥于现代透视法，那就只能望景长叹，束手无策。

大约在1944年，有一位漫画家想用长卷的体裁，描绘重庆校场口大众娱乐场所大场面，他没有见过敦煌壁画，不懂"以体观面"法，只能用他学过的焦点透视来画。他选了一个制高点，从这个视点出发，由近及远，打起草稿，人物近大远小，愈远愈小，小到不能再小，动作和细节就无法处理了，而他所要表现的内容却十分庞大，他十分懊丧，只得求助于人。有一位画中国画的朋友劝他放弃焦点透视，改用散点透视，把场面人物平列起来，可以无究无尽地画开去，他这才明白过来。

从沈括的"以大观小"法，引出黄宾虹的"以近观远"法，追溯到敦煌的"以体观面"和"以时观空"法，都是我们绘画传统表现方法的伟大创造，这些创造所体现的审美科学，是我们祖先智慧的结晶，为我们后辈在表现社会主义视觉形象时，提供了极为丰富的经验，它必将在我们今后的创作中发挥极大的威力。

1981年6月写于藻鉴堂

古今人物画杂谈

长期以来,中国人物画一个令人费解的现象,就是固守传统题材和古人形象,到了明清两代,更加远离现实。有些人便认为中国画家没有描绘现实人物的能力。当然不是。大家知道,清末大画家任伯年笔下的肖像画,寥寥数笔,神完意足,是活生生的现实人物。有些人则认为中国的人物画家历来以粉本相传,不敢自创新稿,只见古人,不见今人,好像有一条职业行规束缚他们。其实,粉本只能束缚一般画工和低能画家,却不能在富于创造性的画家身上起作用。那么,明清著名人物画家如戴文进、张平山、仇十洲、陈老莲、黄慎、闵贞、任熊、任颐等人,为什么都不屑为现实人物费笔墨呢?要解答这个问题,必须从中国人物画的审美传统找原因。

人物画是早期中国封建社会的产物,是以"助人伦、成教化"为目的的。《历代名画记》著者张彦远在叙画之源流时说:"图画者,有国之鸿宝,理乱之纪纲。"所以封建王朝设"明堂"或"凌烟阁"为开国功臣造像,彪炳他们的功勋。嗣后又发展为大规模寺庙壁画,为宗教宣传服务,用以教化芸芸众生。从一些存世的图画遗迹来考察,早期的人物画都是现实生活的反映。来究竟从什么时候起,又是什么原因,使得人物画逐渐脱离现实?许多美学研究者认为,大概是在两宋山水花鸟画发展成熟以后,人们的审美要求起了变化,助人伦、成教化的劝善目的,逐渐让位给陶情养性的审美情趣。

宋代郭熙《林泉高致》云:"然则林泉之志,烟霞之侣,梦寐在焉,耳目断绝。今得妙手郁然出之,不下堂筵,坐穷泉壑;猿声鸟啼,依约在耳;山光水色,滉漾夺目。此岂不快人意,实获我心哉?此世之所以贵夫画山水之本意也。"这是早期山水画论,标志审美情趣的转变。这个转变,应该追溯到六朝到唐那一段绘画和文学相结合的历史,知识分子逐渐从画工手里掌握了绘画发展的方向，从而开创了绘画的新时代。苏东坡云："味摩诘之诗，诗中有画，观摩诘之画，画中有诗。"摩诘就是唐代诗人兼画家王维，是诗画结合的代表人物。经过五代两宋的荆、关、董、巨、刘、李、马、夏，到元四家黄、王、吴、倪，山水画一马当先，走在时代的前面。此时的人物画虽然由帝王将相走向须眉仕女，终究不能和怡情养性的诗画境界共呼吸。

明代文徵明评论人物画说："人物画不难于工致，而难于古雅。"又说："盖画至人物，辄欲穷似，则笔法不暇计也。"此时山水画又经历了一个时代，重性灵，重笔墨，文人的意趣更浓了。文说这番话，指出人物画不能追随时代审美思想，基本是合乎实况的。按照文的说法，人物画只求工致和穷似，不求古雅和笔法，难以和新画风同步前进，如果是指吴中仇英以下诸人，可能是中肯的。但是，从浙派诸人如戴文进、吴小仙、张平山的作品来看，工致和穷似或嫌不足，古雅和笔法却无可非议。往后，陈老莲的造型和笔墨，可说已达到很高的境界，而陈的后继者任伯年则更为出色，他所画的吴昌硕、高邕、仲英几幅肖像，既极穷似，而又笔精墨妙，可说已臻化境。

因为有任渭长、任伯年、吴友如、钱慧安等活跃上海画坛，人物画在清末出现过一次中兴景象。但其作品所反映的内容，和当时政治、社会、文化的革命思潮是背道而驰的，所以只能算是封建艺术在其没落时期的一次回光返照。反封建的五四文化运动使许多美术青年投向西方，引进油画艺术，打算另建新的绘画体系，以促进中国文化的现代化。经历半个世纪的活动，西方绘画在新的知识分子中培养了一定的欣赏基础，可是中国画并不因此被挤出历史舞台，倒是有些油画家认识到中国画的民族特色和伟大生命力，最后转向灿烂的民族传统，拨正自己的艺术方向。尽管如此，人物画在题材内容方面脱离现实生活的状况，仍然是和现实的社会进程不相适应的。有鉴于此，有些画家便尝试用中国的笔墨来表现现实人物，他们最初的尝试，有的只重笔墨，不重生活；有的只重生活，不重笔墨。前者不能为新欣赏者所接受，后者不能为老欣赏者所承认。显然，这是形式和内容暂时不能互相适应的结果，和京剧现代化的最初阶段有点相似。尝试失败，并不说明此路不通。

梅兰芳在五四之后试演过时装戏《一缕麻》，上海新舞台试演过时事戏《闫瑞生》，说明新内容毕竟要冲破旧形式，在新的精神领域占领一席地。可见中国人物画的现代化，不是一个理论问题，而是一个实践问题了。我从1943年起，从漫画岗位闯进中国人物画领域，就是基于这一点认识。

中国人物画长期脱离现实生活，既受助人伦、成教化的思想约束，也受发展到高峰的技法的控制。时至今日，思想的约束早被冲破，而表现技法的传统审美习惯却不易摆脱。实践所要解决的问题，离不开技法的创新，但创新不能离开民族传统另起炉灶，必须做到既工致而穷似，既古雅而有笔法。有了生活，做到工致穷似并不难，难就难在古雅笔法。所谓古雅，从今天的要求来看，当然不是文徵明那时的古雅，也不是一成不变的笔法。我认为，现代中国人物画就是要达到生意盎然而又笔精墨妙，和发展到高水平的山水花鸟画并驾齐驱。在创新之中不能只顾题材内容反映现实为满足，还必须充分尊重形式美感的民族标准。

有些只信"内容决定形式"的论者，往往只顾题材内容这一面。忽视中国画表现形式的高标准。三十年来，由于狠抓内容第一，不重视作品的艺术性，使人物画停留在"下里巴人"的地位，攀不到"阳春白雪"的高峰上去。我们应该好好温习一下《在延安文艺座谈会上的讲话》所指出的问题："缺乏艺术性的艺术品，无论政治上怎样进步，也是没有力量的。"

艺术与生活的关系，生活是源泉，是第一性的，艺术是表现生活的一种形式，是第二性的。在这个意义上，"内容决定形式"和"物质决定精神"都是真理。然而只要懂得一点辩证法，精神可以反过来决定物质，形式也可以反过来决定内容。一件作品如果艺术上不能感动人，那个政治内容岂不被赖以生存的形式所断送了？

1980年第二期《中国美术》上，我总结自己在创作道路上走过一段"图解式"弯路，指出我那幅《中华民族大团结》是政治概念的形象化。《北平和平解放》是新闻报道式的图画。我的意思并非否定图解式绘画的社会作用，而是不满足于局限在图解生活。如果人物画停留或局限在图解生活现实和政治报道，不去探索人们对人物画的更高审美要求,那么,高度发展的摄影艺术就可以取代它。

中国人物画的职责在佛教壁画兴起以前,基本是助人伦、成教化。曹植对此解释十分明白,他说:

> 观画者,见三皇五帝,莫不仰戴;见三季暴主,莫不悲惋;见篡臣贼子,莫不切齿;见高节妙士,莫不忘食;见忠臣死难,莫不抗节……是知存乎鉴戒者何如也。

由此可见,人物画鼎盛时期,莫不为封建道德服务。魏晋以后,佛教艺术所反映的思想,超不出善恶、惩戒、因果、报应等人伦教化范畴。所不同者,由宫廷明堂扩大到普天下的寺院佛殿,群众性增强了。唐代山水画从人物画的衬景中游离出来,开拓了反映生活的新境界,《林泉高致》说:"画山水有体,铺舒为宏图而无余,消缩为小景而不少。看山水亦有体,以林泉之心临之则价高,以骄侈之目临之则价低。"因为:"山水大物也,人之看者须远而观之,方见得一障山川之形势气象。若势女人物,小小之笔,即掌中几上,一览便见,一览便尽。"人物画在这个时期,虽已超出人伦教化范畴,却成为掌中几上的玩物,难以和山川气象的宏观相提并论。

历史上的卫道论者对中国画这个新的变化表示不满。明代宋濂的话很有代表性:

> 古之善画者,或画诗,或画孝经,或貌尔雅,或像论语暨春秋,或著易像,皆附经而行,犹未失其初也。……世道日降,人心寝不古者,往往溺于车马仕女之华,怡情于花鸟虫鱼之丽,游情于山林水石之幽,而古之意益衰矣。

今天也还是有人对这条新的审美路线表示怀疑的。最近,山西有位画家写信给我,附来一篇论文,对当前山水花鸟之类文人画的"泛滥",表示忧虑,主张大力提倡人物画,恢复"助人伦、成教化"的遗训。我复信说:

> 你忧时伤世,为人伦教化呼吁,足见用心之挚。近代中国画的发展,有其社会的历史的原因,非画家个人的意趣所能左右。古代明劝戒的图画,要靠潜移默化,才能起作用;今之山水花鸟在于广胸襟,辨美丑,也是靠潜移默化起到陶情养性的作用。山水花鸟画在历史上出现,标志画心与诗心的结

合,是精神世界的扩大,是中国文化艺术的进步,不是衰退。

今天提倡人物画,决非为了排斥山水花鸟画。

从这位画家的观点看来,提倡人物画,就是为了恢复助人伦、成教化的宣传教育目的。照这么说,人物画的职责,除了助人伦、成教化,就不能起到陶情养性的作用吗?当然,不能怀疑他的主张人伦教化是为了恢复封建统治,可以理解为出于为社会主义政治服务的目的。

最近读李泽厚的《美的历程》,他对中华民族的艺术文化作了一番从古到今的巡视,窥见了我们这个文明古国的心灵历史。其中一段阐述中国山水画的发生、发展和演变的过程,从"无我之境"到"有我之境",最后到达浪漫主义的石涛、八大,这个脉络和历来画论的思想发展是一致的。人物画在这段历史中,发展缓慢,退居下游;明清两代,画的多是古衣冠、古人物,停留在无我之境,只是陈老莲画的陶渊明、水浒英雄,任伯年画的钟馗、风尘三侠,反映了画家对他们笔下的人物的情感,可以说接近了有我之境。这种主观情感的表现,和人伦教化的古代封建意识是显然不同的。现在有些人主张把人伦教化的古老审美传统移用到今天的社会主义时代来,或者把人物画的衰落归罪于山水花鸟的兴起,岂不是把事物的发展看得太简单了吗?这种观点都不是从审美职责的更高要求看待人物画的推陈出新。

有人问现代人画古代人物和古装仕女,是不是历史倒退或时代错觉?当然不是。中国戏曲舞台的传统节目,都是演的古人古事,我们承认具有借古喻今、颂扬美德、评价历史等等审美教育作用。画古代人物、仕女也具有同样作用。在推陈出新的任务中,在传统艺术形式表现现代生活的实践中,戏曲表演程式的束缚比绘画多一些,所以中国人物画反映现代生活的成果比较大一些。但是,如果把三十多年来提倡人物画的成果加以具体分析,当前存在的问题还相当多。例如:

一、满足于画新人新事,自以为完成了反映时代面貌的任务,其实粗糙浮面,不接触事物本质,等同于新闻报道的插图。

二、满足于图解政治概念,自以为反映了重大题材,其效果不及主题鲜明的政治宣传画。

三、一窝蜂,抢题材,报纸上报道、宣传什么就画什么,不怕公式化概念化,却怕政策跟得不紧。

四、跟随电影的庸俗趣味,譬如画一对戴镣铐的情人拥抱接吻,题曰《刑场婚礼》,自命为革命浪漫主义。

五、受素描观点束缚,追求表面形式,墨和色搅混不清,有笔无墨,有墨无笔。

六、片面理解笔墨的重要性,一味练笔,单纯追求所谓形式美,强使形象服从笔墨。

七、画屈原、杜甫、苏轼,一式明代衣冠;画蔡文姬、文成公主、崔莺莺,一个脸型,一套服饰。

八、十年"文革",画花鸟也会被带上黑画帽子,画人物更可以无限上纲,被都想躲开这块是非之地。

九、人物画不好画山水,山水画不好画花鸟,花鸟画不好可以写字,这一条退路,诱使一些画家走轻便的道路。

当然,还可以举出一些例子,谈谈人物画家的苦衷。有些人物画家抱怨文艺领导对人物画提倡不力,似乎还需要继续吃偏饭,这是可以理解的。因为我们过去大力提倡过人物画,好像现在突然改变方针,不提倡人物画了。我认为这是一种错觉。最近几年国画市场繁荣,花鸟山水受到宠爱,是吸收外汇的经济政策所造成的。现在大宾馆的室内布置,基本上只请山水花鸟画家效劳,极少请人物画家,难道这可以认为是贬低人物画的作用吗?恰恰相反,这不但没有贬低,而是看重人物画反映时代风貌和陶情养性方面更高的作用。我们用不着妄自菲薄,应当信心十足,使人物画担当起更高的审美功能。

有人问,什么是人物画的更高审美功能?可以从上述的几个问题来看,正面的回答,是否可以这样来研究:

一、表现社会主义时代的新人新事,必须以反映这一代人的高尚情操与道德品质为准则,而且要服从造型艺术表现生活的独特手段,即通过视觉的反应,从而打动欣赏者的心灵,起到潜移默化的作用。因此,不能以描摹这件事或这个人的表面现象为满足,表面描摹只能起到单纯图解事物的作用。

二、图解政治概念或演绎政策口号,对于海报式的政治宣传画,可能是最合适的,若求之于人物画,难免贬低人物画所应有的审美功能。这好比舞台上解决矛盾的方法,单靠角色的说教,不靠角色的行动。

三、跟政策、抢题材的风气，多半处于及时反映新事物的好心，关键在于不甚理解人物画的审美功能。不过，在人物画的创作中反映一定的政策思想，也无可厚非，但要正确认识具体政策和政治总方向的内在联系，要了解我们所要表现的是政策影响下的社会动态和人的行为，不是政策本身。不然的话，必然导致人物画走向公式化概念化，使画中人成为政策解说员。

四、"刑场婚礼"这个题材曾经掀起过一阵风。有诗、有散文、有戏、有舞蹈、有塑像、有图画。其中诗的形象比较合乎情理，也富于想象。最使人侧目的是一件泥塑作品，就是上文提到的那一对戴镣铐的情人，拥抱接吻，不但歪曲了生活的真实，也嘲弄了严肃的主题。至于那个舞蹈，虽经作者竭力寻求适当的舞蹈语言来表达这一对悲剧人物的高尚情操，还是使人感到文不对题。看了这两个作品，使我怀疑造型艺术是否能恰如其分地塑造现代悲剧人物。自从看了陈逸飞的《寒凝大地》使我对这个问题作了肯定的回答。《寒凝大地》画面所采用的生活瞬间是两位烈士倒在地上，不见血，尸旁草地上有几株野花。这部分形象采取低视角，只占全画面的四分之一（或三分之一，）大部分空间是天，压着灰暗的云层，大自然在震怒，在哭泣。这幅画真正挖掘到了这个题材的深刻主题。这是一幅油画，有它在艺术上的特殊性格，中国人物画是否也能产生如此深刻的审美功能呢？我认为也做得到。关键在于我们能否发挥中国画艺术技巧的特殊功能，探索表现主题的新角度。

五、说到画农民，如果单纯画政策，三十年变化多端的经验，足够我们吸取教训了。想当年大跃进，把我们带到了《西游记》式的神话世界。我画过一幅一头六臂的壮实农民，一手持镰刀，一手持铁锤，一手持书，一手持枪，一手持算盘，一手持试管，题曰《多面手》。我临摹过敦煌壁画多臂观音像，敢想敢干的精神，唤起了造神妙诀，于是六臂神农便应运而生。

现在的农民该怎么画？包产到人、到户、到组，还能对付；联产责任只是个制度，是个生产概念，图解也办不了。那么画发家致富行不行？比如：画一个农民数着钞票走向银行，画农民炕头放着电视机，画农民院子里放着几辆自行车，这些生活现象的确反映了农业新政策影响下的具体变化。请问，光从物质享用的角度来画农村新面貌，岂不是又在叫农民当政策的解说员吗？要深刻地反映农村新面貌，决不能把眼光停留在表面现象，而应从表面现象联想到农民和土地的关系，和历史进程的关系，和自然环境的关系，农民相互之间的关系，农民和其他社会人物的关系，从这些关系的总和中来观察和表现农民，这才是根本。

六、追求表面形似，不计较笔墨得失，实际是忽视中国画表现形式的艺术高标准，表现形式高标准是审美功能的重要媒介。我们知道，中国画独具的形式美感，是历史形成的重要欣赏条件，当然也是审美的重要条件。文徵明所指出的古雅与笔墨，正是从这一要求出发，并加以强调的。假使我们用发展的眼光看待历史，把"古雅"看成是笔墨情趣的另一词汇，那么就会看到笔墨对于创新的重要性。

七、把笔墨情趣看成脱离内容的纯形式，那是违反艺术规律的。打个比方，初练琵琶的人，离开曲调，单练指法，听起来像弹棉花，使人心烦意乱，毫无美感。一幅笔精墨妙的图画，所以使人获得视觉的快感，并非由于孤立的形式，而是由于和内容交融着的形式。强使形象服从笔墨，必然导致歪曲形象，走向审美的反面。

八、美学研究者认为，艺术形象有三种功能：一是认识作用，二是教育作用，三是审美作用。这些都属于内涵的感应默化功能，我认为还有一种属于外在的感官兴奋功能。例如，看了喜剧发笑，看了悲剧流泪，听到好的唱腔或好的表演，情不自禁地发出叫好声，看到一幅精彩的图画，使人兴奋的啧啧赞叹。凡此种种感官的直接反应，不能不和形象的内涵发生联系，能仅是单纯的形式美感在起作用。当然，这类反应可以说是审美感受的一种表现。

九、我们承认一个民族的文化传统有发展的一面，也有延续和继承的一面。审美传统也是如此，我们画现代人和新事物，也要画古人和古事。在画屈原、杜甫、蔡文姬、崔莺莺时应该遵循历史唯物的观点，要努力避免公式化、概念化。有些颠倒历史、乱用服饰、唐突古人的作品，既有害于审美，也有害于认识和教育的作用。可喜的是现在有些古装仕女画，已在服饰考究和个性刻画方面下功夫，而有些古人形象，还只侧重性格情绪的揣摩，对历史背景和穿戴配饰的考据还不够严格。

宋人郭若虚云："古衣冠之制，荐有变更，指事绘形，必分时代……"他指"阎立本图昭君妃虏戴帷帽以据鞍，王知慎画梁武南郊有衣冠而跨马。殊不知帷帽创于隋代,轩车废自唐朝,虽弗害为名踪,亦丹青之病尔"。古人对人物的服饰用具如此严格要求,对我们今天的画家也是一种鞭策。

无论画古人还是今人,都应注意艺术的认识和教育作用。如果这些人物不值得我们敬仰,为什么费笔墨去画他们。陈老莲画陶渊明,画《水浒叶子》,任伯年画钟馗、画风尘三侠,是画家对这些历史人物的崇敬,才形之于笔墨的,岂非也反映了画家本人的个性和人品吗?我们今天画社会主义新人新事,是否也应该按照这一艺术规律选取自己的表现对象?当然应该。然而,在相当长的时期内,公式化、概念化、一窝蜂、抢题材的风气,破坏了这一艺术规律,阻碍了人物画到达阳春白雪那样高的审美水平。

十、极左路线对艺术的专政,造成文艺创作十年苍白;而国画市场受外贸的影响,花鸟画备受宠爱。人物画家既心有余悸,又遭到冷遇,迫使有些人改画山水花鸟,躲开这块是非之地,这是可以理解的。只有那些知难而退、见利忘义、又热衷于名利的人才是可鄙的。

对今天的人物画提出以上的看法十分粗浅,恳请高见指正。

1982年1月10日于北京

怎样画速写

一、速写的目的

一个新闻记者在访问一个劳动模范的时候，要把谈话内容扼要记录下来，准备在写报道的时候写进去；一个作家在体验生活的过程中，常常把他所接触的人物形象或环境特点用简单的文字记录在他的小本子里，作为将来创作时的参考；一个画家要进行创作，必须在生活中搜集他所需要的形象，用速写的方法简练扼要地把这些形象记录下来。现实生活是千变万化的，有些复杂的细节或转眼即逝的形象，很难完全凭头脑记住。如果当时不能把它们画下来，到创作的时候就会感到困难。画速写的目的不仅是为创作搜集资料，作为一个画家，为了提高造型的能力，还必须通过速写的锻炼，发展他的敏锐的认识对象的能力，简练、扼要并迅速地表现对象的能力，以及凭记忆和想象创造形象的能力。

二、速写的方法

锻炼速写技术，必须掌握写生的基本方法。写生就是用绘画的技法对空间的物象进行描写。写生的基本要求是准确地把对象的轮廓、结构、体积、质感、色彩、运动等因素表现出来，这就需要我们运用比例、透视、解剖等知识对物象进行科学的分析，然后将分析的结果用勾勒、点染、皱擦或设色等方法画出来。掌握了写生的方法，具备了造型的能力，才能从心所欲，做到画什么像什么。

写生的方法有两种，这里以画公鸡为例：一种是对着公鸡不等思索便动起手来，看一眼画一笔，看多少画多少，看完画完，全凭眼睛行事；另一种是先对公鸡的形象观察一番，等脑子里酝酿成了一个公鸡的形象时，然后一气呵成画出来。大概初学写生的人，多半用前一种方法，等到画失败了，他才停下来想一想，研究失败的原因。这时他不能不对公鸡下一番观察分析的功夫,会发现画里的公鸡有些错误,比如头太大了,脖子太细了,爪子太粗了,或是尾巴太短了。造成这些错误的原因,不是他的眼力不准,而是缺少整体的比例观念。因为他在看一眼画一笔的时候,眼力只照顾到局部,可能他把鸡头的形状画得很准,可是忽略了鸡嘴的尺寸和全身的比例,就容易画得过大或过小。如果有了整体的观念,那么在画局部的时候,就会照顾到整体的要求,而使全部的比例画准确了。

整体观念必须在下笔之前准备好,前一种方法就因为缺少对公鸡的观察和分析的认识过程,无法形成整体观念,所以会失败。观察和分析对象是写生练习中的极重要的过程,观察越充分,认识就会越明确,认识越明确,表现也就越准确。

作画如作战,对象就是敌人。要战胜敌人,就得摸清敌情。如果对敌情漆黑一团,那就只能打乱仗,非吃亏不可。心里没有底,看见对象就动手,等于打乱仗。

观察对象,对对象作一番解剖分析,然后又加以整理概括的功,使一个自然物象改造成为一个绘画形象,主要是头脑的工作。当然,眼睛是作画所依靠的主要器官,如果没有视觉的来源,观察和分析的材料就无从获得。我们知道瞎子是不能作画的,但是一个临摹的能手不一定是写生的能手。理由就是:创造形象不是单凭眼睛可以完成得了任务的。

观察既定,接着就是考虑如何表现。表现的第一步是构图,首先要决定的是横幅还是竖幅,如果是一个斜坐着的或躺着的人便要画横幅比较合适;其次是决定部位,把所要画的对象安排在画幅的最适当的地位,同时还要决定对象的大小尺寸,避免过大过小,过大画不全,过小空白多,都是不适当的。一般写生的练习,在安排构图时,可以用极淡的笔触在纸上定出部位;画速写的时候,主要应该凭眼力来看部位。

构图决定以后,才可以下笔,下笔要从对象的主要部分开始。比如,习惯上画人总是先画头的,在正常的姿态前面,应该从头开始,如果画的是一个特殊的动态,那就应该从动态的主要部分开始,因为动态的主要部分是支配其他部分的。必须首先把主要部分掌握好,画得准确,其他部分就容易处理。如果仍按常规行事,先画了头,那么,头的方向角度稍有差错,就会牵动全身,因而削弱或歪曲了动态。所谓差之毫厘,谬以千里。

速写要求形象内容的简练扼要,又要求描写技术的准确迅速,因此,速写的锻炼,必须在掌握正确的写生方法和准确的造型能力的基础上进行,只有在这样的基础上,才能敏锐地理解对象和迅速地表现对象的能力。有些人认为速写锻炼既要在准确的造型基础上进行,那么,只有画好素描才能画速写,这样来看造型基础是不全面的。素描练习固然是培养造型能力的基本课程,但不能把它当成是唯一的课程;因为速写练习也是培养造型能力的基本课程,但也不能把它当成是唯一的课程,二者应该不分先后,相辅进行。

三、从慢写开始

我们要一个还不能走路的孩子跑步是不可能的,要一个刚学画的人画速写也是不可能的。小孩子学会了走路,才能学跑步;我们学画,先要学会如何准确地表现一个形象,然后我们的眼、脑和手的合作才能逐渐熟练。凡是学画的人都懂得这个道理,可是有些人觉得画素描很有办法,画速写却没有办法,便认为画速写一定另有一套秘诀。为了揭开这个秘诀,首先要问他的素描写生方法是否正确。他在写生的时候是否只是看一眼画一笔?如果是的,那么他就没有认识和理解对象这么一个必要的基础,既没有这个基础,就没有提高到敏锐认识对象的可能,所以也就没有画好速写的可能。如果不是的,那就应该问:有了正确的写生基础,能不能一下画好速写呢?可以仍以小孩跑步为例:小孩的脚步刚站稳,慢走还可以,快跑就不能保证不跌跤;只有等他的腿脚硬了,身体重心的控制灵活了,脚步才能渐渐加快。我们画速写也是如此,技术的锻炼一定要由简到繁、由生到熟、由慢到快地逐步前进;开始的时候不会没有困难,锻炼的过程就是克服困难的过程。中国有句老话:"熟能生巧。"速写没有什么秘诀。方法对了,就可以由生变熟,由熟生巧。

练习速写,应由慢写开始,由简单的、静止的对象开始,逐渐发展敏锐的观察分析能力和手脑合作的准确快速机能。大概一张公鸡标本的慢写,三十分钟就够,加快以后,可快到五分钟,等到画静止的对象有了相当把握,能把对象的主要特征画对了(画得像),可以进一步练习复杂的静止的对象(画人或风景),再进一步可以练习简单的人物动作,如锄地、缝衣、锯木等。因为这种动作是循环性的,便于练习慢写。

慢写的目的在于有比较足够的时间进行思考和描写,达到形象的简练而准确。逐步加快,就是要把这种简练而准确的描写过渡到更高的速度来进行。

这里并不是说三十分钟画成的就叫慢写,而十分钟或五分钟画成的才称是速写。凡是为了记录一个形象,采取简练扼要的描写方法,不论时间长短,都属于速写这个范畴。因为在初学时,技术不熟练,要用比较多的思考和描写时间,需要慢点画,才能画得准确,不过形象的效果仍然是速写所要求的那样简练和扼要。

四、掌握特征

客观事物的组织构造。是错综复杂的,把任何一个细部都描写周全虽是可能的,但不是必要的。在绘画上要传达一个人物的真实形象,必须掌握人物的特征。人物的特征,除了他的生理特征,更重要的还在于刻画这个人的社会特征,以及为周围环境所引起的表情、动作的特征。一个工人和一个农民,他们的劳动方式是不同的,因此他们的精神状态也显示出不同的特征,在一幅素描上我们可以对每个人物的外形和神情作充分和细致的描绘,但在一幅速写上却只能作极其概括的勾勒。这就要依靠敏锐的观察力和高度的概括力,对人物下一番提炼取舍的整理功夫。

速写既要经过提炼取舍的功夫来完成一个形象,那就不同于定位置、打轮廓那一阶段的素描初稿。打轮廓不过是极粗糙的形象,有待于深入细致地描写。速写所要求的却是一个最后的形象,一下手就得肯定,任何一笔都要有用,要尽可能避免废笔。速写要求以最简练的笔线,获取肯定的形象效果。为了传达形象的特征,有时也要求集中刻画其最能传达特征的某一细部,如鹰的尖锐的眼睛,老农的多茧的手,人在各种表情下脸部肌肉的变化等。

五、掌握动态

简单的动作如农民锄地和木工刨木,动作固定在一个方向,动作活动幅度不大,速度也不快,而且动作是循环的。我们容易掌握它们的规律,画起来比较容易。

一个舞蹈的动作或是一个打球的动作，速度很快，式样也很复杂，一时不容易抓住它的规律，画起来就很难。

一个动作从他的起点到终点，中间是运动的过程。起点和终点是静止的，比较容易掌握；但是运动过程中的方向、角度和姿势是迅速变化着的，它的印象来不及在脑子里停留，所以要保留运动过程中的片段印象是非常困难的。

如一匹马在奔驰，人们视觉所生的印象：马的四条腿是模糊的，但是我们画奔马时却要求把马的四条腿交代清楚。在没有理解奔马的运动规律的时候，要画奔马是困难的。如果我们在观察马的生活时，注意马的走路方式：哪一条腿开步，哪一条腿紧跟上去，哪一条腿走第三步，哪一条腿走第四步，并同时观察马腿关节运动的变化，就能找到马走路的运动规律，由此可以推知其快走和奔驰时的运动规律，并结合实际观察所得的印象，就不难掌握一匹奔马的动态了。

任何运动都是有它的规律的，人体的运动不能越出人体关节活动的可能性。例如：手臂只能内弯，不能外曲；两腿左右伸开的角度有其限度；跳舞和打球时的四肢运动必须保持全身的平衡，因此我们的眼睛对某种瞬息即逝的动作虽然无能为力，但只要记住动作的某一部分便可以推知其全体。

这样说来，掌握动态虽然很困难，却不是不能做到的；只要掌握运动的规律，在任何情况下，我们都有掌握任何动态的可能性。

表现动态的力量和气势，要选择最能表示动作特征的一瞬间，才能显示动的效果。动态的特征有时在于其起点，有时在于其终点，有时在于运动的中途或顶点。如铁匠打铁，表现其起点才有力量；木匠刨木要表现刨到尽头才觉得有劲；打篮球要表现运动员跳起来把球投向空中将要入篮的一瞬，才显得生动。

关于练习动态速写，有这么一个例子：我在某次速写教学中，让模特儿做铁匠打铁的循环动作，教学生画他的起点和终点，画完后，然后让模特儿做一个起点静态和一个终点静态，也叫学生画了用以对证动态速写是否准确。在观摩成绩的时候，发现动态比静态画得好。按理静态是比较容易画的，这是为什么呢？原来后一种练习根本不去理解动作的来源和它的目的性，只是照着模特儿做着的样子依样画葫芦而已。因此,要把握动态,必须理解动态的来源和它的目的性;只有理解了它,才能正确地表现它。

从不同的角度来描绘同一个动态,是练习掌握动态的好办法。

六、发挥记忆和想象的能力

上面说过,当画马在奔驰或人在打球的时候,光靠眼睛是无能为力的,因此看一眼画一笔的办法在速写中就行不通了。别说奔马和打球那样迅速的动作,即使是木工刨木和农民锄地的简单动作,如果只凭视觉,还是解决不了问题。要掌握人的动态,必须以熟悉的人体解剖和人体运动规律为基础。熟悉了这些常识和规律,再在观察对象时和眼前所见的具体动态结合起来,就能很快地理解眼前动作的规律;在描写的时候,即使闭起眼睛也能看见这个形象。这样,就能凭记忆和推想的能力,熟练而准确地画出来。当我们在生活中记录动态的时候,所画的对象往往是活动着的,一个动作没有画完,人已经走了或动作已经变了,不可能再恢复原状。因此在观察的时候,要努力记住这个动态,而主要是记住这个动态的特征。例如扛粮食,主要是记住粮食扛在哪一个肩上和承担粮食压力所引起的姿态特征,这个特征的构成是为了维持身体的平衡,有其一定的运动规律。因此是可以记忆和想象的。

练习速写必须发挥记忆和想象的能力,不断地练习就是培养这种能力的有效方法。练习记忆,可采取默写的方法(如小学生背书),把对象观察好了以后,不再去看它,完全凭记忆画出来,画完再和对象对证一下是否正确。练习想象,开始可根据速写原稿的形象,推想其在另一角度或另一动作的状态,画出想象中的形象。

依靠记忆和想象的能力,可以补写和追写一个已经消逝的动作或对象,而且可以综合记忆的材料,或根据既成的速写,通过想象,加以组织变化,获得创作中所需要的形象。所以这种能力的培养,对于速写的锻炼,特别是进行绘画的创作,都是十分重要的。

七、记录生活

速写的目的是记录生活中的形象,为创作准备充分的资料。所以生活中的一切,都是描写的对象。人要画,一草一木也要画,对象的范围愈广愈好。但为特定的创作准备资料时,必须有计划、有目的地寻找对象。例如:你计划创作一幅表现炼钢工人的作品,就该到炼钢厂去体验生活,先要对工厂的生产情况进行全面的了解,了解以后,认识到什么材料是重要的,什么是次要的,在着手搜集形象的时候,就不至于乱抓。等到创作草图决定以后,就要进一步组织画面所必需的形象,这些形象可能在已有的速写稿中获得,只要经过加工改进,便很适合,有些形象则必须再到现场去搜集。

有计划、有目的地记录生活,有时可以画得较简略,只要记下对象的特征或大的动态就可以。例如画工人的操作过程,可以从不同的角度描绘他的动作特征,留下一套比较简略的多方面的记录,准备在创作中选用。有些特殊的工具或特定的环境,就需要仔细地描写。例如北方农村的马拉胶皮车,它的构造相当复杂,必须细心地描绘下来。此外,如日用器具中的柳器和竹器,它们的编制很有规律,少数民族服装的图案纹样各有特点,也必须准确地记录下来。这些构造细节之所以要被仔细地描写,因这些物象的特征,就是这些细节。

八、长期锻炼

任何技术都需要勤学苦练,方能达到"得心应手""熟能生巧"的境界。速写这一种绘画技术,需要具备敏锐的观察能力和准确快速的表现能力,这种能力不是懂得了怎样画速写的方法就能获得,而是需要从长期的锻炼中逐步培养起来的。不过这并不是说一定要获得这样的能力以后才可以画速写。只要你懂得写生的方法,就能画速写。开始画得不好。或画得很慢,用不着焦急,长期的锻炼就是逐步克服困难和逐步提高的过程。

任何时间任何地方带着速写本子,一方面是不放弃每个寻找形象的机会;一方面是使速写练习经常化,不断地锻炼自己的观察力和表现技能。中国山水画家在游历名山大川以后,常常"画稿盈箧",自然都是记录下来的速写画稿了。西洋画家在创作之前,有一个搜集形象的过程。在草稿拟定以后,还要作许多局部形象的速写练习。中外古今的画家都把速写当作创作的重要条件和必要步骤,因此,作为一个画家必须具备熟练的速写技术,而且这种技术的锻炼,是伴随着创作而不断前进的。

(1954年初稿,1957年改写)

谈舞台速写

　　舞台速写,由于报刊的提倡,已成为广大群众喜爱的画种,给美术的百花园增添了一朵鲜花。

　　这几年来,各地出现了不少擅长舞台速写的画家。在北京,张光宇、郁风、李克瑜、张正宇、阿老都是广大报刊读者所熟知的速写作者,他们各有各的风格。张光宇的速写富有民间的风格,善于以夸张凝练的手法,表现舞台人物的特点;郁风的速写线形柔婉,富有抒情色彩;李克瑜的速写在掌握人物动态上比较准确,所有线条精细流动,更适于描绘舞蹈表演;阿老的速写很注意造型的准确,最近时期在追求笔法的简练和人物的神态。在各地的报刊也都拥有自己的优秀的速写作者,速写,顾名思义,是要求迅速地记录形象。舞台速写的要求更高一些。画家必须用寥寥数笔,把舞台上的演员在一刹那之间的神情动态、在极短的时间内,用高度简练和概括的手法,形象地表现出来,要求做到情态毕肖,神气十足。

　　"写神"是速写画家的目的,写形只是手段,和我国传统绘画的要求一样,叫做"以形写神"。

　　舞台速写,要做到"以形写神""形神兼备",根据我个人的体会,画家除了一定的画速写的技术,并对它发生浓厚的兴趣。有了兴趣,才肯努力去表现它。不然的话,就画不好。要熟悉它,就要多看,多观察,最好自己也能实践一下。画京剧表演,最好自己也能哼几句,会几个身段。画各种各样的戏曲表演,就要了解各个种的特点,比如昆曲和京剧的表演风格很相近,必须懂得其间的差别。在一剧种中,老生、武生、小生之间的手势身段也不一样……如果你不熟悉它,就抓不住特点,画不出味儿来。我有个习惯,对一门新的舞台艺术,特别是外国歌舞团的演出,有机会,总要看两遍,第一遍是欣赏它、熟悉它,进行研究分析确定最有代表性的节目、场面、角色和演技；第二遍才动手画它。速写，并不是即兴挥毫，必须在落笔前打定主意，即"胸有成竹"，这样才能抓得准，日本前进座在北京演时，由于看的次数较多，比较熟了，画起来就得心应手一些。对于古典的芭蕾舞剧，由于它已经有一套程式化的、定型的舞蹈动作，要掌握其特点，并不太难。现代芭蕾舞剧，新的动作设计较多，变化也多，要掌握动作规律，抓住其特点，就需要画家更多地观察它、熟悉它。1959年我画苏联大剧院表演《天鹅湖》和《吉赛尔》觉得容易些，等到画《宝石花》和《雷电的道路》，就感到困难多了。

速写，实际上是画家的记忆能力在发挥作用。有些现场的舞台速写，画家只不过记下某些有特点和典型的素材，需要回家后追忆加工。要求画家在非常有限的一瞬，把演员每个急速旋转、飞奔、跳跃等神情动态准确地再现到纸面上，是很难的。就是连照相机也难免有所差误。这就要靠画家的记忆去弥补了。可是，记忆不是凭空的，它必须建筑在画家对对象的熟悉了解上。只有对自己所描写的对象熟悉了，才能记忆犹新，呼之即出。

我是一个戏剧和舞蹈的爱好者，这几年，我每次看戏，总要带个速写本，随时练习练习，记记资料。这主要是为了熟悉舞台形象。"熟能生巧"是一切技术锻炼的必由之路，造型能力熟练之后，才能做到随心所欲，以形写神。

对描写的对象，不够熟悉，画下来的形象就比较概念，人就只像一个概念中的人。到底像什么人，像什么角色，特点不鲜明，形象不具体，就很难使人满意。有不少速写，对舞台人物的运动感——一刹那间的东西抓不住。"亮相"很美，但在纸上就不一定那么美。原因是画中的亮相是孤立的，不能具有舞台亮相时那种动中之静的美感。速写画家的重要任务，就是要在人物的运动中找寻并捉住美妙的东西。

速写的特点是简洁明快，要求以高度洗练的笔墨为人物传神，不能画得太琐碎，有时为了加强一个动态，要求减省笔墨的地方，就应大胆减省，留给观众去想象、去补充。这就是我国绘画传统要求的"意到笔不到"之处。有的舞台速写，因为过多注意繁枝细节，弄得"谨毛而失貌"，形象的生动性就大受损害了。

强调熟悉对象，并不否认技术的重要性。技术跟不上的情况也是有的。但这不单是画家动笔的速度快慢问题,是在于形象思维敏感程度,面对一个迅速变化的舞台形象,到底捉取哪一个瞬间、哪一个动作,必须毫不犹豫,当机立断。因此,归根结底,还在于"认识"。

(1962年为文汇报写)

画余谈艺

百年大计，质量第一
(谈全国城市雕塑设计方案展览)

《美术》杂志原按：5月17日上午，画家叶浅予参观了首届全国城市雕塑设计方案展览会，他边看边议论，发表了许多热情而直率的意见。

叶先生：城市雕塑设计方案展览还是第一次，有开创的意义，展览本身说明我国开始重视城市雕塑事业了，这不容易，万事开头难，要很好地研究。雕塑不同于绘画，室外雕塑的建造，要付出大量人力、物力，而且又有一定的永久性，不可操之过急，要质量第一。建议你们刊物从实践和理论方面认真研究城市雕塑建设中的有关问题，借这展览的机会，可邀请各界人士充分发表意见。

记者：您的建议很好，这也是我们的责任，我们尽力去做，那么就请您给我刊写篇文章。

叶先生：感性的东西是生动的、真切的，离开作品回到家里写文章，会把现在的许多感触和想法给忘掉了，咱们边看边说好吗？

记者：我会获益甚多。

叶先生：你有没有这样的感觉，这里展出的有些作品，雕塑的手法学外国的，连人物造型也有外国的味道？

继承和发展民族的雕塑遗产，是个非常重大的问题，也是这个展览会比较明显的不足。我们民族的雕塑很精彩，很美，需要认真研究、借鉴。这里有个发扬民族精神、民族文化问题。

记者：城市雕塑，是一个国家精神文明的标志，应有强烈而鲜明的民族特色。

叶先生：对。建筑要有民族风格，雕塑尤其要有民族的特色，城市雕塑要反映时代精神，要陶冶人们的民族情感。

传统雕塑中有些艺术手法，是很好的。比如普陀寺的一件雕塑，表现菩萨体态的轻盈，雕塑主体与基座之间的着力点，才那么一点点，而这里展出的几件雕塑，想表现飞翔，可是给人的感觉却是笨重，飞不起来，在艺术手法上，就要很好地去向传统借鉴。

记者： 您看这件《南海人鱼》怎样？

叶先生： 若是根据外国传统的神话故事而创作的架上雕塑，这样处理当然可以。若是根据中国的民间传说，为置放在中国沿海的什么地方而设计创作的，就不对头了，这像个外国美人，从人物的体态、气质来看都是外国的味道。

记者： 有人觉得《飞燕报春》这件雕塑是从生活中捕捉感受，进行创作构思，路子对头，但若把这个小稿放大，放到公园或其他公共场所，又觉得不能令人满意。您的意见呢？

叶先生： 一定的艺术构思，需要与之相适应的形式、手法。这个构思是优美的，可是雕塑语言不洗练，也不够优美，表现这个构思，可否不出现人物？你设想一下，假若用几只（用不着这样多）姿态各异、迎风飞翔的燕子构成轻快的节奏，甚至可以造成一种旋律感，让它符合雕塑的构图规律和形式法则，这可以不可以表现"报春"？倘若出现人物，就应更多地采用民族的传统的艺术手法，让人物虚中见实，在传神中创造意境，不要拘泥于细碎的衣纹刻画。目前这样处理，意不浓，形不美。

记者： 叶先生，您看用类似于《水母娘娘》的处理手法如何？

叶先生：《水母娘娘》这件作品挺美。作者从民族雕塑中吸取了艺术的营养，又有新的创造，人物的线条含蓄洗练。《飞燕报春》若能借鉴这种含蓄的艺术手法，在形式创造上追求单纯，着力于意蕴的表达，作品会生色的。可《水母娘娘》的作者，在创作思想上又有疙瘩，你看在哪里？

记者： 是不是水母娘娘手中的梳子太喧宾夺主，与人物和整个作品的意趣不协调？

叶先生： 疙瘩就在这里，梳子干嘛要那样实，很刺目！可以虚些。干脆不要可能更好，头发现在处理得不那么明显，若把一头美丽的长发表现得更分明些，不用拿梳子，观者也会了然，意趣也会更浓，现在，头发反而处理得不清不楚，去突出个梳子，你看创作思路是不是欠畅通呢？这件作品的底座，再去掉一些。也许更好，不用这样高，水纹也要再提炼、美化。

记者：《萧红在故乡》这件雕塑，给人的印象很深。

叶先生：这件作品不错！我以为椅子也要与人像一样，塑出来，这样效果会更好些，现在椅子用木制的不协调。

记者：《鹿回头》这件作品，有抒情色彩，您看怎样？

叶先生：是不是有个什么故事？

记者：据广东的同志介绍，在海南岛流传着一个美丽的故事，一个勤劳的青年猎人，有一天追猎一头鹿，这只鹿跑到海边，再无去路了，猎人正要放箭，蓦地，那鹿回过头来，变成了一个美丽的苗家姑娘……

叶先生：啊，这个故事挺美。我国民间故事丰富极了，这为雕塑家提供了取之不竭的创作源泉。雕塑传播民间故事，人们在欣赏雕塑时还会补充丰富，创造新的故事，优美的民间故事，可陶冶人们的情操。《鹿回头》这件雕塑自然，耐看，但是我们从正面看，鹿的颈项就显得粗大，不够美。

建筑雕塑构图的大效果很重要，不可忽视。你看《凤凰》侧面看还可以，正面，站在稍远距离上看，它的影像不像个十字架？这就是大效果上出了问题，雕塑的体积大小与内容的要求也有密切的关系，有些雕塑，小稿看了还可以，一放大，空了，经不起推敲。比如《哪吒》就这样大，或者比现在更小点，蛮生动的，可是若放大了就可能显得空，《旋律》和《乐石膏》就都有空泛之感。室外雕塑既要注意大效果，又要注意耐看，远看取其势，近看取其质。

记者：雕塑一定的体积，要求有与之相适应的容量，内蕴，小而空不好，大而空就更糟。可是，有一定的内容需用巨大的体积才能体现，才能显示其气势，大的体积成为内容的内在要求。

叶先生：可以这样理解。

记者：我想葛洲坝主体雕塑将来实地施工时一定需要相当大的体积，要不然立于浩荡长江之滨，巨型大坝之畔，就不能显其气概。观众对展出的葛洲坝主体雕塑设计也有不同看法，你的意见如何？

叶先生：我不理解它特别好在什么地方。不过说它是抽象雕塑是不对的，它很是具象，就是截流用的四面体嘛，雕塑除了体积之外，还有个质料问题。质料与内容相统一，可以相映生辉，质料的巧妙处理，可看出雕塑家的技巧和匠心。你看这件《行云流水》，若是利用树根的自然形态，因材施艺，做个案头小摆设还可以，目前这样做，就感到不舒服。质料、题材、体积、环境之间都有极为密切的关系，不可不察。中国园林艺术还特别讲究借景，借景是个大学问，不可忽视。

记者： 这次展品有不少以平凡的生活为题材的作品，是为放在园林或游憩的场所而制作的，如《假日》《阳光下》《母与子》等，你对这类作品印象如何？

叶先生： 这类题材放在休憩的场所，可以给人们增添生活的情趣，激发人们热爱生活的感情，还可以给人以生活的美感，但做好也不易。比如《假日》，这件作品抓住了生活的情趣，也可以说是诗意，但在形式上也要讲究美。你看，这男子的体态就不够美，姿态别扭。胸部处理又像女性，小孩子倒自然，可是，若把头部处理成上仰或看着妈妈笑，岂不是更生动有趣！这件作品有优点也有不足，现在是小稿，放大时建议修改。

记者： 历史人物的纪念像，在各地城市雕塑建设中，占有重要的位置，在这次的展品中，有一批文学家、艺术家和历史人物的雕像，你的印象如何？

叶先生： 我觉得张松鹤的《鲁迅》，手的处理比较好。鲁迅先生的手很有特征，让人感到鲁迅先生的坚毅、沉着和坚韧的战斗性格。我在外地看到一座鲁迅雕像，形体呆板，面容瘦削，像个苦老头子。这更使我感到雕塑建设，艺术质量非常重要。

记者： 雕塑历史人物的纪念像，雕塑家一定要深入研究人物所处的历史时代，揣摩人物的思想、性格，了解人物的生活经历和种种际遇，琢磨人物的气质。

叶先生： 这是对的。但是还要注意研究人物的职业特点，比如：黄宾虹是位画家，蒲松龄是位作家，詹天佑是位铁路工程师，各人有各人的特征，虽然这些作品各有其优点，可是在雕塑《黄宾虹》中还缺少点画家的气质，《蒲松龄》中又缺少点文学家的风神，

《宋庆龄纪念像》又使人感到缺少点政治家的气派，要知道宋庆龄是位政治家啊！这是要下功夫琢磨的。有时简直要研究十年、八年。大跃进时我们吃过雕塑"冒进"的亏，求量不求质，后来大拆了，劳民伤财。城建雕塑的设计方案尽可以多些，这样可以有选择，但不可轻率行事。詹天佑是位爱国的工程师，为争取铁路的国家主权，曾与黑暗势力斗争，为争自己国家独立地建造铁路这口气，他奔波操劳，在一定意义上说他是民族的骄傲和光荣，值得为他立一座纪念碑，可是在《詹天佑》这座雕塑中你能感受到这位历史人物的特定品格和气质吗？不能。假若不标姓名，你会不会误以为是哪国的大总统？建造历史人物的纪念碑，一定要十分慎重。《林则徐纪念碑》这件作品比较好。塑造历史人物，要让人有历史的时代感，你塑造的人物不但要与人民群众的感情相共鸣，还要能与人民群众想象中早已形成的形象相吻合，这很难，但可以做到，因为还是有规律可循的。比如《郑板桥》就不能和我脑子里已经形成的郑板桥形象相吻合。《谭嗣同》的作者，需要再研究谭嗣同这个人物，目前这样就歪曲了这个人物的形象了。纪念的形式也要多样，比如《民族英雄——成吉思汗》的作者可不可以考虑用新的形式，新的手法？纪念像的艺术语言也需要发展，不能老是用一个套子。

记者： 叶先生，现在似乎有一种习惯，只说好，不说坏，说优点时实，指出缺点时虚，你同意把今天的"现场议论"，如实发表吗？

叶先生： 今天谈的不全面，又只是个人意见。但是各抒己见，有好处，为了把我国城市雕塑搞得更好，你把咱们的议论发表，也好推动讨论的风气。

记者： 谢谢您。

浅谈诗、书、画、印
(在一次座谈会上的讲话)

中国画的诗、书、画、印的关系,有外部的,还有内部的。主要我想讲讲内部的关系问题。中国画诗、书、画、印摆在一块,倒不是很早,我看最早在明朝,就是文人画到了后期才提出画家要有诗的修养,书法的修养,还有篆刻的修养。到现在还是这样。可是,最近这三十多年,对这个诗、书、画、印的关系,不像过去那样要求严格了,这跟我们曾经对艺术有过简单的看法很有关系。有的认为,书法和篆刻,不就是在画上题几个字,盖个图章么?是形式上的事。中国画系的学生,毛笔字拿不出来,画了画要老师给他题款。甚至还有人认为题款是封建文人的玩意儿。我自己也曾经把它们只作为外部关系来理解,现在我觉得不能这么看了,有必要把这个诗、书、画、印的内部关系弄明白。

诗,唱出来就变成了歌,是有声音的,跟画不一样,画,是一种视觉的形象,空间的形象,而诗的范围却大多了,它是时间的,它还有声音,还能引起我们人的生理官能上的不同反应,视觉、听觉、嗅觉、还有触觉,如:我们看到花,就像闻到花香,诗都能够反映而且都已经反映出来。诗跟画的联系非常密切,我们不是经常说"诗是有声画,画是无声诗"吗?把这个诗扩大一点来看,它就是文学修养,这个大家都承认的,画家要有文学修养。为什么中国绘画发展到后来,会产生文人画?就是知识分子做了绘画的主人,绘画从画工手里转到了知识分子手里,中国绘画就发生了一个很大的变化,产生了文人画。它有文学的背景,有诗歌的背景,绘画的表象就丰富多了,形象所反映的内容,就深刻多了。文人画在中国的绘画史上创造了一个新时代,中国画因此起了质的变化,它不仅仅是"成教化、助人伦"的工具,它还要完成陶冶人的性情那种作用,审美范围扩大了。中国画之所以跟世界上其他民族绘画不同,文人画起了很大的作用,是一个重要的标志。我们一定要看到这一点,就是知识分子掌握了绘画艺术,就决定了这个绘画发展的道路,这一点,是跟我们现代人的思想相合的。作为艺术家,应该有文学修养,作为中国的艺术家,如果你没有自己的文学修养,那你这个绘画作用就小了。但是,在前三十多年中间,也有对文学修养比较简单化的认识,好像一切艺术都要跟着文学走,拿文学的创作理论来束缚自己,如"典型环境中的典型性格",后来还有"三突出""情节性"绘画等。有个时期,绘画内容里一定要有情节,要反映生活中的矛盾,要制造情节。到了一定时候,发现这么不行,束缚我们太厉害了,但又不能排除它,于是又自己造了一种"理论"来解释说我们自己的画有情节,说小鸟站在树枝上也是一种情节;到了秋天,一片叶子从树上落下来,掉在地上,说这也是个情节,用文学理论来"指导"绘画理论,就产生了这样的一些"情节"。其实,我们所说的文学修养,并不是让你也一定去做个文学家,而是要有诗人的感觉去看待生活。我曾讲:"是艺术地表现生活,而不是科学地反映生活,解释政治。"我觉得我那张《民族大团结》就有这种倾向,因为那个时期提倡无论什么艺术或者文学,都是宣传品,把文学艺术看成政治的、解释政治或是实现政治的武器、工具。什么画"中心"啊,演"中心"啊,无非是解释政治,政治概念通过艺术的形式反映出来。

谈到文学修养,我们过去的经验也是丰富的,这条道路中间,有很多暗礁,所以我们要正确地对待这个问题,把这个文学修养融化在自己的思想里。不要怕挨骂,我说错了就是说错了。李小山尽管批评我:叶浅予你明明是漫画家,"怎么去画什么国画了"! 在国画前面加上"什么"两个字,"什么国画",明明是瞧不起的意思,贬低的意思,我并不生气。在读的几篇文章里,有一篇是老美学家伍蠡甫的,他说:艺术,它的主要特征在于它的形式,形式是什么呢? 是符号。这些对我的启发就是:中国绘画的根子在什么地方,要找出来。还有,为什么西方对我们的绘画发生了兴趣,我希望大家应该在这些方面钻一钻,这个地方你钻了以后,对你的艺术创作会有帮助的。

我就讲这么几点，完全是个人的体会，也没有找很多的材料。总之，作为中国绘画，它需要诗、书、印来丰富自己的表现力，它们的关系，不是一种简单的加法关系，而应是一种乘法关系，请大家想想是不是这样。

（1987年赵立忠整理）

手眼腰腿的诗情画意

　　艺术创作贵有个性，艺术欣赏也离不开个人爱好。京戏，我爱看折子；小说，我爱读短篇；音乐，我爱听独奏；舞蹈，我爱看小品。这些东西，情节单纯，艺术精练，经得起咀嚼，回味无穷。

　　通过人体各部位的外部运动，组成节奏，表达内心世界的活动，是舞蹈艺术的特点。舞蹈演员运用自己的手、眼、腰、腿和肩、颈、指、趾，谱成乐曲，描成图画，咏成诗篇。

　　今年舞协和文化部联合发起独舞、双人舞、三人舞比赛，得奖作品三十三个，最近在北京分两个剧场公开演出，我看到了二十五个，大饱眼福耳福，可谓极视听之娱。因为有偏爱，所以有的喜欢，有的不喜欢。评奖的主持者可不能有偏爱，总得就内容、形式、编导、作曲、服装、演技的综合水平，衡量高低。现在来谈谈我这个欣赏者心爱的节目。

　　第一号是刁美兰演的"水"。从内容到形式，到构思、编导、作曲、服装、表演，我认为是第一流的。情节单纯，内容丰富，语言简明，表演含蓄，风格朴素，意境醇厚，真能把我带到傣族生活的诗情画意中去。我双目注视舞台，身心悠悠然进入梦境，陶然如醉。等到那位挑水姑娘漫步离开水滨，帷幕渐渐落下的时候，真想叫一声"再来一个"。一想，不再来一个也好，让诗情画意长留在印象中岂不更好。

　　第二号我所喜欢的是杨华演的"敦煌彩塑"。我到过敦煌，杨华所创造的形象，符合我对唐窟菩萨女性美的联想。据说编导者罗秉玉为了创作这个节目，在敦煌佛窟反复揣摩，酝酿构思，大概也和我看刁美兰演的傣族姑娘那样，进入了如梦似醉的境界，揣想自己就是那个站了一千年的菩萨，飘然从佛座上走了下来。于是，在追寻历史的美学幻想中，节目诞生了。演员的表演忠实准确地把编导者的美学思想传给了观众。这个节目如果能吸收一些印度语言，当更合乎主题要求。

第三号是"农夫与蛇"。这是一个希腊寓言。我喜欢那条蛇,请不要误会,我指的是蛇的造型,不是蛇的本性。这次节目,摹拟动物性格的还有"金色的小鹿"的鹿,"追鱼"的鱼,"海浪"的鸟,"春蚕"的蚕。这些节目运用现代舞的技巧,提高了和生活形态更接近的艺术效果,是新尝试,也是新成功。美中不足的是,编导注意了物化的真实感,忽略了舞蹈形体的节奏感。蛇的物化感,富于生活特征,也富于形体节奏。这个节目,多处运用芭蕾的托举,用得必要,用得恰到好处,不是一般的公式或乱用。

值得一提的是蛇的服装设计,既切题,又灵变。绿色紧身连衫袖裤,浓淡嵌镶,突出细腰;臂腿左右四条亮片,并非庸俗无用的装饰,而是衬托在舞动中抓住观众视觉的鲜明视标。这个设计紧密结合实际又富于想象,可称匠心独运,巧夺天工。

取材近事,表达激情,从生活中提炼舞蹈语言,"再见吧,妈妈"处理得非常出色。舞蹈情节叙述自卫战中的战士和母亲之间的感情冲突。这个题材用歌剧形式表现,可以做到声容并茂,淋漓尽致。但这是舞蹈,不能唱,只能做,做得不好,便成哑剧。"再见吧,妈妈"是干干净净的舞蹈,最大限度发挥人体运动所能表述的激情,但这种激情如果只能依靠大台步、大跳跃来刺激观众,也只能强词夺理,不得人心。编导者是懂得这个道理的,所以整个节目演来,有紧有慢,有张有弛,有惊涛骇浪,也有潺潺流水。这个节目的基本旋律比较快,处处扣人心弦,甚至逼人呼吸,发挥了强大的艺术感染力。

舞蹈节目不论大小,情节必须浓缩,表现感情的幅度必须铺张。舞蹈演员不说话不唱歌,情节和感情全靠运动和音乐来叙述。有些情节连哑剧也表现不了,于是舞台上出现各式各样的道具,用来说明情节。一切艺术形式,都有其局限性,这个局限就是它的特点。一个聪明的艺术家懂得这个规律,紧紧抓住自己的特长,在自己的局限内做文章。就舞蹈和音乐、戏剧的关系来说,音乐成份比戏剧成份重要得多。即使一个情节比较复杂的舞剧,其艺术魔力仍然依靠舞与乐的浑然一体,而不是戏剧性情节。希望舞蹈家更多地向音乐方面提高艺术修养。

这次比赛中的优秀作品,运用现代舞技巧的节目占较大比重。据说当前外国芭蕾舞也在吸收现代舞语言,使芭蕾逐渐能适应表现现代生活。我们舞台上出现这种情况,标志我们在艺术上的闭关时代已经过去,全盘芭蕾的风气也在改变了。这类节目,以男演员的独舞为多,他们向高难动作进军,标志演员基本功的突飞猛进。"剑"和"希望"的演员,大可称赞。

在这么多高水平的新作品中,有一个小节目,可能因为题材一般,形象屡见,缺少刺激性,不为人所瞩目。我觉得姚勇和王侠合演的"小两口赶集",具有浓郁的泥土气,假使你对五亿农民有感情,你会感到小两口的形象极为亲切可爱。看了这个节目,使我联想起五十年代的"赶驴","赶集"是"赶驴"的发展,散发着泥土的芬芳,我喜欢那一对天真活泼的农村青年。在这块肥沃的土地上,只要肯下功夫,不难培育出更多更美的鲜花来。

有人问:你把自己偏爱的作品介绍出来了,对这次比赛总的观感如何呢？我说,三十年来我所看的节目,"大秧歌"、《红绸舞》、"花鼓灯"、"荷花灯"是一个阶段;"鱼美人""宝莲灯""白毛女""娘子军"是一个阶段;现在是一个新阶段,新阶段的特点是语汇丰富了,功夫扎实了,题材开阔了,风格多样了,诗情画意突出了,是一次突破陈规、勇于创新的大胜利。这个胜利,应归功于政治民主、艺术民主、思想解放的大好形势。我在这里向舞蹈艺术家致敬!

1980年9月10日

瞬间的美

欣赏诗和画的意境，常常使人想起"落霞与孤鹜齐飞，秋水共长天一色"这两句出色的文句。由于孤鹜的点缀，使落霞、秋水、长天凝结着的一体有了变化，增强了一体的空间感与时间感，丰富了这一体。假使仅有这落霞、秋水和长天，不见得就能逗引起诗人的诗；有了孤鹜的出现，使这一片静悄悄的黄昏秋色顿时有了生气，产生了动的节奏，于是引出了诗人的名句。

为了表现一瞬间的诗情画意，诗人和画家有时需要经过反复的推敲和经营，才能完成他们的创作。摄影家的劳动似乎比诗人、画家简便得多，他只要按一按快门，全部景物都印上了感光片。但是，我们知道摄影家的劳动并非只是按一按快门而已，他们的劳动主要在于按一按快门之前的复杂的构思过程，这个过程，远非诗人画家那样从容不迫，从事反复的艺术加工，摄影家假使错过了一瞬间即逝的机会，那就永远追不回这个美好的镜头了。

这次第一届全国摄影艺术展展出了几件表现瞬间美的作品，值得回味赞赏。

《在结婚登记处》是一幅极为动人的作品。当摄影家发现那个咬着手帕的少女时，似乎马上听到了她的心脏的跳动，那微晕的双颊和凝注的眼神，准确地反映了内心的活动，这正是诗人和画家所要创造的反映这个时代的美丽的形象，摄影家准确地猎取了她。

《胜利的微笑》和《慈祥的伏爷爷》在采光取景方面并不出色。可是这两件作品所表现的特定人物在特定情境中的神态，却是相当真实准确的。为了真实准确地表现英雄人物的形象，摄影家可能费了不少底片，但终于获得了最满意的一片。这一片同时也体现了摄影家的美的感情。

一个肥胖的维吾尔阿訇爬上拖拉机，乐得什么似的，挥起了手，说："我也来试试！"从农业社会主义内容看来，这是一个富于典型意义的镜头。再从所选择的人物动作和取景角度来看，显示摄影家在这一瞬间所做的艺术构思是极为机智的。

即景生情是诗人和画家的本色，摄影家也表现了这方面的特长，对着"天鹅之舞"，诗人可以写出一首幽雅的抒情诗；对着拖拉机的"春耕"，画家可以画出一幅美丽的图画，来赞美湿土的直线图案。摄影家在这里所体现的瞬间的美，似乎比诗人和画家更敏锐一些。

在《云海轻舟》那一幅作品中，作者巧妙地运用了云彩的倒影，使得波光变幻万状，并在眼花缭乱中，从画面左边冲进一只小艇，横断水流，激起了另一股波浪，使得光和影的变化更加错综复杂。至于那幅《投篮》，四个运动员的动态，和地平面构成同样的角度，并因跳跃而排成自然弧形线，使两种动势构成了音乐性的旋律。这个画面的上半部有一连串的灯光圆点使高耸的篮球架和下半部的人物连接起来，增强了黑白分布的节奏感，整幅画面体现了运动的美。这两个镜头的获得，有它们的偶然性，但是，这种偶然的成功不是毫无艺术修养的摄影家可以获得的。

作为一个摄影家，除了应该像诗人和画家那样善于发现客观事物的美。更主要的是，应该具备极其敏锐的视觉感应机能，能够立时判断事物在运动中的典型情态，并以绘画构图的处理方法立即确定取景的距离和角度。当然在这转瞬之间，还得作测光距和曝光时间等等技术性的考虑，来完成摄影家的科学要求。

（1958年为《中国摄影》写）

绘画与摄影
——与摄影工作者的一次座谈

我拿过照相机，但还是个小学生。三十年代我是《时代画报》的编辑，画报要依靠摄影家来支持，没有摄影家，我这画报编不出来。所以，我跟摄影的朋友联系比较多，受他们的熏陶，我也拿起了照相机。我这两只手，一只手速写本，一只手照相机，大约是解放初期把照相机卖掉了。

现在转入正题，在讲绘画与摄影的关系之前，先讲一讲我所喜欢的几张照片，这些作品都是最近从中国摄影家协会出版的摄影杂志上找的。但要声明，个人爱好可以不同，好像我们吃菜，有的人喜欢吃辣的就喜欢吃四川菜，不喜欢吃辣子，四川菜就不吃，吃广东菜。今天我讲一讲我所喜欢的照片，也讲一讲我为什么喜欢这几张照片。有点分析，讲点道理。

这是《大众摄影》1982年第一期，我欣赏这一张，这张题目叫《心花怒放》，作者利智仁。我为什么喜欢这张照片，我有点看法。《心花怒放》大概是春天吧，周围都是开的花，管它什么花，红花，一片绿草地，几个人在里面笑得前俯后仰，高兴得不得了，表情动作非常夸张。所以，我感觉这张照片"心花怒放"这四个字题目就很恰当。有时候我们拍了好的照片，想个贴题的题目不大容易。你们看看，这几个人笑得差不多躺下去了。这花是红颜色，前后都有，而花是虚的，人是实的，这里面主要形象是人，花是陪衬，渲染环境气氛，作者抓取这一瞬间的美是抓到了他心目中预期的美。

第二张是《中国摄影》1981年第二期封面，我觉得这张照片是人像摄影中较好的一张，题目叫《品尝》（茹遂初摄）。这位妇女大概是新疆哈萨克族，她在舔一粒葡萄，照片整个调子，色彩是红的，只有那粒葡萄是绿的，很巧妙，红调子中间有一点绿，色彩对比感觉很充分。宋代画院考画家要出题目的，一个题叫做"万绿丛中一点红"这是"万红丛中一点绿"，很有诗意。这张照片很自然很生动，从人物表情看，使人感觉到甜味。

《丰收的诗》这张照片是得了奖的（见《中国摄影》1983年第三期），我很喜欢这张照片，这张照片实际是一张画，中国画家喜欢画葫芦，过去大画家吴昌硕、齐白石都喜欢画葫芦。这个摄影家采取偏于一角的角度合乎中国章法。但是，他的表现方法和中国画正好相反，他的主要形象还是亮的，背景是黑的，和中国画的白地墨图正好相反，他一方面采用了中国画构图的方法，取材的方法，同时发挥摄影的特殊采光方法，形象很鲜明，他的逆光用得很好，我们现在流行用逆光拍人像，作者用逆光拍葫芦很自然，不做作。

这里还有一张照片，《海上明月共潮生》，是老摄影家黄翔的作品，我为什么喜欢这张作品呢？首先喜欢《海上明月共潮生》这个题目，再看水浪层次不多，一层二层最远处还有一层，三层浪，一轮明月刚升上来，简洁明快。看了照片好像听到了浪拍打海岸的声音，有音乐效果。那月亮我不知道他怎么拍的，是实景，还是加工？看来不像加工，却是实景。这张照片有音乐的情调，显出作者艺术修养很高。

这里还有一张叫《布达拉宫》，也是1982年第一期《中国摄影》上刊登的，作者是杨明辉。我们看见许多人拍布达拉宫，一般都是孤立地拍摄小山头上的布达拉宫，而他是从另外一寺庙顶上来远望布达拉宫，把布达拉宫推得远一点，增强了神秘的宗教气氛，这个取景的方法把布达拉宫的特点表现出来了。这是我的感觉，别人感觉可能不是这样，那也不要紧。

这里还有几张照片，这一张是1981年第三期《中国摄影》上刊用的，叫《神兵天降》。我看过电视，人可摆出各种队形，很奇怪，人居然可以在天空停留。过去我们认为跳伞往下跳就完了，现在知道，他可以在天空中排列好多队形，像鸟一样飞来飞去，他可以几个人凑在一块，也可分散摆布出很多队形。这张照片本来没有多少优点。但是，他满足了我们人可以上天的这种遐想，拍这张照片的人，他自己也一定在天空，作为这样的摄影家，至少要有胆量，也要学会这种飞行。我认为这张照片有点神话的味道。孙悟空十万八千里在天空翻腾，我们现代人是否也可以逐渐做到这一点？看了这张照片，可以使人产生很多想象，将来人类发展到某一天，也许不要这个伞，就光着身体，可以在空中停留，这是一张可以唤起人们丰富想象的照片。

这里还有一张照片叫《全神贯注》，拍的是乒乓球发球的一瞬间，人物是模糊的，球很清楚，这是摄影机的特殊功能。我们看球赛，发球的时候，他怎么一抛一拍，眼睛来不及反映。但是，照相机却抓住了抛球的一刹那。这张照片说明我们摄影机的感光功能已经超过了肉眼的视觉反映，这是科学的成就。抛出的球马上就要打出去，手准备着，这一瞬间我们眼睛都看不大清楚，而照相机却能拍得很清楚。

《又是一个春天》这张照片，里面没有人，前面摆了很多鞋，可能是云南少数民族的花鞋，还有斗笠，还有背包，挂包，颜色都很鲜艳，后面背景是秧田，在这个地方留下这些鞋子，说明人们下田拔秧去了，很含蓄，有点意思，中国画叫意到笔不到，不画人却画了与人有关的事物，使人联想到这些穿鞋的姑娘们在秧田里劳动。这张照片很有画意，而且意在画外。

还有一张照片，是香港有名的摄影家简庆福拍的，叫《舞姿》（见《中国摄影》1983年第三期），我叫不出来这种鸟的名称，红头长脚有点像鹤。它们正在起飞。这些飞鸟的姿态，就是跳芭蕾舞的姿态。他抓住起飞的瞬间，拍得很巧妙。一个两个、三个四个、五个六个，一个已经飞上去了，前面几个两条腿在跑，后面的在起步，真像芭蕾舞演员的姿态。不是一览无余，而是可以使你想一想人在跳舞时是什么样子。

就介绍这几张照片，当然只限于我手头能够找到的，好的照片一定还有很多很多。这说明什么呢？说明摄影家都懂得画意、诗意，甚至音乐的节奏。因为我是画画的，我所喜欢的摄影作品总要求有点画的意思。这些摄影作品都有画的意思，这说明中国摄影艺术已经发展到了一个相当成熟、摄影技术达到相当高的阶段，这是很可喜的现象，比之过去的那个二三十年代的《光社》《华社》《黑白社》，已经是另一个时代了。摄影跟画、跟诗之间距离接近了。照片有诗意、有画意，我们的摄影艺术在这个方面有了进展。

下面我想分几个题目来讲一讲：

一、绘画与摄影

过去美术界好像有这么一种说法：摄影术发展了以后，是不是还要画？画是不是还存在？照相机一拍，什么形象都记录下来了，还画什么呢？但是，事实证明，这是两码事，现在要讲摄影与绘画的关系，是很清楚了。摄影做得到的，绘画不一定做得到，绘画做得到的，摄影不一定做得到，各有特点，自己各走自己的路。尽管相互之间有联系，互相有影响，但摄影还是摄影，绘画还是绘画，不能相互代替。摄影家拿了照相机在生活中间记录了很多形象，他只能限于生活中间现有的东西，现有的形象，他不可能创造什么形象，而画家却有能力凭想象创造形象。艺术形象"源于生活，高于生活"，高于生活到底怎么理解？绘画可以采取种种方法夸张或者虚构创造典型形象来解决这个问题。齐白石画的虾，简练几笔，透明而有弹力，将虾的特点充分表达出来。这是绘画特殊的地方。摄影是否可以虚构？可以夸张？即使可以，大概只可以有一定限度，超过这个限度就变得虚假了。摄影作品有一时期，喜欢弄虚作假，大跃进时期，有一张照片，把几块田里的成熟的稻谷集中堆在一块田里，密密麻麻，叫一个小孩坐在稻穗上，压不坏，这张照片在报上发表过，在座的恐怕都看到过。夸大稻谷可以无限密植，这是很明显的做假。

摄影可能采取某种特技，使用夸张的手法，也许还可以虚构情节，但是，不能弄虚作假，摄影应该发挥摄影艺术的特点。记得1958年我在《中国摄影》第一期上，写过一篇文章叫做"瞬间的美"，就是一眨眼的美。我说："为了表现一瞬间的诗情画意，诗人和画家有时需要经过反复的推敲和经营，才能完成他们的创作。摄影家的劳动似乎比诗人、画家简便得多，他只要按一按快门，全部景物都印上感光片。但是，我们知道摄影家的劳动并非只是按一按快门而已，他们的劳动主要在于按快门之前的复杂的构思过程。"这和诗人画家是一样的。但是，这个过程，远非诗人、画家可以那样从容不迫，从事反复的艺术加工。摄影家在对象面前的思维活动要在很短的时间内作出决定，不然的话，错过了这一瞬间，机会都失掉了，就永远追不回来那个最好的他所心爱的镜头了。摄影家的创作劳动，关键在那一瞬间，要比画家、诗人付出的劳动并不轻松多少。他要在表现的事物面前，精力高度集中，很快作出决定，不然就失掉机会。画家不同，构思时间有时可拖得很长，可以拖几年。我最近画了几幅画，构思将近一年，才决定怎么画的。摄影家就不行，做一个摄影家，除应该像画家、诗人那样善于发现客观事物的美，主要的是应该具备极其敏锐的视觉反映的机能，摄影家的眼睛应该比诗人画家敏锐得多，他们必须立刻判断事物在运动中的典型形态。并且，要用绘画构图的处理方法，立即确定取景的距离与角度，在这转瞬之间，还得作测光啊，测距啊，选择角度等等技术性的考虑来完成一件摄影艺术作品。作为创作过程来讲，绘画与摄影有共同的地方，只是摄影对事物的观察、分析、研究要求更快、更准确，画家的眼睛迟钝一点没关系。今天看它，明天看它，后天再看它，加深认识这个事物的本质，但是，话也要说回来，摄影家要求立刻解决问题的能力不是天生的，是从实践中间培养起来的。

  我们现在来研究一下，摄影家在一瞬间那种敏锐的反映能力怎么去培养？要讲方法：第一，你要对客观事物感兴趣，要热爱生活，假使对客观事物不感兴趣，不热爱生活，心中无数，到处乱拍一阵，那么，就不会有好结果。第二，要辨别客观事物的美与丑，懂得取舍，在此基础上，逐步提高自己认识生活的能力。第三，对生活要有自己的看法，不能人云亦云，抄袭人家的东西，在对象面前要思索对象的意义，这种思索，要到生活实践中去锻炼，所以我觉得我们作为一个摄影家，拿了照相机不一定见到对象就拍，应该到处去看，去思索，我们画画的也是这样，不应该一天到晚的画，还是看和观察最重要。我们画画的朋友中间有两种人：一种是一天到晚画画，一年画它几刀纸，一刀是一百张，十刀八刀的纸画下来，不一定画好，这是一种。还有一种人说：你不要乱画，你想好了再画，任何事物都想一想，然后再画，用不着那么浪费纸张。现在宣纸很贵，胶片也相当贵，随便消耗，也是一种浪费。还是要用我们眼睛去看，训练我们的眼睛，我们的眼光审辨能力提高了，那么，你们摄影作品的质量也就提高了，要不断地训练我们敏锐的观察能力。有人问，摄影家和画家对形象思维的方式是不是有所不同？有的人认为应该不同，但是，我认为两者有共同的规律。对形象思维的过程，画家可以拉长时间，摄影家要缩短时间，就有这个差别。至于反映生活，画家和摄影家来比较的话，那摄影家活动的天地要比画家大得多，凡是他眼睛所见的东西都能成为摄影机捕捉的对象，而画家却不可能。现在我听说，农业生产在好转，农民也在买照相机了，也在拍照，农民都能拿了照相机，他们也要追求艺术性，那这天地可就大得不得了啦。所以，我觉得，摄影家的用武之地，要比画家大得多，宽得多，光是一个业余摄影的队伍，各种职业的人都有，他们可以用照相机去反映他那职业生活中的情况，既生动又真实。而画家就不同了，画家要反映工人或农民，那非得自己去不可，你还不一定熟悉他们的生活，有的人跑了农村，跑了工厂回来，也画不出一张画来。

我说要练我们这双眼睛，不是说全靠眼睛，眼睛的后面是什么呢？是我们的思想，我们的头脑，所以，从这个意义上讲，还是要锻炼我们的思想。眼睛不过是工具，是器官，来传达我们所看见的事物，必须通过头脑去进行创作思维。

二、彩色与黑白

我们现在社会风气在变，什么东西都要有彩色，看电影，或看电视，如果播放的是黑白的，就不想看。放电影老片子黑白的多，放映出来大家都不想看,有人就说啦,干吗老看黑白片哪,黑白片的电影好像已经不吃香了,已经过时啦,似乎应该进博物馆了。照相也是如此,大家都拍彩色照。可惜我们现在的科学条件还不够好,彩色照片的底片和放大的纸张要用进口的,听说放大一张四寸彩色照片起码一块钱,在北京的只有少数几家,不像黑白片哪个照相馆都可以放大,摄影爱好者自备放大机,也可以放大。但是,我们现在对彩色片的供应条件跟需要还不适应。有的人拍了彩色胶卷还要送到香港去冲印,你看多么麻烦。这是一种风气,反映社会的需要,从黑白过渡到彩色,这个需要是无法抵抗的,只能顺应潮流。照这么看,是不是黑白片就应该进历史博物馆?我开头说过,摄影术发明以后画家起了恐慌,好像画家不需要了,但是历史的发展证明,画家的作品和摄影家的作品是可以并存的,它们的作用有相同的地方,也有不相同的地方,而存在的条件主要是不同的功能。黑白片和色彩片的关系也是如此,可以说各有千秋。目前,我们普遍地拍摄彩色照片的条件还不够,怎么办?我们应该创造条件,首先要自己生产彩色胶片,彩色照相纸,到任何照相馆都可以冲洗、加印、放大彩色片。这是以后的事情,而当前我们的条件还不能适应这种需要。现在,拿照相机的人,一天多似一天,我看在目前还是多拍些黑白片吧。拿画来说,现在你去看展览会,所有的画,基本上都有颜色,白描、素描、水墨的画很少,但是,一张黑白的画,一张素描,一张白描,一张水墨画,摆在很多彩色鲜艳的大厅里,它们就很突出,尽管数量少,感到孤单,在色彩缤纷中间黑白的东西特别响亮,特别引人注目。所以,事物要从几方面去看,不能从一个方面去看。事物的发展,有时候不以人们的意志为转移。我对黑白片有比较乐观的看法,跟画一样,水墨画跟色彩画,同时并存,应该这样。色彩东西发展到特别普遍的时候,人们的欣赏习惯可能要变,来欣赏黑白作品。我可以在这里预言,到某一天要反过来,跟女人穿衣服一样,这年流行的服装是高领子,再过几年,又是矮领子了。现在,穿喇叭裤的不时髦了吧,都变成小脚裤了,事物这东西,随着社会上爱好者的风气,是在变的。所以,我比较乐观,黑白照片的前途是光明的。为什么这么说?黑白照片要拍好了,艺术水平是高过彩色照片的。我是画中国画的，中国画历来的理论就是墨分五色，从极浓到极淡的层次，就是代表色彩。如果满眼都是颜色，你的感觉怎么样？我是有这样的反应，颜色看多了脑子里乱七八糟的，想休息休息。好像音乐，有一次大概1975年的时候，有个电影叫《草原兄妹》，这部电影从头到尾全过程的音乐节奏，都是嗒嗒嗒嗒，嗒嗒嗒嗒，速度高昂，耳朵震得难受，这怎么能吃得消呢。红的、绿的、黄的、蓝的，也是不舒服的。搞色彩本是要有学问，不能乱追求，你用暖色还是用冷色，暖调子还是冷调子，绘画要讲究这些东西，我觉得搞摄影的也得讲究这些东西，讲调子。大家还记得吧，也许有些人在"文化大革命"初期恐怕还很年轻，有所谓"红海洋"运动，红海洋把城市所有的房子都油漆成红色，这行不行啊！不行吧，别说物资条件红油漆不够供应，眼睛也接受不了。色彩这个东西不能乱用，你用不好，效果不会好。所以，搞色彩的东西，要懂得一点色彩的学问，什么颜色和什么颜色摆在一起方为合适，要学一点色彩学。现在，有些摄影家在讲究这些东西，我在前面举的几件作品例子有些颜色都是不错的，那一张《心花怒放》，有红的、绿的和黑的，人身上是黑的，花是红的，草地是绿的，红、绿、黑三个颜色，没有别的乱七八糟的颜色，就是用对比的方法，结果这红的绿的黑的三个颜色，最突出的是黑色，黑的颜色在大片红色绿色中间最突出，这幅照片，人穿的衣服是近于黑的深颜色，所以，人在里面最突出，这种颜色的自然配合，有它的偶然性。但是，也不能不佩服作者对色感的敏锐反应，这个效果很好。拍彩色的照片，不是说自然现象怎么样，我就拍出怎么样，你弄得不好也是一片灰色，假使拍讲课现场，还不如黑白片的好，因为室内色调基本上是灰的，没有什么响亮的颜色，所以，我们搞色彩，要懂得自然色彩同艺术色彩的区别。我们搞摄影是搞艺术，不应满足于自然的翻版，那么，你到处乱拍，恐怕也拍不出来一张艺术水平比较高的照片来。面对一切自然现象，摄影家如果不能发挥自己的主观感受，就不能有所选择，就不能进行艺术加工，那样的照片就不可能有艺术性。自然形态的东西本身不是艺术，通过艺术家的加工才成为艺术品，所以我们说搞彩色照片的人也不能够把自然形态的东西搬来就成,要有选择,要有搭配。有的彩色照片根本没有色彩的感觉。你看,今天在座的各位基本上都是穿白的,里面穿插几件深色的衣服,没有穿红色衣服,因为大家都是艺术家,不喜欢穿着刺眼的颜色,所以,基本上是灰色的调子。我们作画的讲调子,是暖调子还是冷调子和灰调子,有时要讲对比,强烈的对比本身,它也形成一种调子,几种颜色综合以后基本上还是个灰调子。从这个原理来讲,黑白的东西是最根本的东西,你把黑白的关系处理好,你才能把色彩处理好。现在有些摄影家在搞变色,简庆福好像搞过一张照片,红红绿绿的,他还讲制作这张照片的过程,这说明什么问题呢?说明对自然的色彩不满足,为了表现作者心里面的色彩,他想象中的色彩,变一变,这个艺术加工是探索主观意匠的美,是彩色摄影的新倾向,你看那块梯田,把色彩颠倒过来了,红的变成蓝的,绿的变成红的。不过,这种颠倒视觉反应的猎奇游戏搞多了,会陷入形式主义的反常审美趣味中去,我认为是不足取的。中国摄影家协会出版过一本书,专门研究调子变色的技术和方法,有些例子故意把黑白光差较强的照片,经过加工,变成一幅木刻版画,只能算是一种暗房技术加工的游戏,我认为不是摄影艺术的正常的发展。

我们拍摄彩色照片,在某种情况下,自然界帮你把颜色搭配得很好,色彩的关系协调,你用不着多少思索,就能猎获到一幅完美的作品。但是,通常的情况下都是依靠艺术家费心去选择,去搭配。如果这块地方红的太多了,就躲开一点,让绿的多一点,也可以采取不同的角度,或用虚实的关系,或其他不同的方式来解决色彩上的艺术效果。我们讲艺术色,还有一个心理的反应问题。什么叫心理反应。我们中国死了人,戴孝用的是白布,反映中国人对死亡者悲痛感情,用白色来表现,而外国人正相反,他们用黑色的,戴孝用黑布缠着臂或披一块黑纱。又比如让红跟绿在一起,再多看也不讨厌。但是,有的地方红的绿的搭在一起,却认为又俗又丑,这是地区或个人习惯对色彩的不同心理反应,我们也要注意。好在摄影机是生活的忠实反映者,生活怎么样,摄影机拍出来的生活也就怎么样,不会走样。绘画可不同,你要是不研究色彩的科学状态和心理形态之间的复杂关系，你也难于下笔。刚才我讲的红海洋的问题，是什么问题呢？我认为是人们对色彩的心理反应的恶性膨胀。

　　红色是革命，白色是反革命，红旗象征胜利，白旗象征投降，把街道两旁所有的墙都刷成了红色，难道这条街道就革命了吗？一切事情做过了头，就会走到事情的反面，正确就会变成谬误。彩色与黑白，目前看来，趋向于彩色的多，这是社会潮流，大势所趋，现在我们的条件不够，等条件好了，再来多拍彩色片，但是，作为艺术性来讲，黑白片的艺术性要比彩色的艺术性难以掌握得多。应该承认黑白片具有不可动摇的艺术价值。所以，不能够像过去那样，画家见了照相术的发明，担心自己没饭吃了。至于彩色与黑白的关系问题，据从国外回来的人说，也都在争论这个问题，这事值得争论。但是，还要看实践，要看条件。像我刚才所讲的，彩色的东西看多了，要看黑白，黑白东西看多了，又要看彩色的了，事物都有它的两重性。

三、民族化问题

　　我们现在开始在摄影刊物上讨论民族化问题，我觉得道路是很多的，不是只有一条道路。摄影技术世界上才有一百多年历史，摄影发展成为艺术也不过几十年。这种既是现代发明又是从国外传来的艺术，民族化怎么化？有什么经验？我举个外国摄影家表现中国形式的例子：1946年戴爱莲在纽约，纽约一个有名摄影家请她拍舞蹈的片子，他为了反映她是一个中国人，中国的舞蹈家，要从这张照片中表现出中国舞蹈的气派和特点。拍那张照片的时候我在场，这位摄影家的摄影工作室很大，他用一块很大的白布，从背景一直铺到地下，通通都是白，好像铺了一张白纸，人就在白纸上跳舞。灯光都是散光，平光，没有集中的光，排除了投影，这样的布局，拍出来的照片像一张中国画，把舞蹈的姿态、线条、轮廓都很清楚地表达了出来。这位摄影家为了要充分体现符合内容的形式，就是说，为了表现中国的题材，要用中国的形式来表现，他就想出这么一套办法。这个例子可以作为我们搞民族化的借鉴，要向我们自己的绘画或者民间工艺或者雕塑这些传统的艺术形象的处理方法认真学习，这是一个方面。另外，现在流行的高调人像摄影，比之1946年美国摄影家给戴爱莲拍的中国画式照片，前进了一步，人像的轮廓，更接近中国画的线描表现，这就是中国式的摄影。风景你们叫风光摄影，中国的山水画就值得参考。实际上现有好多人在模仿中国画山水的处理方法，最早的是郎静山，他拿了几张底片叠印起来简直就是一张山水画，香港的陈复礼有一张照片是兰花，几片兰叶和画家画的兰花相似。旁边题一行字，就更加像中国画了，我觉得形式可以多种多样，只要我们善于学自己民族的艺术传统。

一般地讲中国的山水画画家的视点是比较高的，是画家假定自己站在某一高点去看山山水水。摄影家是不是能做到？我认为可以通过摄影技术的改造，达到中国画家那样，表现山后有山，屋后有屋。摄影家事实上现在已经开始做到这一点了。听说有些摄影家为了拍摄野生动物，不惜工本搭一高台，把自己隐蔽起来，躲在那里拍。这是通过一种人工的办法把自己的视点升高，现在更有条件可以上飞机拍，还有些人趴在地上故意把视点降低，甚至挖个洞钻到地下去拍。

民族化的道路应该是很广的，不是一条狭窄的小路，是一条大路。可以吸收丰富的传统艺术的创作方法来参考。中国传统画里有几个观点也值得在这里摆一摆，摄影机也许能做得到。这几个观点是：以大观小，以近观远，以时观空，以体观面。以大观小，就是把大的东西看成小的，山川河流看成案头盆景，把世界缩小，把视野扩大。以近观远，就是把近的东西看成远的，把视角往后退，把前面的东西都推掉，把近的东西都推远。以时观空，就是把时间发生的东西看成是在空间发生，以此法表现时间。以体观面，就是把体积的东西看成是面积，对一物体作面面观，电影的环视镜头已经做到了一点。中国画家有这么几个观点，他的表现方法，就可以毫无限制，随心所欲，到天上就到天上，到地下就到地下。他可以高，可以低，可以远，可以近，超越了时空的限制。我觉得摄影家也可以在这方面作些努力，来突破视点的局限，对作品的民族化大有好处。但是，我们也不能够完全拘于学习传统的艺术特点，外国的东西也需要学习。比方，现在人像摄影有两种不同风格，一种是高调，一种是低调，高调是什么都亮，低调比较灰暗，低调处理是从西洋画里面来的。不久前，中国美术馆举行的美国人韩默藏画展览，他有荷兰伦勃朗的画，伦勃朗的肖像画背景都是暗的，在暗的背景里面透出人的亮度来。这种方法，我们人像照片里用的很多。从我们民族传统艺术作品吸收营养，来解决民族化的问题，也不能简单化，要靠不断的实践，路子要广，而且要取得群众的公认，不是我一弄就民族化了，或者简单地模仿一下中国画，就以为是成功了，我认为，那只是简单的表面的民族化，所以，我不认为底片叠印的做法，或者花卉上面题字的做法是好方法。因为，他们没有发挥摄影的特点，我觉得摄影还是应该发挥摄影的特点，才是正道，模仿只能偶尔用之。

四、人像摄影

刚才提到的人像摄影是大量的。因为需要是大量的，现在农民也拿起照相机来了，这对照相馆服务行业的人是一种压力。除了要求他们串乡到户服务以外，对照相技术的老一套拍法也不满足了，他们要自己拍。所以，照相馆的摄影师面临着怎么提高人像摄影艺术水平的问题。我觉得这几年有变化，花样多起来了。记得我小时候，我那乡下经常有流动的摄影师跑到我们那个地方来照相，老年人特别需要留个影将来死后可以留个纪念。那个摄影师临时找个地方配备好一些道具：茶几，椅子，花瓶，茶壶，甚至痰盂，都布置起来，你坐在那里让他照，那是非常呆板的。现在的照相馆里也有一套设备，有戏装，结婚装，少数民族的服装，还有绘制的各地名胜古迹作为背景，满足了顾客的需要。但是，是不是提高了照片的艺术性呢？没有，只是作为游戏、好奇罢了。广大群众文化水平的提高,特别是农民的文化水平的提高,对艺术的欣赏力也在提高,他们对这些设备不一定会感兴趣。此外,照相馆的摄影师要求顾客,要按照他的规定姿势坐在那里,按动快门之前要求你面带笑容,有些朋友在给我们照相时,也是照样在说,不要那样板着脸呀!嘴要咧开一点嘛!表示高兴一点嘛!等等。这种公式化的照片缺点,就是埋没了个性,每个人都有他的个性。我觉得人像摄像艺术的标准应该是把对象的个性充分地表现出来。对照相馆的摄影师来说,不可能对每个人做到这一点,但是,至少要研究一下对象的面型和体型特点,用各种不同角度的用光来进行拍摄,摄影家也应该像画肖像画的人那样,把对象的性格画出来,他不应让人待在那里,他必须经常跟这个人接触,从他的表情、行动以及日常的生活习惯中去捕捉他的特点,然后才进行创作,摄影师也是完全可以做到的。有张照片给我印象较深,就是当周总理在病中的那个意大利摄影家洛蒂给他拍了一张照片,周总理坐在那里,旁边有一个茶杯,作者掌握了总理的性格,他的坚强、果断、严肃恰如其分地表现出来了。人像摄影应该有高水平的要求,应该事先了解你准备拍摄的对象,了解他在什么动作下面、什么表情下面,最能够表现他的个性,抓住这一瞬间流露的特点。我预见不久将来的照相馆摄影师,也会向自己提出比较高的要求,来满足广大顾客的需要。现在,中国摄影协会出版的关于有关人像摄影方面的图文并重的书籍,提供了很多很多的例子,很多先进的照相馆摄影师已经在动脑筋,力求提高摄影理论和摄影技术的艺术水平,举办讲习班,互相观摩,定期评比,拍好让顾客满意的照片。

我能讲的就是这些,大家可以研究,艺术这个东西,道路是很多、很广的,不仅仅是一条路,各人可以发挥自己的特长。

1984年

画戏余墨

我喜欢看戏，又喜欢画戏。从1966年到1975年这十年，被剥夺了这两种权利。"四人帮"倒台后，恢复了看戏的权利，应该说画戏的权利也恢复了。可是这支画戏的笔被封锁了十年之后，却不听使唤了。经过一年多的艰苦锻炼，逐渐能记录演员的亮相，并开始作追赶动作的练习。在大连看了几场戏，又得到实践的机会，一连画了京剧《雏凤凌空》和话剧《丹心谱》，虽不能完全得心应手，却着实感到了过去那种画戏的愉快，才确信这支久已荒废的画笔在恢复生命。

《雏凤凌空》写了一个烧火丫头在边患紧急之际，担负起征辽大将的重任，因而展开了几场贵贱尊卑之间的反封建斗争，这样的主题在旧京剧中是少见的。作者在杨家将传统剧目基础上加工改编，发挥了这一积极的主题，成功地体现了推陈出新的方针。《丹心谱》写老一代知识分子的斗争生活，从一个侧面暴露了"四人帮"的政治大阴谋。舞台的人物从生活中来，个个可信，连那个代表帮派利益的角色也有血有肉，和帮派戏的脸谱型角色大不一样。这个戏的中心内容是批判"四人帮"，歌颂周总理，政治性与艺术性结合的相当好，是话剧复活以来的许多好戏之一，知识分子对这个戏尤感兴趣。

"四人帮"破坏了京剧训练体系，只准教样板戏，不准教传统演唱基本功，那个时期训练出来的青年演员，无法表演传统剧目，所以开放传统剧目之后，都得老演员上台，普遍感到青黄不接，后继乏人。大连的《雏凤凌空》由一群新登舞台的学生扮演，他们从样板戏解放出来，刚开始学习传统演技、台步、身段、亮相、吟唱等基本功，虽还不太熟练，却能循规蹈矩，一丝不苟，博得观众的称赞，打鼓拉琴及其他乐队成员也都是年青人。可见他们学习劲头足，接受新事物快，都是好样的。看了这个戏，看到了京剧舞台新一代演员的迅速成长，是新长征的好预兆。

《丹心谱》几个老演员，多半受过"四人帮"迫害，脱离舞台很久，他们刚从下放地回来，重新登上了舞台，通过他们所扮演的角色，痛快淋漓地控诉了"四人帮"的罪行和观众痛恨"四人帮"缅怀周总理的感情交融起来，台上台下感情交融十分热烈。祝他们枯木逢春，愿他们老当益壮！

1978年8月27日于大连

我看川剧《张大千》

年老人怕熬夜,已有两三年晚上不进剧场了。川剧《潘金莲》白白错过;近日首都剧场上演川剧《张大千》,剧中主人公是我的老朋友,岂能再错过?剧场门口又见到剧作者邱笑秋,告诉我说戏里有个叶伯伯,就是你。要我看看在戏里扮演什么角色。

一进剧场,只见大幕上画了两个大飞天,有点像张大千敦煌摹本。开幕第一场布景巴西的八德园,虽非实景,却能略窥大千的建园构思。年轻的徐雯波夫人先出场,旗袍打扮,和照片的徐氏风度相似。她在藤椅上稍坐,侍者进茶,忽报张先生回来了,一阵喧闹声从幕后传来,主角张大千率领子女从左后角高坡走进舞台。灰鬓白长衫,厚白底蓝布鞋,八字台步,手挥大折扇,飘然若仙。子女辈穿着西方服装,好像龙套拥主将出台亮相,台调中有"行遍西欧南北美,看山须看故乡青"两句诗,点出了这位大画家的行径与胸怀。

记得大千的长女心瑞某年在八德园住过一阵,回北京时告诉我她爸爸告诫子女在家要说家乡话,至于山水么,还是中国的美。还说他想回来看看,可又舍不得八德园。为了在巴西建八德园,大千不惜割舍他心爱的《韩熙载夜宴图》和《董源潇湘图》在香港出售。他立意要在异国他乡建造兼山水之秀的中国式庭园,以慰思国思乡之情。第二幕的环荜庵,第四幕的摩耶精舍,两处人工造景都是大千怀乡病的反映。可惜花费大量的钱铸成的八德园,因巴西政府征用建筑水利使大画家第一个美梦破灭了。于是怀国恋乡的主题,由这一幕戏为观众所接受。

第二幕在美国西海岸的环荜庵,我认为是全剧冲突的第一个高潮。张氏已动回乡之念,然而子女却留恋他乡。他的夫人代表中国妇女的传统美德周旋于两派之间,不使矛盾激化。但是经不起老画家思国思乡的冲动劲儿,他下定决心要回国去看看。演到这里,观众以为这场冲突解决了；不料此时此刻出现了一位倾向于台湾的书画掮客，闯进环荜庵，报告中国大陆正在闹"文化大革命"，大革文化的命，力劝大千放弃此行。他还拿出一张张报纸，指着叶稚君、乔疏林的照片说他们正在遭大难。那个闹着要回大陆的小孙孙也被吓得目瞪口呆，老头子当然无可奈何了。

这幕戏编得合情合理，矛盾的波涛一层高过一层，集中概括张大千寄身异国的窘境。

大千1957年曾经通过一位印尼侨商带来口信，表示要回祖国看看，大陆美术界人士非常高兴。自大千离川出走以来，我们寻觅各种机会和他联系，一直得不到他的明确回应。这一消息振奋了我们，考虑积极为他安排一个理想的工作环境，以充分发挥他非凡的创作才能。我们的主观愿望为突然袭击来的反右运动所破灭，大千的回国计划受到挫折。作者把"文化大革命"的冲击波投到大千下决心要回祖国之际，使大千欲归而不得归的悲剧更具有感染力。我看到这里，不免想起自己的厄运，觉得作者在此处运用生活的真实，确有其高明之处。说实话，我在"文革"中的一条罪名是："招引反动画家张大千回国，阴谋统治国画界。"

第三幕背景似乎在台湾。剧作者运用川剧艺术特点，发挥了伴唱与独唱的独特抒情效果。在处理剧中人的内心情感方面，可谓匠心独运，扣人心弦。我认为中国戏曲艺术发展的前景，唱的艺术效果将大起作用。川剧《张大千》的艺术魅力，正在于独唱和伴唱交替进行与巧妙配合，抒情效果达到了高峰，这是别的剧种所难以达到的。

第四、五幕，大千已定居台北摩耶精舍，白首白须之外，其穿戴颇近古人，而高过头顶的拐杖，更像他画中的高士雅人。作者在第四幕中，以三幅敦煌壁画作大景，精心安排了为老画家平反"破坏敦煌壁画"冤案的情节，使老画家沉迷在突然降临的大欢喜之中。舞台上出现一群敦煌佛像在他周围跳舞，老画家挥笔追步穿插在舞蹈群之中，场面十分优美。有人认为台上用烟雾与舞蹈，有失川剧真谛，我以为川剧虽好，除发扬精华，却不能故步自封，拒绝一切新手法，不然的话，川剧将自取灭亡。

作者为了强化全剧的思国怀乡之主题，在收场处添了一笔，点明思国怀乡而不可得的障碍,使老人含恨而终。我以为艺术就是艺术,不是政治的附庸。作者前几幕中,通过剧中人的行动与台词,已经使观众从心中自然明白这台戏的思想内容是什么。为什么一定要让老人大喊大叫,控诉那障碍的来由呢？这最后一笔,很难判断政治上谁是谁非,也有损于张大千这个戏剧人物的性格表现。

1988 年

海阔天空话装帧

　　从二十年代直到现在,我和报刊出版界的关系极为密切。这种关系,从投稿开始,继之以受雇当画报编辑,直至和朋友合伙自办刊物,学会出版工作的知识与技能,但始终没有脱离撰稿人的地位。由于自己从事过出版事业,懂得计算印刷成本,在设计封面和排版式时,经常考虑在最低条件下达到最高效果。就是说在考虑艺术效果时,不能脱离经济效果。例如,设计封面时,按成本规定只能用二色套版,便利用一色的浓淡次层或二色叠印的方法,达到多色彩的效果;在规划每页的字数、行距、天地、白边时,也要精打细算,能省则省,避免浪费,既醒目,又合理,这样,尽量使印刷成本降低,不使读者多花买书钱。

　　由于这种指导思想,看到现在许多设计中的浪费现象,心里感到很不舒服。比如看封面设计,明明二套色已经足够,可是为了突出出版日期或期数,偏要加一套色,因此增加了印刷成本,也就增加了读者的负担。

　　1963年北京人民美术出版社约我编印速画集,原计划编一厚册,售价当然很高,一般读者是买不起的,如果印出书来,读者买不起,印数必然很少,那又何必出书。我建议分类编印几个小册子,尽量压低成本,降低售价,一般青年买得起,出版社接受了我的建议,那年出了三本速写集。现在有些人喜欢大排场,印大画册,结果这类书只能躺在图书馆里,到不了读者手里。

　　读了一些装帧设计者介绍经验的文章,他们尽力在设计时专心考虑如何反映书的内容,同时也考虑印刷装订的可能条件,做到既合实际又有创造。这里面包含一个如何为读者服务的问题。所谓实际,就是符合印刷装订条件的实际,满足读者阅读、欣赏以至于珍藏的实际;所谓创造,就是提高读者审美水平而创造,为装帧艺术推陈出新而创造。

查过《辞源》和《辞海》有"装"字和"帧"字的注释,没有"装帧"这个辞的条目。"装"字下面有"装潢""装饰""装束""装裱"等辞目,"帧"字下面注着:一、画幅,二、画幅的量名,出典是汤垕的《画鉴》:"唐画龙图在浙东钱氏家,绢十二幅,作二帧。"可见幅与帧是两个概念,我的理解是两帧画,用十二幅绢,六幅合成一帧。我们习惯指画的量为"帧"为"幅"为"张",辞海"帧"条指的是古代用语,现在用语对这两个单字的界限不怎么讲究了。不知从什么时候起,一本书从封面到整体设计叫做"装帧"。希望装帧专家对这个辞作一点考证,作出确切的解释,为新编的字典词典提供补充。

我读小学时,课本都是线装的,油光单面印,中学时是日本式的平装,白报纸或道林纸双面印;我读的那所中学,校长崇洋,特重外语,三年级的数学、地理、历史都用英文课本,是所谓洋装书。那时讲究一些的著作,也出洋装本,现在叫做精装本。中学读的英语模范读本也是洋装的。那时书籍的印刷装订逐渐采用西法,封面设计仍然是老一套程式,手写书名,加个边框,没有别的加工。大出版商如商务和中华,已经设立图画部,聘用画家,从事插图和封面设计,但还不是现代的美术编辑。

前几年出版系统在北京建国门外国际俱乐部召开一次书籍装帧座谈会,会上展出建国以来装帧设计比较成功的书刊。座谈中,胡愈之发言,说他早年在法国留学,学的专业是书籍装帧。我第一次听到外国学校有这一门专业,胡愈之到法国去学习这一冷门,是开创历史记录的。可惜当时没有向他请教,为什么要选择书籍装帧这个专业,学了以后有什么成果,否则,对探讨中国书籍装帧的历史将大有作用。

如所周知,鲁迅是五四以后第一个在他自己的作品上讲究装帧的实践家,他把封面设计、内容编辑、印刷装订、选字选纸等几个环节协调统一起来,使之净化而又美化,开创了书籍装帧的新局面。除了自己动手,还引导许多美术家投向这一工作,最早有陶元庆、司徒乔、孙福熙、陈之佛、钱君匋,稍后有池宁、沈振璜、郑川谷等人。1981年上海人民美术出版社出了一本《鲁迅与书籍装帧》,记载了那一时期鲁迅在这方面的活动,成为现代中国文艺出版物装帧史的重要文献。

五四新文化运动以前，是鸳鸯蝴蝶派占有文艺阵地，上海有个书局出版了徐枕亚的《玉梨魂》和《雪鸿泪史》，十六开大本，四号大字排印，封面用满地墨绿嵌白字书名，颇为醒目，可以说是线装题签老一套程式的革新。比这更早，上海有些画家投入报刊出版活动，设计封面，并画插图，其著名者有沈泊尘、但杜宇、丁悚、钱病鹤等人。这几位画家受清朝末年"点石斋画报"的影响，在中国人物画的基础上吸收国外漫画插图技法，活跃于报刊出版界。五十年代我在琉璃厂旧书店里买到一套"病鹤丛画"，此书出版于1922年，发现书尾印有钱病鹤的卖画润格，在自定人物、仕女、花鸟、鱼虫的润笔价格之后，附记一条云："种种画件预备制成印刷品者如报章插图、名著封面、说部绣像……不能任意挥毫，均需临时面议。"可见书籍装帧是他卖画之余的一种承接业务，不过这类作品不能按照惯例按尺论价，而要按件面议。根据钱氏的润格序言，说"余性孤僻，不附权势，勉为糊口之计，旅申鬻画倏已十余年矣"。可知钱氏在上海卖画开始于清末民初，到"丛画"出版已十余年，这十余年中，已出现《玉梨魂》《雪鸿泪史》等洋纸铅字印刷本，而"丛画"还是当时仍在流行的油光纸石印线装本。一般石印线装本，即使像"丛画"或类似的"百美图"画册，封面还是一律老式题签，没有见到别出心裁的设计。是不是可以说，只有铅字排印出现之后，书籍装帧才有用武之地？本人只就手头材料得出这样的结论，可能是不准确的。

1947年我在纽约一家旧书店买到一本图文并茂的书，著者是美国著名版画家劳克威尔·肯特，书名叫做《北偏东》《N by E》，纽约文学社1930年版。这本书由著者自写、自画、自己装帧，印刷相当精致。该书记述肯特和两个伙伴驾驶一条帆船，从纽约出发，驶向格林兰，带点冒险性质的一次海上抒情旅行。我买这本书时，护封已失，好像一个人赤身裸体，很难揣摩它经过打扮是什么样子，但可以肯定是庄严而朴素，和书的本相协调一致的。《北偏东》以图为主，配以诗一般的散文，从内容到形式都很美，我把它当成一件珍贵的艺术品收入我的书库。

翻开硬封面，第一二两页是空白，第三页一小方扉画，题了《N by E》书名，极为紧凑，第四页背面和第五页正面是相连的一整幅冰山图，嵌进书名、著者名、出版社名，构图严密，富于装饰意趣，背面是版权页，第六页是著者向"FRANCES!"致意的祝愿图，画一个赤身的人举杯向上苍致敬,第七页是序文,附以地球仪饰画,第八页插图目录,第九页正文序画,第十页正文第一图,正文结尾,另起一页为装帧设计人劳克威尔·肯特及印刷监督人威廉·A·葛脱瑞极题名,最后空白三页,与开卷白页呼应。

《北偏东》正文编排是上图下文。可巧,我手头有一本明版《奇妙全相注释西厢记》影印本,也是上图下文,两书出版时间相距四百年,两位装帧设计者的头脑,真可谓心心相印了。

张光宇的《民间情歌》,自画、自编、自己装帧。三十年代时代图书公司出版。每页一图一歌,图在上、歌在下,或歌在上、图在下,按照相对的两页灵活编排,符合统一变化的规律,封面设计和版式规格及排字疏密,跟图画的格调取得一致,从头到尾是一件完整的装帧艺术珍品。张光宇年轻时是上海著名花鸟画家张聿光的学生,师徒二人为京剧革新派的舞台设计布过景,懂得怎样美化舞台;稍后,当过报刊的美术编辑,电影厂的美工师,商业广告设计师,画过连环画、香烟小画片;懂得油画技术,练就一手好书法和中国画笔墨,善于设计家具和室内布置。这一切实践,促成艺术造型的高度简练,意匠的严格完整,富于鲜明的民族的和个人的风格,被人称为一代装饰艺术大师。

张氏于1950年起参加工艺美术教育工作以来,他的才能得以大为发挥,影响并带动了新一代装饰艺术家的成长。张氏装饰风格的特点,用他自己的话来说,就是一个"减"字,这减字体现了艺术造型的最高境界,若要引伸的话,就是向"方"和"圆"两个字下功夫:四条直线为"方",是直线造型的极限,象征至大至刚;一条曲线成为"圆",是曲线造型的极限,象征最柔最挺。这两个极限,反映造型的最简练,达到"减"法的最高峰。中国画家常说"不能多一笔,也不能少一笔",这句话是衡量艺术造型是否高度简练而又准确的评价。张氏主张,用笔造型要减到不能再减,这是大家都可以理解的。

二十年代末,我参加张光宇和张正宇兄弟二人所经营的《三日画报》时,学到了用三角尺在图片上画对角线以划定图片的放大或缩小,学到了运用文武线取得粗细刚柔相济的装饰效果。今天看来,这类与装帧技术有关的学问是起码又起码的,但是叫一个画画不懂装饰的人来干这工作,不一定能胜任。张氏造型法的基本来源是中国的版画和民间艺术,在其发展过程中,时时吸收外国造型艺术中对他有益的成份,如欧洲人的工艺造型,美洲人的版画造型,日本人的浮世绘画造型,有时也吸收西方抽象艺术的某些造型手法。总之,这一切无不为其造型的减法服务,达到极其净化与美化的境界。

钱君匋是三十年代以来从事书籍装帧工作的一位重要专家,也是一位著名的篆刻家。两者之间的联系是什么?应该是造型艺术在形式构成中的多样统一、对称平衡、疏密相间、虚实相生等等共同规律;封面设计和篆刻布局之间另有一条共同规律,就是要在有限范围内做文章。一本书的封面最大不过白报纸的八开,一方图章最大不过一二寸见方,无权做大块文章,这就是限度,要你在有限的尺寸内,发挥无限大的形象效果。初出茅庐的青年美术学生不甘心被这方寸之地束缚他的天赋才能,是可以理解的,然而精神产品的最高境界,不在于笔墨用武的天地有多大,而在于有限的天地中表现无限的境界。钱君匋说:"我也学过篆刻……是我国独有的艺术,它很讲究分朱布白,宽的地方可以走马,密的地方不可以插针,这种虚实的结构,可以直接运用到封面设计上去。"他谈到了篆刻和装帧之间共同规律的一个方面。

他还说到封面设计和音乐之间的相通之处,他说:"一个歌剧,首先有一个序曲,通过序曲的音乐语言……使之对歌剧的内容先有一个大轮廓……封面设计也有这种作用。"因此可以理解,为什么一个书籍装帧工作者要有多方面的文艺修养。

篆刻的分朱布白,和书法的间架结构同一道理,要练好篆刻,必须练好书法;要写好美术字,必须写好书法,要求篆隶正草都得会写,否则,你就缺少一手极为重要的本领。钱君匋和张光宇都有书法基础,所以他们的美术字体写得特别精彩。

钱月华和郭振华都是人民出版社的美术编辑,他们根据自己的经验,分析了现代书籍装帧的根本任务,要求根据书的内容实质和著者的个性品格两者联系起来进行构思;在设计时,还得体现书的性质类别,政治的?科学的?文化的?文艺的?如果是文艺书,还得区别小说、诗歌、评论、随笔等等不同的类型。钱月华为了设计朱德传记的封面,除了查阅有关资料,还访问了朱老总的家属,把理性和感性的资料汇集起来,然后进行设计。这个过程和一般美术创作同样辛苦,同样认真,也许还更辛苦些。原因是书籍装帧是为规定任务创作的,往往不是自己熟悉的东西,而且类别众多,性质各异,要一一熟悉它、理解它,就得花费更多的精神劳动。

书籍装帧的特殊功能,要有鲜明而多变的形式美感,逼得设计者去探索形式的多种模样,并善于灵活运用,以适应多种需要。前人说,作为一个有修养的文人,文章之外,琴棋书画都要有一手,装帧家只懂图画,不懂其他知识学问是不行的。刚从美术院校毕业的学生,分配到出版单位做装帧工作,一般都不安心,因为在学校里从来没有接触过这一专业,即使经过工艺院校训练的人,也由于缺乏实际锻炼,不可能完全适应实际的要求。郭振华从中央美术学院版画系毕业,分配到出版单位,按说是对口的,但是他坐在机关里,念念不忘他的版画创作,因而闹了一段情绪,如果遇到一位粗鲁的领导,给他一顿训,不就更不安心了么?郭现在是三联总店的骨干美术编辑,不言而喻,他对这一门工作已是行家里手了,闹情绪对一个专家的成长有一定的推动作用,在旧社会,若闹情绪,就意味着失业饿肚子,所以只能暗闹,闹一阵就不闹了。从此由不自觉变成自觉,由自觉变成行家。

1983年3月文物出版社出了一本《髹饰录解说》,发光的黑书面,嵌着红字书名,书名后面用灰黑在黑地上加印一页《髹饰录》原版,给人感觉这封面就是一件漆器。这个设计真是巧妙极了,估计可能是著者王世襄的手笔。王是位文物研究专家,知识丰富,兴趣广泛,《髹饰录》是明代漆工黄成的原著,王世襄加以解说,三年前印了个油印本,分赠朋友,以广流传;现在这个本子是16开大本,必要处附以插图,是研究中国漆艺的重要参考书。

这几年文艺刊物的封面设计竞相出奇制胜,既美观大方,又体现刊物的特点。其中成功之作当推山西的《名作欣赏》。该刊内容以新观点评介分析古今中外文学名著,选刊的文章有较高的学术水平,是国内唯一的一家研究古代和近代文艺作品的专刊。封面图案集敦煌飞天、汉画像石、希腊美人、罗马武士、星云舟船等艺术形象于一图,排列有致,布色单纯,名作欣赏四个字居于中间突出地位,像一枚篆刻图章,字体则是老宋方笔,通俗醒目而有分量,切合刊物内容。

季刊《美术研究》是中央美术学院的院刊,每期都以文章有关的美术作品作封面,满版整幅,留出的刊名地位所施色调与之构成有机一体,设计单纯,感觉饱满。每期根据选用画幅的形状和色彩,对刊名地位和色调作必要的调整,显得活泼生动,符合多样统一的形式规律。

1983 年 10 月 30 日于北京

| 画家评论 |

钱慧安与清末人物画

人物画在宋代以前是中国画的主流,元朝以后,山水花鸟画大兴,人物画便相形逊色。明代中期,出了一位人物画大家仇十洲,挤进了吴门四杰,和沈周、唐寅、文徵明等山水画大家平起平坐。到了明末清初,又挤出了一位陈洪绶。他的人物作品,奇拙古朴,淳厚博大,给山水画占绝对优势的当时,开放了一朵奇花异卉,并且光照后代。

清朝前期二百年,人物画仍然相当凋零。没有杰出人才,不过仇、陈二家的影响却时断时续,其间学仇的有顾见龙、柳遇、吴求,学陈的有金史、张士杰、沈华范、马正信、卢九牧等人。改琦、费丹旭都学过陈,也有仇的影响。

在这一个时期里,围绕着扬州画派的著名画家如闵贞、黄慎、罗聘、华嵒等。或远接戴进、吴伟、梁楷、牧溪,或近师上官竹庄,和仇、陈缺少渊源。

到了清代末期,山阴三任:任熊、任薰、任颐,直接继承陈洪绶的衣钵,以银钩铁画之笔,伟岸古朴之象,纵横江南画坛,大大发扬了老莲的艺术流派。任颐后期的画,得力于深刻观察生活,笔墨流畅,形象生动,在浑厚古朴中具有活生生的现实感,特别是他的肖像画成就更高,着墨不多,而神采奕奕,把传神水平推到了一个崭新的阶段。

活跃在光绪年代(1875年以后)的人物画家,还有以吴友如为首的一派时事风俗画家,他们的作品通过《点石斋画报》的传播,大受群众欢迎,他们除了具有传统人物画的根底,还具有绣像插图和民间风格的修养,并且受到当时已流行在上海的外国版画插图的影响,使人物画面目一新。这一派画家虽然已从传统的人物画分离出来,却是推动近代人物画向前发展的一股重要力量。

《点石斋画报》出现在19世纪80年代的上海,是中国人物画发展史上的重要标志。在那以前,人物画所反映的内容,大部分是神话历史故事或道释儒流仕女,那以后,社会风俗或山海奇闻都入了画。在那以前,人物画的流布只限于条幅中堂,挂在客厅书房里,那以后,成了人人手中的读物。人物画的反映面和接触面扩大了,因而也促进了本身的发展。

清末人物画的特点,除了群众化这一个因素外,还有一个因素是,画家们大都具有传神写像的功夫,这功夫促成画家敢于去描绘现实人物,从而发展他的表现技巧。中国的写像传统由来已久,到了明清之际,传神的艺术更臻于完美,著名的画家如曾鲸、冷枚、丁皋、顾见龙、费丹旭,都是杰出写像能手。任颐所画的人物形象所以如此生动,很得力于写像的功力。我们知道写像的功力,建筑在认识人物个性特征的基础上,画家必须广泛而深刻地观察现实人物,才能积累这种功力。那些脱离现实,只在前人粉本中讨生活的画家,当然只能望洋兴叹。由于具有观察现实人物的习惯,清末的人物画家,尽管画的还是古装人物,但可以感到时代的气息。

钱慧安是和任颐同时活跃在上海的著名人物画家。他又名贵昌,字吉生,别号清溪樵子。生于1833年,即道光十三年,卒于1911年,即宣统三年,这年是辛亥革命爆发的一年。他的出生比任颐早七年,任颐却比他早卒十五年,他在上海画坛的活动时期比任颐多二十年光景。

据钱慧安的再传弟子谢闲鸥提供的材料,我们知道钱氏出身于江苏宝山县的一个农民家庭,年轻时拜过老师学传神,同时自学人物画。在自学的过程中,对清初闽南画家上官周所画的《晚笑堂画传》抚摩颇深,从他的人物造型特征看来,"上官周"的影响是明显的。《晚笑堂画传》包括古代帝王、将相、豪杰、文人、女流各种类型的人物一百二十人,是近一二百年来学人物画的重要范本,比之陈洪绶的"水浒叶子"和"博古叶子"流传要广。这本画谱出版于乾隆年间,后来又被部分采入嘉庆版《芥子园画谱》第四集,流传更广了。上官周的人物画原作虽不多见,以晚笑堂的画像而论,一百二十人的神情动态极有变化,骨相笔法准确严密,衣带褶纹也飘举生动,只是对人物的个性和服饰的考据还不够精确,但不失为一部较好的人物画范本,初学者从此入手,可以在造型方法和白描基础上获得正确的引导。

钱慧安是一位喜欢引经据典的画家,他的造型特征既具有明显的晚笑堂风格,按理在他的题画款式中可以找到"模上官周"或"仿竹庄"的字样,说也奇怪,他仿过改玉壶、华新罗、黄瘿瓢、仇十洲、文安国、吕振廷、唐伯虎、丁云鹏、崔青蚓、陈白阳、金冬心,唯独没有仿过上官周,这是一个疑案。此外,在他的题识里也没有提到陈洪绶,这倒可以说明他和浙派人物画没有什么渊源。

清末人物画家常画的题材约略可以分为下列几个门类:

第一类是南极仙翁、麻姑献寿、八仙过海、钟馗驱鬼等吉祥形象。

第二类是木兰从军、苏武牧羊、李白醉酒、米颠拜石等历史故事人物。

第三类是摘取古人诗意,创立图画情节。

第四类是妇女和儿童的生活。

第五类是世态风俗,现实形象。

除了第五类,这些题材的绝大部分是历来人物画家互相继承,又加上各自的独创丰富起来的,这反映了我国封建社会长期以来的审美传统。很多形象在今天看起来早已失去现实意义,但是在那时,画家必须一再重复绘制这些形象,来满足人们的需要。譬如第一类寿星、麻姑、八仙、钟馗等等形象,一个人物画家每年总得画上几十幅甚至上百幅,才能满足社会的需要。上海的城隍庙,苏州的玄妙观,凡有画棚画店的地方,逢时逢节,经常挂着这类人物画。这类题材是人物画家的养家本钱,民间画工有一套现成的稿子,能够像印版一样常年供应市场。一般画家也只利用前人的粉本,依样画葫芦,难得在这上面别出心裁。钱慧安的寿星、麻姑或八仙、钟馗,却是姿态百出,绝少雷同。

历史故事人物的范围很广,在封建社会,自然是表扬忠孝节义,用此宣传封建道德,巩固封建统治。但是如木兰从军、苏武牧羊一类题材,却包含了爱国的思想,岂止仅为忠君而已,所以仍然有它一定的现实意义。其它如李白醉酒或米颠拜石,是标榜文人本色,周处斩蛟或红线盗盒,则鼓励义侠精神,都反映了古代社会对于高尚的道德行为的崇敬。

采用前人诗句创立画意,是故事人物画的发展,任熊画过姚燮诗意一百图,极为壮观,任颐的立轴有好些以唐宋人的诗意命题,如《关河一望萧索》《小红低唱我吹箫》，是他常画的题材。钱慧安的册页扇面小品，绝大部分根据前人的诗句立意，颇具匠心。由于广泛采用诗意作画，人物画的题材固然扩大了，人物画在表现意境方面的成就也跨出了一大步，这是清代人物画家在继承传统的基础上创新的表现。

仕女和婴儿的形象在传统的人物画里向来占有很大的比重。清朝三百年，出现过不少仕女画专家。钱慧安在这方面下过很大的功夫，他所画的妇女和儿童，神情动态，栩栩如生，尽管衣着穿戴大部分是古装，却透露出当代人的气质，可见他已脱去前人的窠臼，在体察现实生活中获得了新的表现能力。

清末画家所处的时代和环境，正是帝国主义压榨中国人民和中国资本主义蓬勃发展的时代。他们所处的环境，是这二者集中的上海，因此他们的作品不可能不受到时代思潮的影响，反映这种思潮最突出的当然要算以吴友如为首的风俗画家一派。例如，他们在《点石斋画报》描绘过"中法战争"（1884-1885）和"中日战争"（1894-1898），表现了画家对国家命运的关心，画报还曾经用大量篇幅，通过形象介绍了不少西方社会的风俗习惯，对启发民智非常有益。不过，分析一下画报的其他内容，其中宣扬因果迷信和封建道德的图画却特别多，这反映了封建思想在画家的头脑里仍然居于统治地位。因此，像吴友如那样为新兴资产阶级服务的画家，终于为清廷所收买，替统治者为扼杀太平天国革命的封建奴才画了"功臣像"。《点石斋画报》也发表过一些时事图画，反映外国势力统治下的上海生活，画家的态度是客观主义的，对同胞对外国侵略者一视同仁，没有是非，也没有爱憎。那时候在中国社会上，对被中国人民称为"洋鬼子"的有两种态度：官儿"怕"，老百姓"恨"。钱慧安画稿里有两幅画，反映了老百姓对那些无恶不作的外国侵略者仇恨的感情。一幅是《钟馗杀鬼》，一幅是《钟馗役鬼》，钟馗的形象是传统的，小鬼的形象却是西装革履的高鼻的外国侵略者。这两幅画，表明画家有自己的鲜明态度，这种朴素的民族立场和反帝意识，为吴友如辈所不及。钱慧安还画过一些表现世态人情的题材，如《有钱能使鬼推磨》之类，都足以说明他对现实世界并不是漠不关心的。

帝国主义势力侵入中国以后，上海逐渐成为江南的经济中心，江浙一带的文人画家乃向上海荟集，同治元年（1863），有"萍花诗画社"

的组织,钱慧安是这个诗画社的骨干。为了纪念这个诗画社的成立,钱慧安和同社的画家包子梁、王秋言合画过一卷《萍花社雅集图》,描绘了二十四个社友的肖像。那时他刚满三十岁,在这卷大构图里,集中地发挥了他的传神本领。这卷画不知现藏何处,不能收入这本集子为憾。这里收入了一幅他的写像画稿,画的是一位青年画师在对花写生,作凝神构思之状。因为是白描,所以只见匡廓,未见皴染,不能显示传神的全部功夫;不过,就其头部轮廓的浑圆一圈看来,他在骨法用笔方面的准确程度是相当高的。

方若所著《海上画语》评论钱慧安的画风说:"黄瘿瓢初写细笔学上官竹庄,后为粗笔;钱则以黄之粗笔,复为细笔而尤加细耳。"这几句话说明钱慧安学过黄瘿瓢,又从黄瘿瓢回到上官周,是早年学上官的一个旁证。《海上画语》的著者对钱慧安的评价并不高,对钱的"复为细笔而尤加细耳",看来是不满意的。因为下面还有这样的一段贬辞:"人形如青果之尖,衣纹如铁丝之屈,丰颜无老幼,姣好同男女,却投时好,大见风行。"

艺术表现手法有"刚""柔""粗""细"之别,只能看它是否严密概括评定优劣,不能以刚柔粗细本身论高下。钱慧安之所以能"却投时好,大见风行",上面所举内容和形象的群众性,是一个主要因素,艺术手法的"细",也是一个重要因素。钱画的可贵之处,正在于刻画入微和一丝不苟的细密之处。"细",容易落入"刻板"或"烦琐",钱的手法,细中有粗,密中有疏,他的造型相当生动。

钱慧安笔下的形象,脸型丰腴,身材瘦俏,体态凝重,所以,衣褶的动势多内向纵处收敛,少外向横处放射。这个特征是画家审美风格的表现。审美风格的表现,应当受到客观形象的制约,如果一味放任,便有歪曲形象的危险。钱氏笔下偶尔有这种倾向,有些形象显得两头尖,中间圆近似橄榄,可不是个个都像橄榄。

钱氏的用笔看来柔婉,实际是挺劲的。他用钉头鼠尾描画衣纹,熟练准确,服帖生动,动势和体感都很强。这方面的功夫,在同时代的画家中,除了任颐,恐怕没有别人可以和他相比。人物画家要有两套基本功夫,一是写像,二是衣纹。写像的难处在于鉴别五官面容的微妙差异,衣纹的难处在于一举一动之间的千变万化。写像可以通过静的观察，细细体会，只要功夫下得深，不难抓到妙处。衣纹这一道，不能靠死功夫，必须通过神会意测，举一反三，才能掌握其中的变化规律。钱慧安的衣纹技法，已经成熟到随心所欲的境界。

没有写像功夫，容易把人物面貌画成公式一套，有些仕女画，脸形总是一个模样，天下的美女似乎从一个模型里铸出来。这种现象在人物画相当发达的清末非常突出。我们承认画家对美的理想都有自己的标准，仕女面型的公式化，确实也反映了画家个人对美的理想，所以不能一概加以反对。要反对的是那种师徒代代相传而一成不变的公式。《海上画说》批评钱慧安"丰颜无老幼"，大概是指他画的老人脸形都是胖胖的，和孩子的脸形相似。的确，他画的人物脸形都比较丰满，尤其喜欢画胖脸老翁，几乎没有一幅"寿星"中堂画的不是笑容可掬的胖老"孩儿"，他有的画乡下的田舍翁也是胖胖的。按理，老人应该瘦的多，胖的少，可是他偏喜欢画胖老头儿，这反映了他对生活现象的一种偏爱，是个人审美理想的表现。

钱慧安最善于刻画女性的神情体态，用极细的白描线纹来刻画她们。有时细到比头发丝还细。他能够在一片月季花瓣那么大的脸形里控制并排的两条细线，描绘俊秀的双层眼皮，并且还要在眼梢上轻轻挂上几笔，勾出睫毛来。最令人吃惊的是，他在正面脸上表现鼻形的那一条竖线，这条线在若有若无之间从山根起笔，然后根据鼻身的或挺、或注、或肥、或瘦，考虑线形变化；到达手笔之时，又根据鼻尖的形状，作出或尖、或圆、或重、或轻、或缓、或急等等不同的技法。别小看这一条短短的竖线，没有到家的腕劲，不能把它画得准确有力，真正难处还在于如何概括出这道有骨有肉的正面鼻型。从来画家最怕画正面鼻子，钱慧安却在这上面解决了难题，显示出他的出色的白描功力。这样细腻准确而又极为洗练的白描功夫，毫无疑问，是从深入观察现实生活形象和在长期创作实践中锻炼出来的。这正是应该加以肯定的一点。

用这样的线法刻画妇女形象，自然恰到好处，若用到男子脸上，便有点像舞台上的粉脸公子了。"姣好同男女"确是缺点，但从画稿整体看来，这类形象不多。

钱慧安的作品，无论是题材内容或笔墨技法，都和传统的人物画有着紧密的继承关系，同时也反映了时代的欣赏风尚和个人的审美特征,具有显著的个人风格。可是这位颇有创造性的画家,却喜欢引用前辈画家的名字,为自己的作品找依据,不仿新罗,便模十洲,揣其用意,无非表示一切都有来历,没有一笔没有出处,甘心上复古派的圈套。如果真正仿的是新罗或十洲,做个名副其实的复古派倒也罢了,实际却和那些古人毫不相干。所以清末的画评对他这种作风颇有反感。

由于符合群众的审美要求,钱慧安的画在光绪年间非常流行。有一个时期,天津杨柳青采用他的画稿印过大批年画,至今杨柳青年画店还在翻印他的作品。关于钱慧安为杨柳青作年画的事实,沈太牟所著《春明采风录》的"画棚"条下有这样一段记载:

> 画出杨柳青,属天津,印版设色,俗呼卫抹子。早年戏剧外,丛画中多有趣者,如雪园景、围景、渔家乐、桃花源、乡村景、庆乐丰年、他骑骏马我骑驴之类皆是也。光绪中钱慧安至彼,为出新裁,多拟故典及前人诗句,色改淡匀,高古俊逸……

《采风录》记述钱慧安在光绪年间到过杨柳青,但从钱氏门徒及其后人了解,钱氏没有离开过上海,又从天津了解,也没有钱氏到过杨柳青的确实资料。光绪年间天津上海间海上交通已很发达,天津商人来往上海的很多,当时任颐的画在商人眼中已成为可靠的投资,所以他的作品经常从上海贩到天津,因而散在北方的不在少数,可是我们知道任颐确实没有到过天津。那么,由杨柳青的老板跑到上海去向钱氏约稿就比较可信。

除了杨柳青大量印过年画,上海有一家书店用石印平版翻印过钱氏的大幅中堂,这种中堂先用石版印出一套墨稿,然后再由人工着色,粗看极似原作。这家书店同时还翻印过任颐的作品,可见这两位画家在当时群众中的影响是很大的。

钱氏作品的风行,促成了上海画坛学钱的风气,他的学生很多,其中较著名的有沈兆涵、曹华、陆子万、胡春霖等,可惜他们以模仿老师的粉本为能事,绝少自出心机。他的儿子钱颂荼和钱书城虽都继承家学,却只顾摹稿卖画,缺乏进取精神。因此,钱慧安这一画派,尽管盛极一时,等到钱氏去世以后,便烟消云散了。这里又一次证明艺术上的模仿和学步,是断送艺术的一条绝路。

1963年5月写于北京

齐白石艺术的人民性

齐白石说:"古之画家,有能有识者,敢删去前人窠臼,自成家法,方不为古大雅所羞。"又说:"匠家作画,专心前人伪本,开口便言宋元,所画非目所见,形似未真,何况传神?为吾辈以为大惭。"他主张作画要"我行我道,下笔要我有我法。"

对艺术造型的要求,齐白石主张"妙在似与不似之间"。他认为"太似为媚俗,不似为欺世",用现在的术语说就是:既反对自然主义,又反对形式主义。

如何做到"似与不似之间"呢?"善写意者专言其神,工写生者只重其形,要写生而复写意,写意而后复写生,自能形神俱见。"这里他指出了形和神如何结合。

他以自己画虾的经验,说明从形似到神似的过程。他说:"余之画虾已经数变:初只略似,一变毕真,再变色分深淡。"我们研究齐白石画虾的几个时期,他的变化的确如此,"初只略似"是他初学别人画虾的方法,"一变毕真"是观察活虾的结果,"再变色分浓淡"是他对虾的观察深入一步之后,提高了表现的方法,于是从形似的基础上达到了神似。

齐白石的艺术态度和创作方法体现了中国绘画现实主义传统的最基本的内容。作为一个出色的继承者,齐白石的成就无愧于历史上最出色的画家。

但面对这样一位杰出的大师,要研究他的艺术成就,如果只停留在这一方面,一定会贬低了他。要全面认识齐白石的成就,必须从他的人生观和审美观出发,探索他的艺术中的最根本的东西。

因为有些人常常只从齐白石艺术造诣的某些细节出发,把他和他所师承的石涛、八大、瘿瓢、冬心以及和他同辈的吴昌硕相比较。这样的比较，显然只局限在经营位置、骨法用笔之类的技术范围，必然会抹煞齐白石作品的思想内容方面与石涛等人的本质区别。因此就显不出齐白石艺术的真正伟大之处。

这篇短文想从这方面进行研究，来认识这位大师的艺术特点。

看了齐白石的遗作展，观众会获得这样一个印象：觉得齐白石的画如此高深而如此通俗，既有传统的文雅，又有民间的情调，既提高又普及。真正做到了雅俗共赏。

中国的绘画自从画家与画工分野以来，形成了文人和民间艺术的对立，提高和普及的对立，雅和俗的对立，甚至于南北宗的对立。一部中国绘画史就是这两个对立面的斗争史，要做到雅俗共赏，使两个对立面统一起来，真是翻天覆地的事。

遗作展览会证明：工人、农民、知识分子都喜欢齐白石的画。自然这中间可以分析一下，工人喜欢什么，农民喜欢什么，知识分子喜欢什么；不管各人的爱好有多大的分歧，好在全是齐白石的作品，总可以找出共通的东西。这东西就是贯穿在作品里的中国劳动人民的立场观点和思想感情。齐白石的作品洋溢着朴素的和平的情操、乐观的坚韧的气概，并且鲜明地揭示劳动人民的爱和憎。

这位画家所创造的艺术形象，无论是花鸟鱼虫，或山水人物，几乎离不开劳动人民所熟悉所喜爱的东西。他画一条鲇鱼，要附上"年年有余"的题字；画一树石榴，象征"多子"；画一篮桃子，象征"多寿"。这些题字，表达了老百姓的愿望。这类形象虽然也为一般花鸟画家所常画，但在文人士大夫看来是庸俗的；要么他不屑题上这些字眼，要么他未能免俗，也模仿一下劳动人民的口气，矫揉造作一番。这些字眼题在齐白石的画上就显得朴素自然，出于真诚。

再看他所画的虾、螃蟹、青蛙、小鸡、冬笋、香菇、芋头、白菜，无一不流露出善良的劳动者的感情。要不是他真正对这些东西发生兴趣，怎么能描写得如此生动，如此美丽呢？这些形象在中国的花鸟画上也是常见的，我们并不以为只有齐白石的卓越技巧才能最出色地把它们表现出来；我们所重视的是：只有齐白石那一颗纯朴的劳动人民的心，才能使这些田园的形象含蕴着真正的田园情趣。

他画了一篮丝瓜和一堆小鱼，在题跋里说："丝瓜煮小鱼，只有农家能谙此风味。"一幅白菜虾米图，他题"曾文正公谓鸡鸭汤煮萝卜白菜，远胜满汉筵席。余谓干虾汤煮白菜，不亚鸡鸭汤也"。曾国藩吃腻了满汉筵席，赞赏鸡鸭汤煮白菜，齐白石以干虾汤对这位大官僚地主轻轻地讽刺一下。

随便举出几幅画的题跋，可以看到他内心深处藏着多么深厚的劳动人民的感情：

"借山吟馆主者齐白石居百梅书屋时，墙角种粟，当作花看。"

"余欲大翻陈案，将少小时所用过之器物一一画之，权时画此柴耙第二幅。"

此外，如青蛙腿上绑着一根草，稻禾堆下散着一群小鸡，星塘老屋后山的乌子藤，都是齐白石"少小时亲手所为亲自所见之物"。

"追思牧豕时，迄今八十年，都似昨日过了。"

"璜幼时牧牛，身系一铃，祖母闻铃声，遂不复依门矣。"

在参观遗作展览会时，有一个解放军军官对那幅《柴耙》看了很久，感慨地对人说：他小时候也用这个家伙，想当年贫农没有山没有地，要烧柴，只能到地主富农山上去耙点枯枝落叶；假使带刀进山，就得受打受罚。齐白石这幅《柴耙》使他想起了幼年贫苦生活，很受感动。

一件平凡的农具入了画，因而感动了一个人，这中间包含了封建社会里农民的辛酸历史。

齐白石的这一类作品，运用极简练的笔墨，创造了生活中的极平凡的形象，往往感人很深。譬如《牧牛》那一幅画，少年的齐白石，身上系着一个铜铃，可以联想到星塘老屋门前站着那位慈祥的老祖母，在等候小孙孙的归来。这是多纯朴的感情，多美丽的一首诗啊。又如那绑着腿的小青蛙，不能不使人联想到拿它取乐的那个调皮孩子。这样的情景，多么使人怀恋童年的生活乐趣啊。

齐白石的画不仅引导我们走入他的内心世界，也带我们到他所赞赏的大自然的美景中去。齐白石的山水画数量比较少，据他自己说，是因为"吾画山水，时流诽之，故余几绝笔"。尽管他没有在这方面发挥更大的才能，现在留下的少量作品却显示了他的非凡的创造力。他大胆地排斥了山水画上的陈词滥调，画出《海上日出》《远峰红霞》《星塘老屋》《江上人家》等等所见所感的真实景色。不仅在取景、布局、用墨、设色等技巧上打破了陈规,重要的是他开辟了一个崭新的现实的艺术境界。难怪和他同时代的保守派要反对他。

历史上山水画家对待山水的态度,大概可以分两类:一类认为凡天下佳山水都是造物为文人雅士所设的,不能为凡夫俗子所赏;山水画家必须具有羽人仙骨,脱尽人间烟火气,他们的作品愈是逸笔草草,其品类愈高。另一类认为山水虽为造物所设,但离不开人间享用,要可观、可游、可居的山水,不一定是凡夫俗子可观、可游、可居的地方。无论哪一类山水画家,他们对大自然的美的选择,不免和凡夫俗子有些距离,这不能不涉及画家对生活对自然的根本看法。

齐白石和他的前辈的不同,在于一个是入世的,一个是出世的;一个认为山水的美有客观标准,一个认为山水的美只有主观标准。齐白石的山水画打破了历来山水画史家和论家的一套清规戒律,创造了凡心俗眼也能欣赏的新的画境。譬如:近处一片桃花林,远处放着五、六匹耕牛,对着如此明丽的早春景色,一个士大夫文人或许能触动一下诗兴,但决不会像一个牧童那样感到心旷神怡。此外如他的一幅晚年名作《蛙声十里出山泉》,以乱石、流水、蝌蚪等形象,巧妙地、含蓄地、饱满地、恰如其分地体现了诗句所规定的情境。这一切,都标志着一个劳动人民的感情和智慧。

最能代表齐白石的思想感情和积极的人生观的,有下面几幅作品。

一幅是画的钟馗,他题了:"璜画此幅成,焚香再拜,愿天常生此人。"旧社会里到处是牛鬼蛇神,钟馗能捉鬼,所以他愿常生钟馗,多捉些牛鬼蛇神。

又一幅是石门二十四景中的《竹院围棋图》,他题了这样一首诗:"阖辟纵横万竹间,且消日月两转闲,笑依尤胜林和靖,除却能棋粪可担。"在这首诗里,他赞美了能下棋又能担粪的文人,也就是赞美了脑力劳动和体力劳动的结合。在齐白石的思想中,当然不能说已经有了社会主义的觉悟,可是作为一个劳动人民的忠实的儿子,把下棋和担粪联在一起的,也是合乎他的思想逻辑的。

从上面的分析,清楚地看到齐白石思想中认为美好的事物,是和他的劳动人民的立场观点一致的,那么,他认为丑恶的东西,必然也从同一立场观点出发。这次遗作展览会里有一幅《发财图》,是代表这个立场的最突出的标志。

《发财图》画着一个大算盘。这个形象在剥削者看来是一件发财致富的利器,在被剥削者看来无疑是一件杀人不见血的凶器。画这个大算盘的时候,买画的人和画家之间发生过一场斗争。画家在他的题跋中这样记着:

"丁卯五月之初,有客至,自言求余画发财画。余曰:发财门路太多,如何是好?曰:烦君姑妄言著。余白:欲画赵元帅否?(即财神)曰:非也。余又曰:欲画印玺衣冠之类耶?(即官)曰:非也。余又曰:刀枪绳索之类耶?曰:非也,算盘何如?余曰:善哉!欲人钱财而不施危险,乃仁术耳。余即一挥而就、并记之。"

这一篇绝妙的讽刺小品文,鲜明地表达了画家对剥削者的憎恨。

齐白石以不倒翁讽刺官僚,以老鼠偷油抒发穷人的苦恼。有下面两首题画诗:

"乌沙白扇俨然官,不倒原来泥半团。将汝忽然来打破,通身何处有心肝。"

"昨夜床前点灯早,待我解衣来睡倒,寒门只打一钱油,那能供得鼠子饱?何时乞得猫儿来,油尽灯枯天不晓。"

这一类具有讽刺性的作品,画家有意在造型上发挥了漫画的特点,因此在这些形象上所抒发的思想感情,显得格外强烈。

齐白石出身于农民家庭,十二岁学木匠,成为家乡的雕花名手,这期间早已刻苦学画,所以他的作品中包含浓厚的民间情调。到了二十七岁,他的艺术天才为当地的文人所发现,帮助他拜师读书,和文人有了往来,因而有机会接触古今名作,继承了民族绘画的优秀传统。齐白石出身于劳动人民,尽管他后来读书学画,在生活上和士大夫文人有了广泛的接触,但始终保持了劳动人民的优秀品质,所以他的作品能够表现出民间气派和民族传统的高度统一。

中国绘画史在探讨六法之外,也提出过"人品高下"对于艺术造诣的关系。我们同意"人品既高,气韵不得不高"的论点。但这个"人品高下"的标准,不能离开阶级的内容和历史因素。我们评判一个画家的成就,既然不能不论他的人品高下,就不能不注意他的阶级意识和时代背景。

齐白石所处的时代，正是中国处在半封建半殖民地的开始和结束的历史过程中。推动这个时代前进并获得胜利是中国的劳动人民。齐白石生长在这个时代里，他的作品体现了中国劳动人民的思想感情，代表了中国劳动人民的坚强不屈的性格，因此，对他的估价，不能不超出中国绘画史的传统概念，应把他列入另一个历史时期的先驱者的范例中去。

1958年

《张大千临摹敦煌壁画画册》序

　　1944年在重庆看了张大千临摹的敦煌壁画，初步认识敦煌艺术的面貌。1954年我带了学生到敦煌去学习祖国伟大的艺术传统，为期三个月，次年以临摹的成绩，印了一本《敦煌壁画临本选集》，我在序言中发表我的观感：

　　中国绘画艺术的发展，自六朝至隋唐的阶段极为重要，可惜留存世间的作品极少，对于那个时期的大画家如顾恺之、陆探微、张僧繇、吴道子的艺术造诣，只能从画史画论的著述中获得想象，他们的真实面貌到底如何，是无法看见的了。可喜的是，敦煌莫高窟保存了大批魏隋唐几个时代的壁画，替我们弥补了这一缺陷。虽然这些作品并非上述诸大名家的手笔，可是敦煌画工的艺术造诣是并不逊色的。比如220窟的帝像，和同时代大画家阎立本的"历代帝王像"可以媲美；130窟维摩诘像的"清羸示病之容"，可以联想到顾恺之所创的维摩诘。此外如魏画的生动形象、唐画的斑斓色彩，都是我国绘画传统中的优秀典范。

回过头来看看大千的观感如何。他在1944年为成都临摹展的序言写道：

　　大千流连画选，倾慕古人，自宋元以来真迹，其播于人间者，尝窥其什九矣。欲求所谓六朝隋唐之作，世且笑为诞妄。独石室画壁，简册所不载，往哲所未闻，千堵丹青，遁光莫曜，灵踪既闷，颓波愈腾，盛衰之理，吁乎极矣。今者何幸，遍观所遗，上自元魏，下迄西夏，绵历万禩，杰构纷如，实六法之神臬，先民之榘矱，原其飙流，固堪略伦；两魏疏冷，林野气多；隋风拙厚，窈奥渐启；驯至有唐一代，则磅礴万物，洋洋乎集大成矣；五代宋初，蹑步晚唐，迹渐芜近，亦世事之多故，人才之有穷也；西夏诸作，虽刻画板钝，颇不屑踏陈迹，然以较魏唐，则势在强弩矣。

我在敦煌三个月的感性认识和大千在石室面壁三年的理性认识，虽有相通之处，然而他对各代画迹的演变得失，洞察极深，非我辈浅尝者所能辩。

论及敦煌佛教艺术的盛衰，大千认为五代宋初之所以走下坡路，叹世事之多故，人才之有穷，触及当时政治和历史的原因。据我理解，五代宋明以后中原政权对西域的统治渐衰，本地区的变乱渐繁，丝绸之路渐塞，佛教信仰渐疏，往后则海路渐通，敦煌的政治经济和文化的中心地位渐失。到了清代末期，道教盛行于玉门关外，莫高佛窟成了道士的乐园，大批宗教文物被西方的冒险家盗走，成为外国博物馆的稀世宝藏，实在叫人心痛。

大千从北京逃脱敌伪的羁绊，回到四川，是1938年的事，他在成都定居之后，什么原因促成敦煌之行，是个谜。他的两篇有关敦煌的记序，只提到此行的经过，而未见其动机。唯一的线索是林思进在《大风堂临抚敦煌壁画集序》中一段话：

吾友张君大千，夙负振畸，究心绚素，名高海内，无暇拙眼。其平生所觏宋元法画至夥，顾犹未足，更思探月窟，问玄珠，乃裹粮具扉，西迈嘉峪，税驾瓜沙……

间特告余，此不徒吾国六法艺事之所祖，固将以证史阙，稽古制，而当时四夷慕化，取效中州，其衣冠文物，流行于今之欧西新世者何限，吾所勤力为此者，意则在斯。

这么一说，大千的动机和目的是为了穷探六法的根源，满足他梦寐以求的六朝隋唐真迹。

大千于1942年春初探敦煌时，也许以一种"诞妄"和"猎奇"的心情去接触一下梦寐以求的六朝隋唐真迹，至于身临其境，面对几百窟瑰璋珍宝，于是日夜坐卧其下，如痴如醉，他一面看，一面想，"既入宝山，岂能空手而回？"我们知道大千有一只奇妙的临摹魔手，临什么像什么，几乎可以乱真，年轻时以石涛的仿本骗过他的老师，为此他养成一个习惯，只要得到一件好画，一定临摹一遍，一来是学习，二来是留一个副本，万一因急用时必须出卖那件真本时，手头还有一个副本，可以随时打开观赏。石窟壁画，搬不动，只能临，这次临了二十多幅送到成都举行"西行纪游画展"，有人认为敦煌壁画是水陆道场工笔画，庸俗不堪，画家沾此气息便走入魔道，为大千惋惜。大千对这种浅薄而真正的庸俗之见，当然置之不理，反而更加坚定了长期深入研究敦煌艺术的决心。他在《莫高窟记序》中说：

三十一春（1942）来游敦煌，始为窟列号，其冬还兰州。明年春复携门人萧建初、刘力上、六侄心德、十男心智及番僧（青海喇嘛）五人居此又阅十余月，抚写壁画若干幅，其制色及图描花边之事，悉番僧为之。

根据这段记载，可以推知，大规模临摹的工作，计划于1942年，完成于1943年春到1944年春的十多个月。据刘力上说，他于壬午（1943）冬十一月应大千召，自成都去敦煌，在莫高窟临画，次年（1944）五月结束，然后转到安西榆林窟，临画一个多月，六月结束。合计起来，自1942年春到1944年夏，前后共两年半。

大千临画的方法，是透过现象，恢复原状为目的。凡现状有变色或破损处尽可能推测其本来面貌，行笔着色虽有所损益，仍忠实于原画的精神。当时有人反对他的复原临摹法，说他太多主观，不够客观。其实他们不理解大千临画的目的，在于学习古人的造型设色和用笔的方法，为自己的创作所用，这就是我们所说的学习和借鉴。1954年我带学生去敦煌，以临摹为手段，达到学习敦煌艺术的目的，强调忠实于现状，避免补损与复原。由于强调了客观，忽视了主观认识，不等对原画的分析和认识，就动手画起来，变成了对壁画的写生，而不是临摹；有人特别热衷于做旧与填破，把学习壁画变成了复制壁画。

近几年来，美术院校规定学习敦煌壁画作为学习民族绘画传统的必修课程，这是一个好制度，然而由于指导者的不力，产生了一种本末倒置的倾向，有些学生对魏隋洞窟的变色形象，特感兴趣，误以为这些形象是古代画家有意识的创造，津津乐道其美感，并模仿它用到自己的创作中去。这是现代西方抽象艺术的趣味在中国的反映。

在1944年成都举行张大千临摹敦煌壁画展览期间，有一种论调认为临摹是艺术中的末事，创造才是艺术中的正事，所以认为大千的临摹不一定是件可喜可贺的事。这种论调根本反对临摹在学习艺术传统中的作用，显然是片面的。但是他不得不承认"以个人的力量在敦煌数年之久，带回来画稿有数百种之多，这种精神也同样使人肃然起敬"。"也同样"是巴黎一位女画家，在卢浮宫专临达·芬奇那幅《蒙娜丽莎》，卖给艺术爱好者。这和大千临摹敦煌的动机和作用是不能等同起来的。

到底怎样来评价张大千敦煌之行的作用？还是"敦煌学"倡议者陈寅恪说得好。他说：

"自敦煌宝藏发现以来，吾国人研究此历劫仅存之国宝者，止局于文籍之考证，至艺术方面，则独有待。大千先生临摹北朝唐五代之壁画，介绍于世人，使得窥此国宝之一斑，其成绩固已超出以前研究之范围，何况其天才独具，虽是临摹之本，兼有创造之功，实能于吾民族艺术上别创一新境界，其为'敦煌学'领域中不朽之盛事，更无论矣。"这是高度评价大千介绍敦煌艺术在学术上的成就。

1944年在成都和重庆两地举行的"大千临摹敦煌壁画展览"震动了学术界和美术界，这是他学习古代艺术的一次历史性创举，是促成他在人物画方面攀登高峰的决定性因素。

大千的人物画最早见于1934年在南京举行的一次画展，一幅松下三十岁自画像，一幅竹间高士图，似乎是石涛点景人物的扩大，此后他努力于唐寅的水墨仕女，对人物神情姿态和衣纹转折大加钻研，显然有所提高，待到探索敦煌艺术之后，人物画的面貌大大刷新。佛教菩萨和经变故事中的生活形象，使他从程式概念的造型中解放出来，开创了古装人物画面向现实并反映时代的风貌。他的《掣庞图》和《醉舞酒》可以作证。经过这一番寻根探源的磨练，他的看家形象"策杖高士"也排除了公式化，向个性化前进。

作为一个在艺术上已有很大成就的画家，为了追寻六朝隋唐遗迹，不避艰辛，投荒面壁将近三载，去完成只有国家财力才能做到的事，他的大胆行动已超出个人做学问的范围。尽管后来国家组织了敦煌艺术研究所，为了保护石窟和艺术研究作了大量工作，但不能不承认张大千在这个事业上富于想象力的贡献及其先行者的地位。

1984年9月25日于北京

读《听天阁画谈随笔》

最早看到潘天寿的画是在三十年代初上海天马会画展。潘老画的是一幅用笔粗犷的山水，引我喜爱的是停在水涯的海船，船的造型是浙江沿海常见的所谓"开梢船"，山可能就是潘老家乡的雷婆头峰。这幅画有乡土气，正合"听天阁随笔"中的一条：

"一艺术品，须能代表一民族、一时代、一地域、一作家，方为合格。"

五十至六十年代以"寿考颐"署名的作品中，多野花、丛竹、乱草；蟾蜍、乌鸦、蜘蛛；怪石、丑树、断涧。这些形象在庸人眼里是不入画的，可是在潘老笔下，却变平凡为神奇，超凡入圣，新鲜、活泼、生动，授人以美感。这类形象如欲入画，一般也仅见于小品，潘老则大刀阔斧，扩而大之，丈二、八尺，游刃有余，气派不小。

《随笔》说："荒村古渡，断涧塞流，怪岩丑树，一峦半岭，高低上下，欹斜正侧，无处不是诗材，亦无处不是画材。穷乡绝壑，篱落水边，幽花杂卉，乱石丛篁，随风飘曳，无处不是诗意，亦无处不是画意。"

六十年代初，我在琉璃厂得一潘老小幅，两株石青野花，挺身于乱石杂草间，构成了耐人寻味的"野趣"。可惜在"十年动乱"期间，被"四人帮"某头目抢走，至今时常在梦境出现。

抗战期间，在重庆看到潘老的一幅八尺条幅，下端画了一只睡猫。上端题了一个"懒"字，空白占百分之八十，才华如白石翁，恐怕也不敢有此大胆的黑白布置。

又某年中央美院国画系请潘老师讲课示范，他画了两丛兰草，有三片兰叶交叉一起，成了结，这是撇兰最忌的，高手如潘老，决不会出此败笔，固然，快完时，他从容在结上添了一笔，两丛芝草绑在一起了。原来他画的不是山中的兰，而是卖画者在手中的兰。这幅画是四尺对开长条,兰草占了下截一小半,上截大半歪歪斜斜题了一行长款。

潘老作画,最讲究布局,尤注意题款长短大小应占的地位。《随笔》云:"古人画幅中每有用一件或两件无疏密之画材作成一幅画者,在画面自无排比交错之可言,然题之以款志,或钤之以印章,排比之意义自在,疏密之对立自生。故谈布置时,款志、印章,亦即画材也。"

又云:"画之四边四角,与题款,尤有相互之关系,不可不加细心注意。"

潘老喜作指画,指画的表现力当然不及画笔,然而要求用笔如"锥画沙""虫蚀木""屋漏痕""折钗股",则不如指头功夫。见到一幅潘老的纸画"罗汉",造型凝重、古厚、粗犷,其题款自云"失之霸悍"。潘老用笔粗犷,造型夸张,有明清浙派诸大家遗风,却常有"失之霸悍"一类自谦之词。表面看来,他似乎不以"霸悍"之笔为然,其实,潘老用笔和造型的特点,正是这"霸悍"二字,引人入胜。

潘老很欣赏高其佩"指画群仙宫娥信手涂抹,粗服乱头愈形其美"。用指头画群仙宫娥的粗服乱头是一种"美",画怒目金刚式的罗汉岂不更美?

潘老说:"运笔应有天马腾空之意致,不知起止之所在;运意应有老僧补衲之沈静,并一丝气息而无之,以静生动,以动致静,得矣。"

霸悍之气,天马腾空,是以动致静,那么,以静生动是什么呢?两株山花挺身于乱石杂草之间,两只蟾蜍匍伏于水滨怪石之上,雨后蛛网,月下老梅,都是静中之动。

潘老说:"凡事有常必有变,常,乘也;变,革也。承易而革难。然常从非常来,变从有常起,非一朝一夕偶然得之。故历代出人头地之画家,每寥若晨星耳。"

纵观潘老之画,从内容到形式,变字当头,故能出类拔萃。他认为:"绘事往往在悖戾无理中而有至理,僻怪险绝中而有至情。"我认为潘老的至情在于向自然万物探索美学奥秘,形之于笔墨,孕育人们的审美情趣。

1980年7月10日于北京

中国画闯将赵望云

1935年我在北京初次认识赵望云，那时他正在为天津大公报"农村写生"，以满腔同情描绘中国农民在艰苦的条件下过着苟延残喘的生活。这些画反映了半封建半殖民地中国的命运。那时离五四运动的年代已远，而日寇侵略中国的威胁却迫在眉睫，一个爱国的画家的抱负，自然不甘心在老形象老笔墨中兜圈子，于是，在望云的笔下，出现了苦难中国的象征——农民。

1937年春夏之交，望云以大公报记者身份在津浦铁路沿线采集农村资料，约我同行，记得我们在杨柳青住了几天。他的工作方法是，白天在外面游观，晚上回住处作画，有时游观几天，作画几天，积到一定数量，向报社寄稿。

在北方，数天津大公报发行量最大，读者最多。九一八到七七事变那几年，大公报有两个专栏：一是范长江的"旅行通讯"，一是赵望云的"农村写生"。这两个专栏反映了中国的真实面貌和苦难生活，和中国人民的命运息息相关，所以赢得读者的欢迎。望云告诉我，他从中国画的老圈子里杀出来，用他所学的山水画笔墨画农村人物，是一种尝试，也是一种冒险，我很理解他这种不怕失败的勇气。因为那时北京画坛占统治地位的是保守势力，而报刊舆论也都倾向于维护传统的标准，一个青年画家想标新立异，独辟蹊径是不容易的。望云的冲刺终于获得了成功，他的画不仅在展览会上取得革新者的支持，而且打开了舆论的窗户，在报上和千千万万读者经常见面了。

近代中国人物画有一个使人费解的现象，就是固守传统题材，远离现实生活，难道人物画家没有描写现实人物的能力？我看不是。大家知道清末大画家任伯年，是一个画人物的能手，他笔下的肖像画，寥寥数笔，神完气足，是活生生的现实人物，可见他具有高度的写生能力。那么,明清两代的人物画家包括任伯年在内,为什么他们的作品总离不开"渊明采菊""米颠拜石""羲之笼鹅""文姬归汉"一类古老题材呢?有些人认为中国人物画家历来以粉本相传,不敢自造新稿,所以陈陈相因,只看古人,不看现实,好像有一条职业行规束缚他们。其实,粉本只能束缚低能的画工,却不能阻碍有才能的画家。试看明代的戴文进、张平山、仇十洲、陈老莲、清代的黄慎、闵贞、任熊、任颐,个个都是很有创造性的人物画高手,没有什么粉本行规可以在他们身上起作用。那么,这些大画家到底为什么不屑在现实人物上费笔墨呢?我看必须从中国人物画的审美传统找原因。

研究这个问题,就得对中国画的发展进程作一番考察,这不是三言两语能说清楚,而且离题太远。我以为把望云的艺术道路作为例子,也能说明问题。为了冲破传统审美的习惯势力,望云用山水笔墨画人物,固然要冒风险,其实那时的山水花鸟,何尝没有清规戒律。如说画真山真水是诮世,画时新花果是媚俗,不用说"农村写生"里的破败茅屋和褴褛老农,就更伤大雅了。画古代人物是"雅",画现实人物是"俗",你甘心随俗,就不能登大雅之堂,为了登大雅之堂,人物画家只好面向古人,而鄙薄今人。三十年代的中国,已经到了民族存亡的紧急关头,民族民主革命势力席卷全国,一切束缚人们思想的桎梏,正处在瓦解之中,所以望云的"农村写生"能够冲破牢笼,提倡新的审美情趣。

八年抗战,望云在武汉联合作家老舍老向创办《抗战画报》,投入到抗日救国的大洪流中,武汉撤退,随即到了成都,和山水画家张大千交往,这对望云以后的山水画造诣有一定影响。整个抗日期间,望云的最后落脚点是在西安。西安这个城市,既接近延安,又紧靠抗日前线,冀、鲁、豫三省的知识分子和青年学生,先撤退到这里,其中很多人向往革命,在此出发,投奔延安;有的留在西安,在八路军办事处统一战线工作的影响下,从事抗日宣传活动,和国民党反动派的文化腐蚀政策作隐秘的斗争。望云此时参加了民主党派向国民党争取民主自由活动,在解放战争期间,曾经遭到国民党的拘押,西安解放前夕才被营救出来。

望云的现实主义中国画新风格,吸引了不少青年美术爱好者,从他学画,他们之中有的已成为今天美术界的知名人士。他们发扬了"农村写生"的精神,坚持深入生活,在创作上发挥中国画的特点,反映自然和社会的现实,不同程度地发展了望云作品的某些特征,并且形成了个人的风格。先说黄胄,他把望云"农村写生"中经常出现的"毛驴",不断提炼加工,成为现代中国画独特的生动形象。再说方济众,继承了望云的山水衣钵,近年在关中地区落户,对秦岭巴山的树木泉石,烂熟胸中,因而刻画得极富情趣。我特别喜欢他布置在树荫岩顶的对对山羊,浓墨简笔,增添深谷密林的无限生意。这两位高手,担得起青出于蓝而胜于蓝的美誉。另外一位门人徐庶之,长期在新疆工作,深得老师构思布景的格局,写维吾尔人和哈萨克人的葡萄园和畜牧场,情景交融,生气勃勃,自成一格。从这几位画家的成就看来,望云对青年的指导,打破了把着手教的旧传统,采取了因材施教,鼓励独创的新方法。

赵望云是河北省束鹿县人,生于1906年,早年在北京学画,进过一所美术学校,不知其业师是谁。我们知道,那时的学生承五四运动的余波,思想十分活跃,学校的围墙已经不能束缚他们。估计望云受新潮流的影响,学校教育不能满足他的要求,于是旁敲侧击,在社会上吸取自己所需要的东西,进行自我教育。

望云从事美术创作的开端,还缺乏成熟的造型基础,因而适应创作需要的可塑性比较强,在塑造形象时没有技术上的条条框框,可以在生活和创作实践中切切实实培养自己所需要的造型能力和笔墨技法。

望云这条自学自创的道路,是"农村写生"获得成功的重要条件,首先是内容突破了中国画的旧框框,敢于表现现实生活,成为早期革新的闯将。虽然艺术上还比较粗糙,然而在西安的年代里,经过艰苦的创作实践,吸取古代和同代人的经验,在山水画方面开创了自己的新境界。

抗日战争时期的西安,是中国西北地区的文化中心,许多优秀的画家集中在这里,除了望云,还有袁白涛、郑乃光、蔡鹤洲、蔡鹤汀、康师尧等,西安解放后,来了石鲁、李梓盛、何海霞、罗铭等。以他们为骨干,加上方济众等后起之秀,组成了一支相当大的国画家队伍。这支队伍的核心是赵望云。他们的共同目标是:要把西北地区的自然和社会风貌,用民族绘画的方法表现出来。1960年西安美协在北京的首次中国画展,体现了这个目标,显示出西安的地方艺术特色。从此,中国大地上开出了"长安画派"这一朵鲜花。长安画派的崛起,给中国美术界指出了一条道路,表明艺术不但要有民族性,而且要有地方性。对民族性来说,地方性是个性;对地方性来说,民族性是共性。如果没有地方性,民族性将成为千篇一律的模式。我们提倡现实主义,是指创作方法的共性,如果没有艺术的流派和画家的个人风格,只有干巴巴的现实主义,那么,我们就会走进公式化概念化的死胡同里去。四人帮统治下的御用文艺,就是这种死胡同的文艺。长安画派的画家,像望云和石鲁几位核心人物,所以遭到四人帮的残酷迫害,道理是不言而喻的。

　　赵望云这位杰出的画家,他的一生,从"农村写生"的初露头角,到"长安画派"的开花结果,对中国画的创新做出了卓越的贡献。他的贡献,不仅在于个人的艺术成就,而是在于他的组织活动和提携后辈的作用。遗憾的是,他两次受到政治上的迫害,待到死后才获得平反。

1981 年 3 月 20 日于北京

冰兄其人

　　1946年，廖冰兄完成了他的《猫国春天》，轰动了重庆山城，我在报上写了一篇《冰兄其人》的短文，大意如下：

　　"硬碰硬"，是广西人的特征，冰兄是广西人中最典型的广西人。

　　投稿时代的冰兄，对人世的笑骂，带点儿伤感，一种悲天悯人的心肠在他的作品里时时流出。那时候他是一个小学教员，他所看见的世界，是一副肮脏相。他整天对着小学生讲ABC，觉得有点儿不能忍耐，在东方暴风雨袭来的前夕，抛弃了教鞭，投奔到出版界，一泄胸中闷气。

　　我和他认识在1938年春天。他夹了一卷宣传画从广西赶赴武汉，二十来岁的小伙子，一副瘦身材，一对大眼睛，说话像开机关枪，全无保留，毫不客气，在见面的几分钟里，把南方人特有的热情，全部发射出来。从此他就成为"漫画宣传队"的中坚人物。

　　八年的折磨，热情用完了，伤感也没有了，肮脏的世界越来越丑恶，这位小学教员的悲天悯人的心肠，已经变成了铁石心肠。他之创作《猫国》，把人的世界喻为猫和耗子的世界，不正是把丑恶的世界暴露无遗了吗？

　　今年夏天，冰兄将其一生得意之作举办了一次回顾展，绝大部分是暴露和诅咒旧世界的，在新社会的人看来，可能感到有些离奇古怪而以为是神话，这是因为他们没有在那个世界里生活过，感不到切肤之痛。其中也有少量讽刺新世界的作品，有些人可能会感到冰兄的铁石心肠太冷酷无情，他们会问："难道冰兄在新世界也得不到一点温暖吗？"这一问，叫冰兄如何回答呢？

　　他有一幅近作，题目叫作《自画像》，画他自己在动乱年代被人塞进一个坛子，若干年后，坛子打碎了，他已变成蚕蛹般的怪物。这幅画可以看成是冰兄的自我冷嘲，当然更应看成是对十年动乱的悲愤和抗议。

　　冰兄这股子硬碰硬的性格,反映在他的作品里,是嫉恶如仇,锋芒毕露;当然不肯拐着弯儿玩弄幽默游戏。除了硬碰硬,更可贵的是对事物挖得深,画得辣,能叫人出汗。

张仃的漫画

"九一八"东北三省沦陷，深感亡国之痛的青年纷纷从家乡流亡进关，其中有很多是从事或有志于文艺工作的爱国之士，张仃是其中的一个。他老家在辽宁，进关后留在北京学画。

蒋介石要反共，不惜把东北的大好河山送给日本人，不许东北人打回老家去，张仃在愤世爱国的活动中，受到南京政府的牢狱之灾。

皮鞭不能改变爱国者的救国之志。张仃在抗日战争前夕，和上海的漫画刊物取得联系，发表了大量针对反动政策的讽刺画，显示了这位漫画青年的政治敏感和造型才能，很快成为漫画界的中坚力量。

抗日战争爆发后，全国人民的爱国热情有如火山熔岩一般喷发出来，张仃立刻投奔到文艺宣传洪流中去，成为漫画宣传队的成员，转战在南京、武汉、西安的前线和后方，最后投奔到革命中区延安。

1945年日本投降后，张仃随军进入东北，回到了老家，先后主编《东北漫画》和东北画报，以锋利的笔墨揭露美蒋勾结，发动内战的险恶行为。全国解放后，他的工作岗位转向展览布置和工艺美术，仍不放弃漫画阵地，五十年代的"漫画"月刊经常可以看到张仃的作品。

三十年代到五十年代是张仃在漫画界的活跃时期，他的笔锋始终瞄准革命的对象，不要以为六十年代以后他退出了漫画舞台，不，在七十年代反"四人帮"斗争中，老将再度出马，对江青、张春桥之流狠狠打杀一阵。

张仃青年时期学的是中国画，他的漫画创造特别用心于"骨法用笔"的造型准则，简练、准确、锋利、刚强，富于煽动性的吸引力。张仃这个名字在三十年代漫画界初露头角时，漫画刊物的编者们好像发掘到一座金矿，舍得用较大的篇幅发表他的作品。抗日战争初期，他在南京画过一幅怀念家乡的大幅宣传画，题为《打回老家去》，画得是白山黑水、大豆高粱,形象地反映了"我的家在东北松花江上"那首流亡歌曲的思想内容。这是整个抗日战争期间一幅具有思想深度的宣传画,可惜在南京撤退中丢失了。

张仃除了在中国画的笔墨中吸取营养,还受到同时代画家张光宇的民间画风的影响。民间画风的特点是:掇大要,去芜杂,方笔圆笔交错运用,笔线减至不能再减,使造型接近几何形体,却不是抽象的几何形体,而是极度概括的具象形体。这种造型方法表面看来好像是夸张至极,其实是概括至极。

墨西哥有位漫画家名叫珂弗罗比斯,三十年代誉满美洲,他以墨西哥古老印第安石雕的刀法,用之于笔,和中国的民间画法极为相似。张光宇引以为知音,在他的造型里掺入了珂氏的某些笔法,形成了光宇风格。从此,张仃的风格也掺进了珂氏的成分。我们知道美洲印第安人的艺术,和亚洲的东方艺术有渊源关系,原因是这民族是几万年前从亚洲迁移过去的,在文化上和我们是近亲。现代墨西哥人的祖先是印第安血统,珂弗罗比斯是墨西哥土著,虽然受的教育是西方的,他的血管却流着他东方祖先的血。他的艺术风格传到了亚洲,可以说是东方回到了东方,不是东方吸收了西方。

张仃后期的画,受过毕加索的影响。毕加索是西方画家,他的一生,画法多变,而变化最大的时期在于吸收非洲黑人艺术和亚洲中国艺术。七十年代他曾向张大千请教水墨画法,试用中国笔墨,这是西方艺术向东方靠拢的显著例子,那么,张仃受毕加索的影响,是顺乎潮流,合乎情理的,也不能叫做东方吸收西方,因为两者之间早已交融起来了。

张仃的风格是:国画用笔、民间造型,加上他性格里的浪漫气质,三者结合而成。可是有人硬要说,张仃的画是城隍庙(上海城隍庙是卖民间年画的地方,是民间画工的聚散处)加毕加索,这种说法未免过于肤浅,也不严肃,可以说近乎讥讽,持这种态度的人,未免小看张仃。

1983 年 7 月于沈阳

关于毕加索

联合国教科文组织的机关刊物《信使》的中文版在北京出版，其1981年二月号为"毕加索"专号。读了其中几篇文章，都是研究毕加索的权威所写。

1.《伟大艺术的崛起》

作者苏联艺术史家列宁格勒爱米塔什博物馆副馆长，叙述毕加索早期蓝色粉色时期作品。

2.《毕加索的生平和创作大事年表》

作者西班牙巴塞罗那毕加索博物馆馆长罗莎·玛丽亚·苏比拉娜。

3.《现代艺术的分水岭》

作者西班牙艺术家圣地亚哥·亚蒙。强调1904年的《亚威农少女》一画彻底改变了我们对世界的看法。

4.《格尔尼卡》

作者西班牙诗人兼艺术史家何塞普·依·法夫雷，叙述了举世闻名的反法西斯壁画《格尔尼卡》的创作经过。

5.《毕加索的变形画法》

作者英国画家兼美术史教授约翰哥尔丁。其中警句有毕加索对超现实主义的观点，和我国运动透视即以面观体的观点相近似。

此外还有几篇文章未读。如《毕加索得益于非洲艺术》《美与兽性》《毕加索的神话世界》。

为什么全世界论者对毕加索如此拜倒，认为他是现代艺术的分水岭？他们对毕加索艺术道路的分析的一个共同点是，强调艺术家超越现实的主观幻想，艺术必须超越时代，艺术家是圣人，不是凡人，似乎艺术家的胸怀之广，城府之深，谁也摸不着底。那么，这些论者宁愿把自己看扁了。我觉得立体主义、野兽主义、超现实主义等等流派的总倾向是不信任一切凡夫俗子的视觉世界。关于这点，凡是自鸣不凡主张艺术创新的人都可以接受。不过，一定要把眼见的事物分解成几何体，把人拉回到纯动物的形态中去，把梦幻装扮成现实，无论如何是太过分了。应当承认，毕加索是用思想在作画，是写心中之物，不是写眼中之物，和我们的传统画论是一致的，决不如有些学究所指责的那样，他是在用驴尾巴作画。

毕加索是一个怪物，是资本主义文化创造出来的一个尖端人物，同时，他也创造了资本主义的尖端文化。

1981年3月13日